罪深き七つの夜に

SEVEN NIGHTS TO FOREVER

Evangeline Collins

エヴァンジェリン・コリンズ

森野そら［訳］

SEVEN NIGHTS TO FOREVER
by Evangeline Collins

This edition published by arrangement with
The Berkley Publishing Group,
a menber of Penguin Group (USA) Inc.
through Tuttle-Mori Agency, Inc., Tokyo

ダイアンへ
あなたは愛と支援をくれた。
そして、わたしが大人になる手助けをしてくれた。
愛しているわ、ママ。

罪深き七つの夜に

主な登場人物

ローズ・マーロウ　娼婦
ジェイムズ・アーチャー　貿易商
マダム・ルビコン　ローズの働く高級娼館の経営者
ティモシー・アシュトン　男娼。ローズの親友
レベッカ・アーチャー　ジェイムズの妹
アメリア・アーチャー　ジェイムズの妻
ダッシェル・マーロウ　ローズの弟。愛称ダッシュ

1

一八一九年三月三十一日
イングランド、ロンドン

　真夜中の影に包まれて、ミスター・ジェイムズ・アーチャーは暗い街灯によりかかっていた。通りの向かい側にある大きな白い館《やかた》の石段をふたりの紳士が登っている。この三十分で五組目の訪問者だ。わざとらしく乱した髪にきちんとした黒い夜会服姿で、ほんの少し偉そうに大またで歩いていく。若い男たちは放蕩《ほうとう》の夜を過ごすつもりなのだ。まっ赤な両開きのドアを叩《たた》くと背の高いほうの男が大声で笑い、もう一方の男を開いたドアの中へ押し込んだ。

　自分にもあんなふうに無防備な若さに満ちたときがあっただろうか。人生の責任を気にせず自由奔放に生きたことがあっただろうか。そんな記憶はなかった。まだ二十五歳だというのに、この三年で歳よりずっと老けた気がする。

　ふたりの男の背後でドアが閉まり、内部のささやき声が消えた。ジェイムズは疲れた目をこすった。今日は事務所で十五時間以上過ごしたが、秘書に追い出されなければ明日までそのまいるつもりだった。

彼は右に目を向け、カーゾン・ストリートを見た。あの先に自分のタウンハウスがある。ふと不安を感じ、眉をひそめて唇を真一文字に引き締めた。やがて、視線は白塗りの煉瓦《れんが》造りの大きな館をふたたびとらえた。窓の多いこの館にはこぎれいな石の前廊《ポルチコ》があり、深紅の両開きのドアを取り囲んでいる。

重いため息をつくと街灯から離れて通りを渡り、館の裏手へ向かった。

ひんやりとしてまとわりつくような夜の空気には、あたたかな春のきざしはほとんど感じられず、路地には明かりひとつない。物陰に盗人《ぬすびと》が潜んでいる可能性を気にもとめずに彼は足早に歩いていった。昼であろうが夜であろうが、ロンドンのどんな界隈《かいわい》を歩いてもあやしげな人物に近づかれたことはない。彼の大柄な体格が気にくわない者も少なくないが、ときにはそれが役立つこともある。

二度ノックすると、せまい中庭に音が響いた。けっこうなものだ。ふたたび重いため息をつく。娼館《しょうかん》の裏口のドアを叩くようになるとは。

だが、孤独はすでに耐えきれないほど大きくなり、むなしさと苦痛が胸を食い破らんばかりにふくれあがっていた。われながらよく運命を受け入れてきたものだと思う。結局、何よりも一族の義務が大切なのだから仕方ない。それでも今夜は、妻のいる家へ戻る気にはどうしてもなれなかった。きっともうすぐはじまる社交シーズンと、それに関わるもろもろを思い出したせいだろう。妻のおおっぴらな不倫に気づかないふりをして礼儀正しい仮面をかぶり、次から次へと繰り出される攻撃に耐える毎日……。酒におぼれなかったのが不思議なほどだ。

たった一夜だけ。彼はそれだけを求めていた。自分をさげすまない――少なくともそんな態度を見せない――女性と一夜を過ごしたい。自分の出自を見下さず、自分という人間を憎まない女性と。それさえできれば、金は惜しまないつもりだった。

やがてドアが開き、中庭に明かりがもれた。ドアノブを握った小柄なメイドが戸口をさえぎった。

「こんばんは」と彼は言った。

メイドはすばやく彼の姿に目を走らせた。その視線は、仕立てはいいが飾り気のない暗緑色の上着をとらえ、黄褐色のズボンへと移り、やがて、波止場からの長い道のりを歩くあいだにほこりまみれになった靴で止まった。メイドの目がとまどったように細くなる。「お客様には正面玄関からお入りいただいていますが」

当然といえば当然のその言葉を彼は無視した。「ここの主人と話がしたい」

「マダム・ルビコンと、ですか？」

「そうだ」この娼館を訪れたことはなかった。唯一、娼館に行ったのは何年も前のことだ。だが、ロンドンにいるたいていの男なら、カーゾン・ストリートにある赤い両開き扉のこの館のことを知っている。マダム・ルビコンの館。男のどんな望みも叶《かな》えてくれる美女ぞろいで、客の秘密を守るという定評のある娼館だ。とりわけ秘密厳守である点が重要だった。だからこそ、今その裏口にいるのだ。

メイドは眉間《みけん》にしわをよせた。「どんな理由でしょうか?」

すべて言わなくてはならないのだろうか。マダムに会いたいというだけで答えはじゅうぶんなはずだ。このまま帰ろうかという思いを彼はこらえた。「仕事の話がある」

メイドが口を開いた。また質問されるのか、と彼は身がまえた。どんな仕事の話かと問いつめられたら、女性のサービスを受けたいと口にするよりは——それでは自分で女性を見つけられないと認めるようなものだ——潔くきびすを返したかった。すでにじゅうぶん打ちのめされた誇りをさらに傷つけられたくはない。そんなことをするぐらいなら、すぐさま事務所に戻るつもりだった。秘書のデッカーはとっくに帰っただろう。机の上に残る書類の山を夜明けまでには、ある程度片づけられるはずだ。明日になればデッカーが書類の山をふたたび高くしてくれる。ジェイムズは事務所に着替えと髭《ひげ》そり用具を置いていた。眠くなったら、革張りの長椅子で寝ればいい。寝心地がいいとは言いかねるが、机で突っ伏すよりはましだ。

驚いたことに、メイドはドアを大きく開け、中に入るよう彼をうながした。戸口の一角はせまく何もない。天井から実用的なランタンが鎖でつり下げられているだけだ。目の前には階段、右側には閉じた扉があり、左側の廊下の先に厨房《ちゅうぼう》がちらりと見えた。太った女が流し台の前に立ち、銅の鍋《なべ》を磨いている。グラスとグラスがぶつかる音。重たげに足を引きずる音。さまざまな声が聞こえてくる。大にぎわいの娼館にふさわしいあわただしい厨房だ。

「マダムは応接室にいます。そちらでお会いになりますか？　それとも事務室にしますか？」

応接室で会うつもりなら、最初から玄関を使っていただろう。いらだちを態度に出したい思いを彼はこらえた。「事務室でお会いしたい」

メイドはうなずいて、くるりと背を向けた。そのあとを追って彼は階段を登り、せまい廊下を歩いていった。明らかに召使い用の通路だ。壁も床も清潔そうだが、何の飾りもない。ふたりはドアを通り抜けた。ここからは客用の場所にちがいない。繊細なつくりのクリスタル製燭台《しょくだい》が壁に取り付けられ、豪華な絨毯《じゅうたん》が敷きつめられ、壁には心を安らげるような淡い灰茶色の絹の壁紙が張られている。

メイドが角を曲がって重たげなオーク材のドアを開き、中へ手を向けた。「こちらでお待ちください。マダムはすぐにまいります」

そう言うと、メイドは彼を残して立ち去った。

彼は事務室の中に入ってドアを閉めた。机の前に置かれた二脚のまっ赤な革製のひじ掛け椅子を無視して、立っていることにする。指先で机の端をなぞった。チークウッド。東洋からの輸入品で、すばらしいできばえの机だ。相当高価なものにちがいない。

彼は事務室を見まわした。白い羽目板で仕上げた壁。金色の額にふちどられた油絵。机と同じように高級な家具の数々。贅沢《ぜいたく》だが派手派手しくはない。いかにも貴族の客をくつろがせるようなしつらえだ。先ほどかいま見た客用の場所の雰囲気とよく合っている。ここの女主人は客たちのことを明らかに熟知しているかなり有能な商売人だろうから、自分の雇い人のサービスには相当の額を要求するにちがいない。

彼はうなじをさすった。そもそも今夜計画したことを思い出して落ちつかない気分になったのだ。だが、後悔や罪悪感は感じたくなかった。それでも、自分がここにいる今——帰宅の途中で何度となく前を通り過ぎた娼館の中にいる今——館の裏口のドアを叩いたのが賢明だったのかどうか考えずにいられなかった。上流社会では結婚の神聖さにさほど敬意を払わないようだが、彼は上流社会の人間ではない。自分の置かれた状況や妻の要求はともかく、彼は結婚したとき一方的であっても貞節を守ろうと誓った。

そして三年間耐えてきた。もう三年耐えるべきなのか。見つかる危険を冒してまで自分勝手な欲望を満たす価値はあるのだろうか。特に今年は重要な年であるというのに。

ここから立ち去るべきなのだろう。マダムが現れないうちに。事務所へ戻って仕事に没頭するのだ。この三年というもの、ほとんど毎晩そうしてきたように。

むなしさがこみ上げ、胸が痛む。自分の存在そのものが切り裂かれるような生々しい痛みだ。

机の端を握りしめたまま彼は頭を垂れて顔をしかめた。一度だけなら妻に気づかれないだろう。彼は自分に言い聞かせた。いずれにせよ、彼を求める女性が相手でなければ、真の不倫とは言えないのではないか。

深くため息をついたあと彼は机から手を離し、深紅のひじ掛け椅子に腰を下ろしてマダムが来るのを待った。


馬車がゆっくりと停《と》まった。ローズ・マーロウは外を見て到着を確認する必要がなかった。この十六時間のあいだにつのってきた不安が、重い鉄板のように体と心にのしかかってくる。うなだれて顔を伏せずにはいられなかった。この気分に慣れてもいいはずなのに、何度経験しても前回よりひどくなるばかりだ。

残り少ない孤独のひとときを味わいながら目を閉じる。規則正しい馬の蹄《ひづめ》の音も、車輪が砂利にめり込む音もしないのは奇妙に思えた。御者に「先へ進んで」と告げたい気がする。元来た道を戻って、と。けれど、何を望もうとも運命を変えられないことはわかっていた。

あきらめのこもったため息がもれ、車内の闇《やみ》を満たした。ゆっくりと顔を上げて彼女は窓の外を見た。裏手にある小さな中庭は飾り気がなく実用的で、優雅で壮麗な正面玄関とは対照的だ。たそがれはもう何時間も前に訪れていた。夜空のてっぺんに昇った月を灰色の雲が刷毛《はけ》ではいたように覆っている。厨房のふたつの窓からもれ出る明かりだけが、黒いドアへつづく敷石を照らしている。ほかの窓はすべてぶあついカーテンで覆われ、館の客たちの望みどおりに外からの視線をさえぎっていた。

「たった一週間だわ」気力を奮い立たせようと自分に言い聞かせたが、あまり効果はない。

七つの夜。これまでに何度もやり遂げてきたことを思えば、今度もきっとできるはず。できるかどうか自問するのはとうの昔にやめていた。自分が望むかどうかを自問したことはない。やらなければならないことだからだ。小さな罪悪。目的のための手段。貸し馬車がマダム・ルビコンの娼館の裏口に停まるたびに試練が訪れた。静かな田舎のベッドフォードシャーの屋敷へ帰る前にふたたび一週間耐える意志を試されるのだ。

御者が御者台の上で身じろぎする気配がして、スプリングがきしる音が聞こえる。意志が試されるときが来た。

感傷的なことを考えても何もならないし、ためらっていても弟のダッシェルの請求書の支払いができるわけでもない。前回ロンドンに来てから請求書はさらに増えているだろう。

意を決して彼女は足もとに置いたカバンに手をのばした。

「来週の水曜ですね?」馬車を降りるローズに御者がたずねた。

「ええ、フランク」彼女はマントのポケットに手を差し入れてからつま先立ち、ポンド紙幣を数枚御者に手渡した。五十代半ばでがっしりした体格のフランク・ミラーは親切な男だ。この四年間ずっとローズの御者を務めているおかげで習慣となった仕事をよくわきまえている。毎月最後の水曜日の朝、彼女の屋敷の玄関前に馬車で迎えに来て、一週間後に娼館の中庭に現れて自宅へ送り届けてくれるのだ。片道で一日がかりの旅路になるので、途中で宿屋に泊まらなくてすむよう時間を決めている。

フランクは頭を傾け、手袋をはめた手で手綱を握りしめた。ひと言も口にせず、別れの言葉すら告げない。儀礼がまったく必要ないことを承知しているのだ。一頭の馬が走り出したそうに頭をふったが、彼はしっかりと抑えつけた。ローズは御者の視線を背中に感じながら、裏口につづく小道を歩いた。

ノックをするとすぐに反応があった。

ドアが開いて、縮れた濃い金色の髪をした女が現れた。質素な茶色のドレスを着て、汚れた白いエプロンを巻いている。「遅かったわね」

ローズはメイドの鋭い口調を無視して中に足を踏み入れた。「昨日の雨のせいで道がひどい状態だったの。どうしようもなかったわ」馬の蹄鉄《ていてつ》が外れたことも、ルートンで新しい馬に付け替えたこともあえて言わなかった。メイドはローズの苦労に関心などなく、言い返せない誰かに八つ当たりしたかっただけなのだから。

メイドがドアを閉めた次の瞬間、手綱をふる音がして馬具の金属音とともに馬車が去る音が聞こえた。フランクはローズが中に入るまで決して去らない。その思いやりはとてもありがたかった。四年経《た》った今もローズはロンドンに出かけるのがこわかった。ふり返りたいという思いは次第に弱まってきたが、安全を請け負うマダムの言葉にもかかわらず、不安は完全には消えていない。毎月戻ってくると考えるだけで恐ろしい場所なのに、どうして安全だと思えるだろうか。それでも、ここはふつうの常識では測れない世界だった。

メイドはローズのカバンを受け取ろうとしなかった。ローズもそんなことは期待していなかった。メイドは鍵《かぎ》をかけたドアに背を向けると、愚痴をこぼしながら厨房へ向かった。

ローズはせまい裏階段を登って二階へ向かった。いつものように、にぎわった夜のざわめきがあたりから聞こえてくる。わずかに内容を聞き取れるのんびりとした声。床板に当たる靴音。ときおりあがる酔っぱらいの笑い声。しばらくためらってからドアを開け、深く息を吸い込んでゆっくりと吐く。ありがたいことに廊下には誰もいなかった。豪華な絨毯が足音を消してくれるおかげで、右側のいちばん奥のドアの前まで静かに行きつく。向かい側のドアからもれてくる女の嬌声《きょうせい》を耳にして、背すじを逆なでされたような気がした。これからの七夜、自分の身に何が起きるのか思い起こさずにはいられない。

だが、もしかして運がよければ六夜ですむかもしれない。カバンをもう一方の手に持ち替えると、ポケットから真鍮《しんちゅう》の鍵を取り出す。期待はできないのはわかっている。ロンドンへ来たのは七夜のあいだ仕事をするためなのだから。それでも希望を抱かずにいられなかった。馬車が遅れると知らされたときには、いらついた表情を浮かべたものの内心ホッとしていた。そして、十時間のはずの旅程が十六時間にのびたころには、今夜は仕事を休めるかもしれないという可能性に喜びを感じていた。

まわした鍵がたてるカチッという音が廊下に響いた。希望などありえないという、いつもの皮肉な考えがよみがえってくる。もう真夜中すぎだとしても、それは問題になりえない。快楽を追求する者には夜も昼もちがいはないのだから。欲望をつのらせた男たちは、相手かまわずはけ口を求めるのだ。

ため息をもらしながら、戸口をすり抜けてドアを閉める。大理石の暖炉で炎が燃え上がっている。クリーム色をしたブロケード張りの長椅子の隣にあるサイドテーブルの上には燭台があり、すでに火を灯《とも》されている。ジェインが部屋を整えてくれたばかりなのだろう。ろうそくがまだ新しい。

小さな居間を通りぬけ、隣接する寝室に足を踏み入れる。ここの暖炉もまた火をつけられていた。部屋を大きく占める四柱式の大型ベッドの上には、ブロンズ色の絹製上掛けがしわひとつなく整えられている。ふんわりとした枕《まくら》がマホガニーのヘッドボード前にきちんと置かれている。化粧台にもベッドサイド・テーブルにもほこりひとつない。マダム・ルビコンの館では、何もかもただでは手に入らない。部屋を片づけるメイドにも、部屋そのものにもお金がかかる。せまいとはいえこの個人用つづき部屋もただではないし、つづき部屋を毎月三週間空けたまま自分のものにしておく贅沢も安くはない。けれど、ローズはずっと以前からそれだけのお金をかける価値があると考えてきた。

カバンの中身を取り出すのにさして時間はかからなかった。ロンドンと田舎の生活は決して混じりあうことがないので、あまり荷物を持ち込む必要がないのだ。簡素な淡い紺色の麻のデイ・ドレス――ロンドン市内へ出かけるときに着るものだ。お気に入りのヘアブラシ。そして、ダッシェルの細密画――父親が亡くなる数カ月前に画家に描《か》かせたもので、心が折れそうになったとき、ここにいる理由を思い出すために持参したものだ。

ローズは細密画の枠をいとしげに指先でなぞった。弟のダッシュは今十八歳で一人前の男性として扱われたがる年ごろになり、細密画に描かれた、カールした黒髪とすべすべとした丸い顔をした少年の面影はかなり薄れている。この五年で弟はかなり成長し、今では姉の自分を見下ろすほど背が高くなったけれど、明るく青い瞳には今もいたずらっ子らしい輝きが残っている。そんな弟の気性のせいで、トラブルが絶えない。ロンドンを発《た》つ前に、オックスフォードについて弟と話をしなければならないだろう。今度こそ忠告を聞き入れてくれればいいのだけれど。

もしもだめだったら……。彼女は肩をすくめた。自分にできるのは、弟に本来あたえられるはずの機会を提供すること。弟が機会を利用するかどうかはまったく別の問題だ。

ローズは化粧台のいちばん上の引き出しを開けて、絹のストッキングの後ろに細密画を隠した。そして、クローゼットの扉を開けて釘《くぎ》に旅行用ドレスをかけ、空のカバンをそこにしまった。さっと見わたすと、スミレ色のドレスの身ごろについたボタンが留守のあいだに縫いつけられているのに気づいた。待ちかねた客たちはたいてい長居をしないと言いながらも、ドレスを傷つけることが多い。ありがたいことにジェインは裁縫が得意だった。

ローズは無意識に親指と人差し指でドレスの絹地をなでた。けれど、豪華で生き生きとした色あいが今の気分とはそぐわなかったので、代わりにくすんだ藤色のドレスを選んだ。灰色がかって落ちついた色のドレスは肩先を隠す小さな袖《そで》がついていて、深く四角いえりもとは胸もとに視線を惹《ひ》きつけるようデザインされている。リボンやレース飾りはついていないとはいえ、いかにも売春婦にふさわしいドレスだ。

「そうよ、わたしは売春婦だわ」ローズはつぶやいた。

思わず眉をひそめる。大きらいな言葉を口にしてしまった。身も蓋《ふた》もない表現。どんなに美辞麗句で表現しようとも自分が何者か隠せるわけではない。わたしは売春婦に成り下がってしまったんだもの。何年も前に自ら選んだ運命だった。今、後悔してもむなしいばかりだ。

ベッドの上に衣類を置く。ドレス。ストッキング。コルセット。シュミーズ。靴。さっさと着替えるべきだろう。最初の夜はいつもいちばん難しい。ぐずぐずすれば、これから夜明けまでの試練がいっそう苦しくなる。

ドレスの身ごろについた小さなボタンを次々にはめていると、ジェインが寝室に入ってきた。黒髪を三つ編みにして頭に巻きつけたメイドは顔を赤くしている。

「マダムからお声がかかりました。この二時間ほどで二度」ジェインはそう言うと、洗面台の上に置かれた磁器の洗面器に水差しから水をそそぎ入れた。

つまり、マダム・ルビコンはローズの客をふたり断ったということだ。明日になれば、マダム本人からことの次第を聞かされるだろう。

ローズの顔に一瞬浮かんだ苦い表情を見てジェインが言った。「心配されなくても大丈夫です。応接室に裕福そうな紳士がたくさんいるのを見ましたから。わたしがここに上がってきたとき、マダムが応接室のほうへ降りていくのを見ましたよ。今夜も無駄にはなりません」

ローズが聞きたいような励ましの言葉ではなかった。もうすぐ小さな銀の鈴が鳴らされるだろう。客を見つけたというマダムの合図だ。ああ、あの音はきらいだわ。

「何かお手伝いしましょうか？」ジェインがたずねた。

「いいえ、大丈夫。ほとんど用意はできたから」すばやい動作で髪からピンを引き抜く。きつく丸めてあった髪がほどけて流れるように肩に広がった。今朝、洗髪したとき使ったバラの石けんの香りが軽やかにたち上る。ていねいに黒髪をすいて、ゆるく丸めると、もう一方の手で化粧台の引き出しの中身をかき分けた。ピンやリボンや銀のくしをよけた末、目当てのものが見つかった。そして、手をひとひねりして象牙《ぞうげ》の編み針で巻き髪を留めた。

ジェインがクローゼットの中から緑色の旅行用ドレスと実用的な白いストッキングを取り出し、折りたたんで片腕にかけた。「それでは失礼します。いい夜をお過ごしください」

いい夜など過ごせるはずがない。けれど、ローズはメイドの期待どおりの微笑《ほほえ》みを無理やり浮かべた。

ジェインが部屋から去った瞬間、ローズはがくっと肩を落とした。小さくとも優雅な寝室で、贅沢な絹のドレスをまとって立ちすくんでいるうちに、突然、七夜が永遠につづくような気がしてきた。昼間の時間はすばやく過ぎていくけれど、夜は……。毎晩が永遠そのものだ。少女時代の夢をひとつずつ消していった絶望がまたもや心臓を締めつける。新たな紳士に微笑みかけるたび、その紳士の唇に自分の唇を重ねて両腕を広げるたび、魂をひとかけらずつ失っていく。でも、ほかにどんな選択肢があったというのだろう。

何もなかった。

少なくとも、必要な収入を得られる手だてはほかになかった。それに、二度と裏社交界《ドゥミモンド》には戻りたくなかった。ウェストエンドにあるマダム・ルビコンの退廃的な娼館にいれば、ひとりの男性の気まぐれに頼る暮らしをしなくてすむ。ささいな過ちがどんな結果をもたらすか心配する必要もない。ローズは自分の意思でここにやって来た。もしも客のひとりが手に余る行動に出たとしても、娼館つきのたくましい用心棒が助けに来てくれる。

もっと悪い境遇に堕ちる可能性もあった。飢えて貧窮した暮らしをする可能性。ダッシュの世襲財産であるパクストン・マナーを債権者に引き渡す可能性。いかがわしい地域の売春宿で自分とダッシュがなんとか食べられるだけの小銭を稼ぐ可能性もあった。

そうした境遇に堕ちる代わりに、自分は今ここにいる。同じような立場にいるほかの女性が一カ月かけて稼ぐ金額をたった七夜で手にしている。己の幸運を喜ぶべきだろう。

ローズは皮肉な思いとともにため息をついた。

このまま仕事をしないでいれば、幸運も逃げていくわ。

ありもしないドレスのしわを直しながら、ベッドの右側にあるベッドサイド・テーブルの前に行く。隣に三つ折りのついたてがある。赤いバラとみずみずしい青葉の水彩画が描かれた半透明の生地でできたついたてだ。ベッドサイド・テーブルのいちばん上の引き出しには銀の箱が入っていた。中には小さな羊毛海綿――クルミほどの大きさで長い白糸がくくりつけてある――がいくつも並び、小瓶に酢も入れてある。たいていの客が男性用避妊具をつけるほうを選ぶとはいえ、要求された場合の用意をおこたるわけにはいかなかった。

胸の谷間に少しだけ香水をつけ、居間へ向かった。あたりを見まわす。すべて準備は整っていた。長椅子の後ろにあるキャビネットを見ると、三つのクリスタル製デカンターが盆の上に置かれている。ブランデーとウィスキーとポートワイン。グラスもある。窓にかかるカーテンはしっかりと閉まっている。ローズは暖炉の炎をかき立ててから長椅子に腰かけた。

つつましやかに両手をひざに載せて背すじをのばし、顔をやや伏せた姿勢で、天井のすみから垂れ下がる小さな鈴の音が鳴るのを待ち受ける。視線が目の前の白い羽目板にそれたりしないよう彼女はがまんした。絶対にどんな男性が現れるか考えてはいけない。どんなことを望まれるかも考えるまい。いずれにせよ、客はもうすぐ隠し扉から姿を現すのだから。

金属的なカチッという小さな音がした。ジェイムズはすばやく立ち上がり、ドアのほうを向いた。永遠とも思える時間——実際には十分もたっていないだろう——を待ったあと、やっとこの娼館の主《あるじ》と思える人物が事務室に入ってきた。

「こんばんは。ようこそいらっしゃいました。新しいお客様とお会いするのはいつも光栄なことです」ふつうの女性よりも長身で、ぴったりとした深紅の絹のドレスを身にまとっている。四十歳ぐらいだろうか。高く結い上げた、黄みがかった金色の髪には白髪が交じっていないからひどく年老いてはいないだろう。だが、まっ赤な唇の両わきにしわがあるところを見るとそれほど若くもないようだ。

差し出された手を取り、いくつもの指輪をはめた指の上で軽く会釈した。「こんばんは」

「どうぞお座りください」マダムが安楽椅子のほうにさっと手をひるがえした。「ブランデーかウィスキーはいかがですか?」

「いや、いらない」彼は先ほど座っていた椅子に腰を下ろした。

マダムは机の背後にまわり込んで椅子に座った。背すじをのばして強調した胸は、身ごろに切れ込んだ深いV字のおかげでわずかしか隠れていない。かすかな微笑みを唇に浮かべ、マダムは机の上で両手を組んだ。「今夜は何をお望みでしょうか?」

相手が率直に切り込んできた。天気の話など一切ない。名前さえたずねない。彼の希望だけが問題なのだ。ジェイムズはあごを上げ、コール墨でふちどられたマダムの目をのぞき込んだ。

「女性のサービスを受けたいのだが」

「それでは、最適の場所にいらっしゃったということです。お好みの女性のタイプはおありですか？」

根っからの貴族ではない女性。

〝特に希望はない〟と答えたくなった。娼館には本物のレディなど、まずいないだろう。だが、答えを口にする前にのみ込んだ。新しい船を注文する際には細かな仕様を必ず告げることにしている。今夜ひと晩ここで過ごすのに大金を支払うのなら、具体的な希望を伝えたほうがいいだろう。「黒髪で、やせすぎていない女性がいい」

ほんとうは親切な女性が望みだった。自分がいるだけで満足し、ほかに何も要求しない女性。だがマダムに本音を告げれば、こちらが必死だと印象づけるに決まっている。

一瞬マダムは考える様子を見せた。彼の体に視線をさまよわせてから彼の両手を見た。ジェイムズは椅子のひじ掛けを握りしめないように努力した。あくまでなにげないふりをしなければ。

「特別なご希望はございませんか？」

意味がわからず驚いて彼は顔をしかめた。今、希望を伝えたばかりではないか。ハッと気づいた。〝特別な〟という言葉を強調したところを見ると、別のことを聞いているのだろう。「どういった希望のことを言っているのかね？」

「この館には美女が数多くおります。中には……ある種の分野に長《た》けている者もおりまして。

ご希望をお聞かせいただければ、お客様にぴったりの者を選ぶ助けになります」

これ以上ないほどていねいな言葉づかいだが、おそらくこちらが娼婦相手に倒錯的な行為をしたい客なのか推し量っているのだろう。裏口からこっそり入ってきた客だとメイドから聞いたにちがいない。「いや、特別な希望はない」

マダムがうなずいた。これほど率直な質問をされると、まるで新しい船の話をしているような気がする。この流れが快適なのか不快なのかわからない。まるで……人間にかかわらない話をしているようだ。

「ほかに何か制約はございませんか？」マダムがたずねた。

「どういう意味だ？」

「ポケットの中身についてでございますよ」

ジェイムズは首をふった。マダムの言い値が、ポケットに収めたぶあつい札束より高ければ、差額は小切手を切って支払えばいい。料金はいくらでもかまわない。憎々しげな表情を向けてこない女性とともに時を過ごせれば満足だ。「制約はない」

マダムの目が明らかに貪欲《どんよく》そうに輝いた。ゆっくりとした笑みがその顔に広がっていく。

「お客様にぴったりの女性がおりますよ。女神のような肉体の持ち主です。男性に触れられるために生まれたような色っぽい女性です。極めつけに美しくて官能の技にも非常に長けております。いろいろな意味でお客様を驚かせると思いますよ。それほどの美貌《びぼう》と技巧の持ち主ならわがままかとお思いになるかもしれません。でも、彼女に限ってそれはありません。お客様を丁重におもてなしするでしょう。物腰も洗練されていますし、心もやさしいのですよ。うちで最高の娘です」

美しくて丁重でやさしいだと？　そんな女性がいるとはとうてい思えない。

不信感が顔に出たのだろう。マダムがこう言い添えた。「まさにうちの宝ともいうべき娘です。あの娘にかなう者はいません。あまりにすばらしいので応接室に姿を見せる必要がないのですよ。ごらんになれば、すぐおわかりになるでしょう。彼女と夜をともにする特権をめぐって殴りあいをする紳士たちが、これまでたくさんいたわけを」マダムはさらさらと紙に何かを書きつけて、さっと差し出した。「これだけの金額で、あの娘はお客様のものになります。今夜はお客様が独占できますよ」

ジェイムズは紙を手に取った。もっと高い料金を予想していたが、たったこれだけか。これほどの金を自分のために支払うのは慣れていないけれども、簡単に払える。しかし、ためらいがあった。これから先はもう引き返せないと思ったからだ。

心のやさしい娘……。

そう思った瞬間、ためらいが消えた。椅子の上で身じろぎをすると、ジェイムズは上着のポケットに手を差し入れた。以前、娼館を訪れたときの記憶が正しければ、マダムはサービスを提供する前に支払いを求めてくるはずだ。正直なところ、女性の鏡ともいうべき娘に会ってみたいという好奇心を刺激されていた。

彼はぴったりの金額を机に置いた。

マダムは札束を数えもせず、机の引き出しに入れた。「失望なさることはないと保証いたしますよ。さあ、こちらにいらしてください」

マダムはふり返って呼び鈴のひもを引いた。そして、部屋を横切って白い羽目板の壁を押した。壁に隠されたドアが静かに開いた。通路は彼の肩が両側にくっつくほどせまい。かたわらの壁に造りつけた小さなテーブルの上からマダムが手に取ったろうそくが、通路の壁に光と影の模様を描いた。ジェイムズはマダムのあとを追って階段を登った。一歩歩くごとにこすれる絹のスカートの音が、せまい空間の中で響いている。

ひとつのドアに行きつくと、マダムがふり返った。「お名前をうかがえますでしょうか？」低い声でたずねる。

彼はためらった。

「秘密厳守がうちのモットーです」かすかな微笑みがマダムの唇に浮かんだ。「名前がわかったほうが、ご紹介もうまくいくというもの。そうお思いになりませんか？」

彼はうなずいた。「ジェイムズだ」

「ご紹介する前に本人をごらんになります？」マダムは手をのばし、ドアの上の小さな木製の円盤をずらした。さっとわきによけると、輝かしい光の筋を放つのぞき穴に手を向ける。

ジェイムズは思わずドアの前に近よった。期待が胸にこみ上げ、脈が速くなってきた。目を穴に押しあてたとたん、彼女を見つめずにいられなくなった。

心臓がドキッと音をたてた。マダムの話は大げさではなかった。

彼女はドアからほんの四歩ほど離れたクリーム色の長椅子に座っている。そこは、小さいがしつらえのいい居間だった。絹のようになめらかな黒髪は真夜中を思わせる色で、うなじあたりにゆったりとまとめてある。ほつれ毛が優雅な線を描いて首すじにかかっている。バラのように赤いふっくらとした唇。シミひとつない、磁器のように白い肌。広く開いたえりもとから豊かな胸が危険なほどあらわになっている……。

彼はわきに置いた手をぎゅっと握りしめた。触ってみたいという欲求が抑えきれないほどこみ上げてくる。

「名前はローズです」ささやく声が耳もとで聞こえた。「気に入っていただけましたか?」

彼はただうなずくことしかできなかった。赤い唇と白い肌を見れば、まさに本人を言い表した名前としか思えない。ほんとうの名前なのだろうか。

このうら若い美女は見事な曲線を描く肉体の持ち主であるというのに、近よりがたさは微塵《みじん》もない。他人を見下すのに慣れた様子もない。

軽く手をひらめかせて彼女はモーヴ色のドレスのスカートを整えた。そして、視線を唯一の窓にかかったカーテンのほうへ移したが、特に何かを見つめているふうではなかった。ほんの少し肩を落としたように見えた瞬間、美しいハート型の顔に……悲しみにも似た表情がよぎった。気のせいだろうか。

ふいに無防備なひとときをのぞいていることが気まずく思え、ジェイムズは一歩退いた。

「よろしく頼む」低い声でそう言ってドアに手を向ける。

「喜んで」マダムは丸い板をのぞき穴に戻して光を閉ざした。

ドアを開けたマダムにしたがって彼は中に足を踏み入れ、マダムのかたわらに立った。

「こんばんは、ローズ。あなたと知りあいになりたいとおっしゃる紳士を紹介するわ」

静かな衣《きぬ》ずれの音をたててローズが立ち上がった。ついさっき悲しみの表情がよぎったとしても、今はその気配すらない。唇に微笑みをたたえ、明るい青の瞳が心からの歓迎の意を示している。

「こちらはジェイムズよ。ジェイムズ、ローズをご紹介するわ」

ローズが手を差し出した。手袋ははめていない。優雅な形をした手はやわらかであたたかく感じられた。彼はその手に会釈した。女性としてはふつうの背丈で、やせぎすでもない彼女なら、百九十センチ近い自分の体が触れても壊れることはないだろう。それでも、こうして立っていると上から見下ろしている気分だ。「お知りあいになれて光栄です」

「こちらこそ光栄ですわ、ジェイムズ」女らしい声が耳に心地よい。洗練されてなめらかで、わざとらしさのない声だ。しかも、まるで呼び慣れているかのように彼の名を口にした。親しみやすい女性だ。この声は一生忘れられそうにない、と彼は思った。

かたわらに目をやって紹介の礼を言おうとしたが、すでにマダムの姿はなかった。

2

男が、まるでふいに不安になったかのように部屋をちらりと見わたした。ローズは男が手を離すのを待った。長い指が彼女の手のひらを包み込み、親指が薬指の裏側に添えられている。ゆるやかだが、しっかりと握りしめている。女性へ紹介されるのに慣れた紳士だ。彼の手のひらや指先にはたこができていた。

やさしげなオリーブグリーン色の目が彼女の目をとらえた。永遠とも思える時間が流れた。自分の呼吸が速まったのがかろうじて感じられる。ああ、なんて長いまつげをしているのかしら。短めに切られた栗《くり》色の髪よりかなり濃い色をしたまつげは、いかつい顔だちとは対照的に見える。彼の顔には貴族らしさがまったくなく、堂々とした体格にふさわしい力と自信がみなぎっている。彼は視線を落とし、彼女の唇をながめたあと、さらに下を見た。そのまなざしの強さに胸が熱くなり、乳首が硬くなった。

「こちらへどうぞ。お座りになって」これがわたしの声？　自分の耳にかすれて聞こえた。

すぐに応じない相手の手を軽く握りしめる。彼は即座に顔を上げ、手を離して腕をわきにつけた。

「申し訳ない」深く低いつぶやき声が彼の広い胸から響いた。

「謝られる必要はありませんわ」彼女は微笑みながら答えた。「さあ、いらして。ひと晩じゅうドアの前に立っているわけにもいかないでしょう」

くるりと背を向けたローズは部屋を横切っていった。一歩歩くごとにかすかに腰をゆらしながら。彼女はマダム・ルビコンが彼の背後で指を一本立てたのを見逃さなかった。ジェイムズは新しい客なのだ。少なくともこの娼館では。ここを去るとき、彼がまた来たいと強く願うかどうかはローズの肩にかかっている。彼女を指名できるほど裕福な男性は貴重な客で、マダムは失いたくないはずだ。

ためらう姿からすると、ロンドンにあるこの種の館の常連客ではなさそうだ。落ちつきを取り戻したら、客らしく飛びかかってくるのだろうか。それとも、どうしたらいいのかわからずにこのまま何もしないのだろうか。何もしようとしないなら、こちらから手をさしのべて、うながさなくては。誘惑してくれていいのだと納得させ、娼館の夜にふさわしい行動を取っていいという暗黙の合図を送るのだ。

不思議なことに、今夜はいつものこわさを感じない。

「ブランデー、ウィスキー、それともポートワイン？」彼女はたずねた。

「えっ？」

クリスタル製のデカンターが並んでいるほうに手を向ける。「何をお飲みになりますか？　ブランデーとウィスキーとポートワインがあります」

「いいや、けっこうだ」

何か飲みたいはずだわ。背すじをまっすぐにのばして肩をこわばらせたまま、彼は落ちつかない様子を見せている。それでも今はドアの前から離れて、長椅子の前に立っていた。だが、まだ座ろうとしない。

「何か別のものがよろしければ、メイドに持ってこさせますわ」

彼は首をふった。

彼女はウィスキーを選んでグラスにそそいだ。ポートワインは強すぎて自分の好みに合わないし、ブランデーは……この人はブランデーを好むタイプには見えない。飲み物を断るなら、これ以上勧めても仕方がないだろう。キャビネットに背を向けると、ローズはグラスを口もとまで運び、ひと口そっとすすった。年代物のウィスキーがのどを流れていく。

長椅子に座った瞬間、彼も腰を下ろした。そのタイミングにローズは驚いた。この人はためらいから立っていたわけではなく、わたしに敬意を示してくれていたんだわ。ああ、今夜の目的からすれば、敬意という言葉はふさわしくない。ただ礼儀を示してくれたのだろう。きっと子どものころからそんなふうに育ってきた人にちがいない。

ほんとうの紳士だわ。礼儀など必要でない場でもマナーを忘れない人。それでも、貴族には思えない。ごう慢さのかけらもなく、人を見下す態度も見せないのだから。

彼女は華奢《きゃしゃ》な脚のついたサイドテーブルの上にグラスを置いて彼のほうに肩を向けた。長椅子はせまい部屋に合うよう小さめに造られており、ひじ掛けに彼のひじが載っていてもスカートは彼の太ももに接していた。けれど、ジェイムズほどの体格の持ち主なら応接室にあるゆったりとした革張りの長椅子に座っても長椅子が小さく見えるだろう。長身のせいだけではない。触らなくてもわかる。仕立て屋は彼の服につめ物をする必要がなかっただろう。暗緑色の上着と黄褐色のズボンの下にはたくましい筋肉しかないのだから。このうえなく広い肩から有能そうな大きな手までながめれば、この男性が日々の正直な仕事の価値を理解する人間であることは一目瞭然《りょうぜん》だ。

ローズはハッとした。気づくとジェイムズをじっと見つめていた。それも、かなり大胆に。ひざの上で両手を握りしめ、乾いた唇をなめる。仕事を忘れてはいけないわ。どんなに魅力的な相手でも、客は見つめられる以上のことを期待しているのだから。

「ロンドンにお住まいなの、ジェイムズ？　それともこちらには旅行で？」彼を会話に引き込もうとして彼女はたずねた。

「いや、旅行ではない」

短い答えだったが、話の方向が見えてきた。「毎日何をなさっているのかしら？」

彼はためらい、かすかに眉根をよせた。「働いている」

たいていの男性はなんらかの仕事に就いている。たとえ仕事のほとんどを秘書にまかせているにしても。彼女が口を開いてどんな仕事かたずねようとしたそのとき、彼が話しはじめた。

「きみは毎日どんなふうに過ごしているんだい？　ここにいないときは」そう言って部屋を指すように頭を傾けた。

「あの、わたし……」わたしのしていることと言えば、ダッシュの行方を追ってちゃんと暮らしているか確かめること。パクストン・マナーの修理をするために職人と打ちあわせすること。太陽が永遠に沈まないでほしいと願うこと……。「公園を散歩します」広大な敷地に広がるみずみずしい芝生。サーペンタイン湖のやさしい波音。静かで平和なハイド・パークはわが家を思い出させてくれる。

彼はたくましいあごに片手で触れた。一瞬、彼の視線が部屋のしつらえにそれ、やがて彼女に戻ってきた。「昼間ハイド・パークを訪れたのはいつか、もう思い出せないな。ときどき帰宅する前にまわり道をして訪れることはあるが、たいてい夜遅くなってからだ。いつごろ散歩をするのが好きなんだい？」

「午前中です。まだ太陽が昇りきらないうちに」人や馬車でにぎわう前。そして、紳士たちがロッテン・ロウ（ハイド・パーク内にある乗馬用道路）で乗馬を楽しんだあと。いつも散歩する時間にハイド・パークにいるのは乳母車を押す乳母たちやいたずらっ子を連れた家庭教師たちで、社交界のレディや紳士ではない。そうした紳士たちはローズに気づく可能性があるからだ。

ジェイムズが隠しドアに目を向け、眉根をよせた。「見られている可能性はないだろうか？」

彼は抑えた声でたずねた。

「マダム・ルビコンにそうしたことをお許しになったの？」

「いや」

「ならば見られている可能性はありません。マダムに伴われずにお客様が召使いの領域に入ることは許されていませんから。それに、隠し通路はこの部屋と事務室にしか通じていません」

新しい客であるジェイムズが乱暴を働いていないか確認するために、マダムが部屋をのぞきたがる可能性については口にしなかった。「でも、もしそうしたほうがよければ、マダムに伝えてください。ほかの方の行為を見るのがお好きなお客様や、見られるのがお好きなお客様もいらっしゃいますから」

なにげない口調で告げて反応を待つ。

「きみはそういうのが好きなのかい？」

そういう行為をわたしとしたいのかしら？　そうした要望を口にする客はめったにいない。もっとも、この娼館のどこかで行われている行為にくらべれば、おとなしい行為ではある。それでも気持ちのいい仕事ではない。以前経験したとき、見つめる他人の目を頭から払いのけることができなかった。ここでの夜はいつも演技でしかないのだから、そう感じるのは奇妙かもしれない。

けれど、ジェイムズがほんとうに望むなら、無視するわけにはいかない。わたしはこの人を喜ばせるためにここにいるんですもの。それを忘れてはいけないわ。

じらすような微笑みを無理やり顔に張りつけると、ローズは片腕を上げて上着の生地ごしに彼の前腕に指先を走らせた。「あなたが気に入ることはわたしも気に入るわ」

あたたかな彼の手の甲に触れた瞬間、ジェイムズはくるりと手首をひるがえし、彼女の指をとらえた。

「私のことはいいんだ。きみがどうしたいかきいている」

ほんとうにわたしの好みに関心を抱いてくれているのかしら。客の中には、良心の痛みをやわらげようとして心づかいを見せるふりをする者がいる。まるでお金のやりとりだけでは不安を消せないかのように。けれど、ジェイムズの真剣な表情を見れば、彼がそんな男性ではないことがわかる。

正直な答えを望んでいるとしたら、少なくともこの問いについては思ったままに答えよう。

「魅力的なことは思えないわ」ローズは小さな声で答えた。

彼の握る手がゆるんだので、指を引き離した。そして、身じろぎして必要もないのにスカートの布地をなでた。なんだかひどく自分をさらしてしまったような気がする。まるで群衆の前にひとり座らされているような……。居心地の悪さをふるい落とすために肩を動かしたくなった。

その代わりに、気を引き締めて自分の前に壁を築いた。感情から自分を切り離すのだ。だいぶ以前に身につけたこの技のおかげで、ここで過ごす夜に耐えられるようになった。いずれにせよ、行動に出るようジェイムズをうながしてもいいころあいだ。

ローズはグラスに手をのばして、ウィスキーをゆっくりとすすった。視線を彼の顔から胸へと移してズボンの前垂れを見ると、ふたたび胸に戻した。そして、グラスを差し出した。

「私を酔わせるつもりかな?」彼がたずねた。かすかにおもしろがっているような微笑みが唇に浮かんでいる。

「酔わせるですって? いいえ。酔っぱらった男性なんて女性にとって何の役にも立たないですもの」

「いいや、ちゃんと役に立つ。男でも女でもね」グラスを受け取る彼の指がローズの指をかすめた。彼女の腕に衝撃が走って胸まで広がった。呼吸が乱れる。彼が背をかがめて、足もとの豪華な絨毯の上にグラスを置いた。大きな背中だ。

彼が元の姿勢に戻ったとき、きっと近づいてくるとローズは思った。彼女の唇に残るウィスキーの味わいを確かめようと顔をよせてくるにちがいない、と。けれど、彼は長椅子に背中をあずけ、彼女のほうに視線を戻した。

さっきよりずっと気を許した様子だ。肩のこわばりは消え、長い脚を気楽そうに広げている。すっかりくつろいだ男の姿がそこにはあった。それでも……。

もっと大胆に接しなければ。

「ええ、心から賛成します。男性はちゃんと役に立ちますわ」さり気なく上半身を傾ける。こうすれば胸がよく見えるのだ。ローズは片手を彼のひざに載せた。手の下でたくましい太ももがふるえている。やがて、彼の全身が動きを止めた。明らかに彼女の影響を受けている。彼女は彼のほうに頭を傾けた。「わたしの寝室はあのドアの向こうにあるの」

ジェイムズは視線を向けなかったが、その代わりに彼女の目を見つめた。「そうなのか」

彼女は誘いかけるように微笑んだ。「ええ。ごらんになりたくない？」

彼はなめるように彼女の顔を見つめた。考えているようだ。もう答えは返ってこないと思ったそのとき、彼は軽く首をふった。「その必要はない。ここでじゅうぶんだ」

「ほんとうに？」

「ああ」

寝室へ行きたくないですって？　まったく予想もしない答えだった。話を聞いてもらえるだけで満足する男性客がいるといううわさは、この館にいるほかの娼婦たちから聞いたことがあった。友人のように接してもらうことだけを望み、ほかに何も求めない客がいる、と。けれども、これまでそんな客に出会ったことはなかった。

もしかしたらジェイムズも……。

彼のひざに置いた手をゆっくりと上へとすべらせていく。軽やかなタッチでじらすように、それでいて意図ははっきりとわかるように。彼の体から放たれる熱気がズボンのやわらかなウール地越しに伝わってくる。まるで何時間も夏の日ざしを浴びたかのように熱い。指先がズボンの前垂れをかすめたとき、こんもりとしたふくらみがはね上がった。予想外の衝撃を受けて、ローズの体の奥で欲望が高まった。

長い指がふたたび彼女の指をとらえた。

彼は指をからみあわせ、ふたりの手を自分の太ももの上に置いた。彼がかすれた声で咳《せき》をすると、その音が部屋じゅうに響いたような気がした。「ハイド・パークできみがいちばん好きな場所はどこだい？」

ローズは目をしばたたいた。急に先ほどの話題に話を戻されて混乱したのだ。「サーペンタイン湖です」自分の声が遠くから聞こえるような気がする。

「今度より道するときに立ちよってみよう」

感じていた欲望が消え、とまどいだけが残った。この人は居間に座っているだけで、それ以上は望んでいないのかしら。大金を支払った意味を理解していないのかしら。そんなばかな！快楽を追求できると確信したからこそ、この館でいちばん高値の娼婦を選んだはずだわ。マダム・ルビコンはそういう契約をしたはず。けれど、この人は快楽を追求しようともしない。ローズはあれこれ考えをめぐらせ、ジェイムズの不可解な行動の意味を探った。さっき触れたとき、彼の体は反応した。それなのに、どうしても先へ進もうとしない。

もう今ごろはふたりで寝室にいてもいいころだった。ジェイムズの体に触れながら快感を呼び起こす場所を探していてもおかしくない。彼はさらなる快感を求めて息を切らしていていいはずなのに。こんなふうに、ハンサムな顔にやさしげな表情を浮かべているのではなく。

何か変なことを言ってしまったのか、してしまったのかしら。ジェイムズの考えを変えてしまうような何かを。それとも、彼のためらいは状況のせいではないのかしら。もしかしたら、わたしがほしくないのかもしれない。

もしかしたら、たいていの男性がするやり方に従いたくないのかもしれない。

そうだとしても責められない。簡単に買えるものを心から望む男性がいるのだろうか。

そこまで考えたところで、ローズはこの娼館に初めて足を踏み入れて以来どれほど多くの男性を受け入れてきたか痛感せずにはいられなくなった。次から次へと貪欲な手に体をまさぐられ、思う存分味わわれてきた。意識の中で男たちの姿がひとつに混じりあっていく。それでも、ひとりひとりの重さは感じずにいられなかった。

誰もがローズを汚した。欲望のかぎりを尽くして。

「きみは美しいね、ローズ」

どうしてまた不意を突かれたのかわからなかった。自分の名を呼ぶ男性的な低く響く声のせいだろうか。それとも彼の話し方のせいだろうか。真実味のこもった言葉だった。そう言って力づけてほしい気持ちを理解しているかのような声だった。

どうしてこの人にはわかるのだろう。

「ご親切に」思わず常套句《じょうとうく》で返してしまう。ローズはジェイムズから距離を置こうと長椅子に背中をあずけようとしたが、彼の手はゆるやかだがしっかりと彼女の手を握りしめ、離そうとしなかった。

「親切で言っているのではないよ。真実を言っているだけだ。きみは美しい」

〝美しい〟と言ってくれる男性は数えきれないほどいた。雄弁であったり無骨であったりはしても、彼女の繊細な顔だちと曲線美に満ちた体つきを誰もがほめてくれた。いつも微笑んで礼の言葉をつぶやいたが、男たちのむなしい言葉は心に何も残さなかった。

ほんとうに自分が美しいと思わせてくれる男性はひとりとしていなかった。

それが今、変わった。

ローズは胸を高鳴らせながら「ありがとう」と答えた。体の奥からつのるうずきが、軽やかな衝撃とともに指先やつま先まで広がった。唇に浮かぶ微笑みを隠そうとして隠しきれずに、顔を伏せた。

「きみのドレスもとても好きだ」

胸の奥から笑い声がこみ上げた。「ありがとう」

「どういたしまして。色もすてきだ」

「モーヴ色なの。あなたのいちばんお気に入りの色かしら?」ローズはからかった。

「そういうわけではないが。いつもは青が好きだ」

「青いドレスも持っているわ。ほんとうの青というより紺色と言ったほうがいいけれど。よろしければ着替えましょうか……。お手伝いしてもらってもいいのよ」

ジェイムズが微笑み、その顔から歳月が消え去った。大柄な体格と荒々しい顔だちのせいで、少なくとも十歳は年上かと思っていた。けれどこうして見ると、二十二歳の自分とそれほど変わりはないようだ。

「いや、その必要はない」くすくすと笑うジェイムズの声が部屋の雰囲気をあたたかくした。

彼の目には明らかに欲望が浮かんでいる。それなのに、この人はわたしの体をいちばんに求めているわけではないのだわ。そう気づいてローズは心を打たれた。この人がほしいのは、わたしとの時間。

期待や義務の重みでこわばっていた肩が、一気に楽になった気がした。わずかに残っていた緊張も消えた。ローズは身じろぎをして彼に近づいた。引きつけられたと言うべきだろうか。肩を彼の上腕に押しつける。ふたりの手は今もからみあっている。彼女はよりかかった。彼の上着は冷ややかな夜の香りがした。そして男の香り。ジェイムズの香りだわ。

「旅行で来たのでないなら、ロンドンにお住まいなのね。お仕事もロンドンで？」

「ああ。私の事務所は波止場の近くにあるんだ」

ロンドンでいちばん快適な場所というわけではない。彼なら、もっと裕福な者たちがいる界隈で事務所をかまえることもできるはずだ。「ご自分で選んだ場所なのかしら?」

「都合がいい場所なのでね。船にかかわる仕事なんだ」

船の甲板の上にいる彼を想像するのは簡単だった。造作もなくロープをたぐりよせる姿が目に浮かぶようだ。汗で光る肌。太陽の光の下で筋肉が盛り上がっていることだろう。商人たちは机の前に座って仕事をするのを好むものだけれど、働き慣れた彼の手は重労働を厭《いと》わない人の手だった。「貿易制限が解除されてナポレオンの船も海から消えたから、きっと好景気を味わっているのでしょうね」

「そうだね。恩恵にはあずかっている」

ローズは口をつぐんで待った。てっきりジェイムズが詳しい話をすると思ったのだ。けれど、彼は黙っていた。男性にはめずらしく謙虚な人なんだわ。たいていの男性はこうした機会に自慢話をするものなのに。

もっと彼らについて詳しくきこうとしても、答えはいつも同じだった。働いている。所属するクラブはない。劇場はきらいだ。そして、社交界の話になるとしかめっつらをする。「毎日起きている時間はずっと事務所で過ごしているの?」

「そうだ」

「どうして?」

「家にいるよりましだから」

奇妙な答えだ。「仕事は楽しいの?」

ジェイムズは肩をすくめた。ウール地の袖がローズのむき出しの腕をかすめた。「きみはここでの時間を楽しんでいるのかな?」

ノーと言っているのだろうか。それとも意味のない質問に過ぎないのだろうか。変えられない人生の一面だと言いたいのだろう。どんなに豪華な場所であっても、この館のベッドで過ごす夜をわたしが楽しんでいるとは彼には信じられないのだ。たしかにそうだった。けれど、今はちがう。ローズは視線をたくましい彼の横顔に向け、まっすぐな鼻のラインからうっすら髭ののびたあごを見た。これまでハンサムな客がいなかったわけではない。めったにいないが、いることはいる。今夜のように。それでもジェイムズだからこそ特別なのだ。彼の魂に潜むおだやかなやさしさをローズは感じていた。そしてそれは、自分と同じように孤独に満ちた魂だった。

「あなたといると楽しいわ」言うつもりはなかったのに真実が口をついて出た。

かすかな微笑みが彼の唇に浮かぶ。「ありがとう」そう言ってジェイムズは彼女の手の甲を親指でなでた。なにげないが親しみに満ちたしぐさだった。「私の話に飽きないのかい?」

「そんなことないわ」

「私は飽きてきた。きみの話を聞きたい。教えてくれないか?　家族はいるのかい?」

「家族のいない人なんていないわ。誰もひとりで生まれることはできないでしょう?」

巧妙に話をそらした切り返しに彼は片方の眉をつり上げた。だが、しつこく問いただすつもりはないらしい。その目にかすかなユーモアが浮かんだ。

彼は質問をつづけた。ひとつの話題に執着はしないが、気をそらされはしない。ローズはうまくかわしながらも、嘘《うそ》は言わずに最小限の真実を告げた。客には体と官能の技だけではなく、相手が望むなら会話の技も提供している。それでも、自分自身について語ったことはなかった。それに、ジェイムズと過ごす時間がどれほど楽しくても、夜明けまで会話だけでは持たない。だから、個人的な詳細を打ち明けたいという誘惑に耐えて、この時間を楽しむことにした。ほんの数時間前、この居間に足を踏み入れた瞬間からほしかった休息を味わっているのだ。

とはいえ、休息もいつかは終わる。やがて、どちらからともなく会話が止まった。沈黙を破るのは、ときおりはぜる薪《まき》の音だけだ。大理石の暖炉の中で燃える炎をかき立てなければならなかったけれど、ローズは暖炉に近づきもしなかった。今はすっかりジェイムズに体をあずけ、頬を彼の肩に押しあてて脚を長椅子の上に載せている。たくましい体があたえてくれる心地よい重みを感じていたかった。

彼が部屋を見まわした。「時計はないのかな?」

「ここにはないわ」客は居間でぐずぐずしたりしないので、時計は置いていなかった。それにひと晩にひとりの客しか受け入れないので、時間はさして重要ではなかった。客は夜明けまでに帰ればいいのだ。

彼はベストのポケットから銀の懐中時計を取り出した。「だいぶ遅い時間だ」そう言って時計をポケットに戻す。「きみの眠りを妨げたくないから、もう帰ることにしよう」

ローズはいやいやながら足を床につけた。ジェイムズは立ち上がり、まだ握っている手で彼女が立ち上がる手助けをしてくれた。しわだらけになったスカートなど気にも留めず、彼女はドアまで彼を導いた。

彼が足を止めてふり返った。「ありがとう」

「どういたしまして」お願い、明日の夜も来ると言って。その言葉を口にするのをローズはこらえた。ジェイムズはもう戻ってこないだろう。この人はわたしのような女と夜をともにする男性ではない。

彼は自分の靴に視線を落としてから彼女を見た。「変な男だと思っているだろうね」

そんなことはなかった。すばらしい男性だわ。この館に来てくれたことを感謝せずにいられなかった。

「どうして変な男だなんて言うの？」

「美しい女性と夜を過ごしているのにキスすらしないから」

ローズは彼に近づいた。「今からでも遅くないわ」ささやくような声で言う。

彼女の手を握りしめる彼の手に力がこもり、彼の体にふるえが走った。かげりを帯びた目は、もはやおだやかなオリーブグリーン色ではなく、まぎれもない欲望に満ちている。彼はゆっくりと頭を傾けた。ローズは握られていないほうの手で彼の袖を上へとたどった。布地の下に硬い筋肉があるのがわかる。彼女はあごを上げて背をのばし、彼に近づいた。ドキドキする。彼の腕がウエストにまわされ、顔が近づく。あたたかな唇が彼女の首に押しあてられた。軽やかなタッチ。羽のように軽いキスだ。

彼の吐息が肌をなで、ほんの少しのびた髭がちくちくする。彼の髪に耳をくすぐられ、ローズは体じゅうが熱くなった。息をのんで目を閉じる。驚かずにいられなかった。こんなに反応してしまうなんて。彼の唇が繊細な彼女の首すじを上へたどる。もっとキスしてほしい。そんな欲望が体のすみずみまで響きわたっている。

唇からせつないため息がもれた。もっとキスしてほしくて首をのけぞらせる。彼の唇がゆっくりと彼女のあごをたどり、頬へと移っていく。そして、彼は唇に唇を重ねた。

そっと触れるようなキス。おごそかでありながら、とろけるような唇の触れあい。ああ、終わってほしくない。彼の舌先に唇をたどられると、ローズは自ら唇を開いた。彼の熱い舌が舌にからみついた瞬間、彼女はわれを忘れた。純粋な欲望がこみ上げる。

彼の唇が離れたとき、ローズは抗議の声をあげたくなったがこらえた。ジェイムズは彼女をぎゅっと抱きしめた。彼の心臓が激しく鼓動しているのが感じられる。

どれほどの時間が経っただろうか。ジェイムズはただローズを抱きしめていた。彼女は彼の胸に頬をよせ、たくましい体に包まれているのを感じ、まだからみついている手の感触を味わった。

やがて、彼は彼女の頭のてっぺんに唇を押しあてて、体を離した。目を伏せたジェイムズの顔に苦痛の表情が浮かんだ。唇を真一文字に結んでいる。けれど、一瞬ののち彼が目を開いたとき、そこにはおだやかな表情が戻っていた。オリーブグリーン色の目を見れば、まだ欲望が見え隠れしているのがわかる。それでも、痛々しいまなざしは消えていた。

ローズは心を打たれた。この人はわたしと同じように今宵《こよい》このひとときを切望していたのだ。彼女の手を握る手の力がゆるんだ。ローズは意志をふりしぼって、からめた指をほどいた。

ひと言も口にしないまま、ジェイムズは頭を傾けて別れのあいさつをした。ぼう然としながらもローズは壁を押して隠し扉を開けた。彼はくるりときびすを返して暗い通路に出て行った。彼の手のぬくもりを忘れられずに立ちつくすローズをひとり残して。

3

ジェイムズは簡単にクラヴァットを結ぶと、衣装室に入った。クリーム色のベストを身につけたあと、栗色の上着の袖に腕を通す。たいていの紳士が側仕えを雇っているが、彼は身支度くらいひとりでできるという信念の持ち主だった。子どものころからの習慣でもある。金はうなるほど銀行にあるが、信念は変わらなかった。

上着のボタンをはめてから寝室に戻り、シャツの袖を引っぱって整えてからベッドわきの鏡を見た。開けられた紺色のカーテンの向こうに、どんよりと曇った灰色の空が広がっている。弱々しい日ざしからでは時間はわからない。それでも、太陽が姿を見せているということは、いつもより遅く起きた証《あかし》だった。

今まで召使いに起こすよう命じたことはない。眠っていても起きる時間はわかるのだ。だが、昨夜はこれまでにないほどよく眠れた。あのキスを思い浮かべながらベッドに横たわった瞬間、何時間も目覚めることなく眠れたのだった。

数えきれない夜をひとりきりのベッドで過ごしてきた——己の手のみをなぐさめとして。眠れない長く孤独な夜。広いタウンハウスが墓場のように感じられる。そんな夜に女性から求められたら拒めなかっただろう。それなのに、実際に女性から求められた夜、自分はどうしたのか。

拒んだのだ。

彼は自嘲《じちよう》気味に頭をふった。思わず笑いがこみ上げる。「ジェイムズよ、おまえは年よりになったようだな」

あからさまな求めではなかったが、どうにも忘れがたかった。ローズは言葉では言い表せないほど美しかった。夢想の中に登場した彼女の姿が今もよみがえる。昨夜ふたりきりになったとき、自分勝手な欲望を満たすために彼女の体を奪ってはいけない、という思いにとらわれてしまった。

彼の肉体はローズを求めていた。あの微笑みを見ただけでも男性自身がすぐさま反応した。まして体に触れられたときは苦しいほどだった。今も、ローズが彼のひざに描いた繊細な線の感触をまざまざと思い出す。かすかに触れられただけで硬くならずにいられなかった。夢の中ではズボンが消え去り、男性自身が彼女の口の中にすっぽりと包み込まれたかと思うと、握りしめる彼女の手によって上下にこすられた。彼女の目には、自分に負けないほどの欲望がきらめいていた。そして、彼女はさらに深いつながりを求め……。

ジェイムズは短いうめき声をあげ、ズボンの前部を整えた。これでは夜ごと想像がふくらむばかりだ。

それでも何より忘れがたいのは、ローズを抱きしめた感触だった。やわらかで羽のように軽い体をよりかからせ、小さな手でしっかりと彼の手を握ったローズ。女らしい甘い香りが鼻腔《びこう》をくすぐった。女性を抱きしめたのはほんとうに久しぶりだった。こんな簡単な行為が贅沢このうえないものに変わるとは、結婚前には考えたこともなかった。だが、三年間飢えきった男にとって、ローズの存在を味わった経験は恵みの雨のひとしずくのように貴重なものだった。

もっとローズのそばにいたかった。屋敷まで帰らず、夜明けまで清い夜をともに過ごしたかった。彼女に会わずに毎日を過ごすことはできるかもしれないが、この屋敷にいるのは難しい。玄関に足を踏み入れるといつも孤独がマントのように巻きついてくる。

それでも、運命を変えることはできない。ただ耐えて孤独に負けないことが最善なのだ。

渋い顔で雲を見ながらジェイムズはきびすを返して寝室を出た。運がよければ雨は降らないだろう。びしょ濡《ぬ》れになって事務所に到着したくはなかった。

コーヒーを一杯飲んでから出て行こう。今ごろデッカーはやきもきしているはずだ。いつもならジェイムズは八時前には机の前に座っているのに、もう十時半なのだから。

彼は、廊下の反対側の部屋へ向かうメイドに向かって軽くうなずいた。メイドが淡いピンクのモーニング・ドレスを抱えているのを彼は見逃さなかった。足を速めて階段を降りる。形式張った食堂には誰もいない。ただ象牙色のポットとカップと受け皿が、マホガニー製の長いテーブルの端に置かれているだけだ。壁際のサイドボードには銀の燭台しか載っていない。彼はわざわざ早朝からコックの手を煩わせて朝食を用意させたくなかった。ポット一杯のコーヒーさえあれば事足りる。それなら誰にでも簡単に用意できるはずだ。

彼は腰を下ろし、ポットに手をのばした。

「コーヒーを入れ直すよう厨房のほうに連絡いたしました、ミスター・アーチャー」

ジェイムズは驚きを隠した。くそっ、召使いたちが音もたてずに動きまわるのを忘れていた。ひとりだと思っていたのに。

深緑の制服を着た従僕がかたわらに姿を現した。怒られると思っているのか、不安そうな表情をしている。

ジェイムズは召使いたちに同情を感じずにはいられなかった。「心配は無用だ、ヒラー。今朝寝坊したのは私で、おまえの責任ではないのだから」

従僕の不安な表情がわずかにやわらいだ。「朝の郵便が届いております。今受け取られますか？　それとも事務所のほうへ送らせましょうか？」

「今受け取ったほうがいいだろう。送る手間がはぶけるから」

ヒラーは部屋から小走りで出て行ったかと思うと、すぐさま銀の盆を手に戻ってきた。

ジェイムズは礼の言葉をつぶやき、手紙の束をざっとながめた。〝ジェイムズ・アーチャー夫妻〟宛《あて》の手紙は招待状だろうから無視する。どれも二週間後に迫った社交シーズンを思い出させるものばかりだ。そのほかには、請求書が二通、彼個人宛の手紙が一通混じっていた。〝ミス・レベッカ・アーチャー〟という名と、父のサマセットの屋敷の住所が左上に書かれている。請求書を上着のポケットに収めると、彼は手紙を開いた。

お兄様――お元気でいらっしゃるでしょうか。このところサマセットでは天気に恵まれていません。もう一週間も太陽を目にしていないのです。お父様は四月六日まではロンドンに行ってはいけないと相変わらずおっしゃっています。まだまだ先なのに。それから言っておきますけど、わたしはハンサムで適齢期の殿方がいる舞踏会だけを楽しみにしているわけではありませんからね。お兄様に会いたくて仕方がないの。だから、一日でも早く出発できるよう努力を惜しまないつもり。もしもお兄様からお父様へ、わたしのロンドン行きが今の最重要事項だと手紙を書いてくださったらありがたいと思います。

――お兄様を愛する妹レベッカより

ジェイムズの唇に微笑みが浮かんだ。自分自身は社交シーズンの到来を恐れているが、レベッカはそうではない。手紙の文字から妹の興奮が見て取れるようだ。六日より前に妹が現れたとしても驚きではない。父親は何年も前からひとり娘の社交界デビューの計画を立てていたが、愛らしいレベッカの懇願にきっと折れるだろう。妹はきっとロンドンで仕立てたばかりのドレスをつめ込んだトランクを用意して、いつでも出発できるよう準備しているにちがいない。

ロンドンで最初のシーズンを迎える若いレディを押しとどめることなどできない。こちらから手紙を書く必要はまずないが、念のため父へ手紙を書くことにしよう。

ヒラーがふたたび現れた。「コーヒーのご用意ができました、ミスター・アーチャー」

あたたかいコーヒーを入れたポットから、湯気を立てた黒い液体がカップにそそがれていく。

「ありがとう、ヒラー」ジェイムズはコーヒーをすすった。ちょうどいい温度だ。「それから、火曜より前にミス・アーチャーが到着するかもしれないと召使いたちに伝えておいてくれ」

「承知いたしました。ほかにご用はございませんか？」

「いや、ない」そう答えると、ジェイムズはレベッカの手紙を上着のポケットに収めた。

軽く会釈するとヒラーは食堂から出て行った。やがてジェイムズはコーヒーを飲み終え、席を立った。上着を整えてから玄関へ向かう。

たったひとりのきょうだいである妹と会うのが楽しみだった。妹を愛しているし、妹が幸せになるためなら何でもするつもりだ。どんな望みでも叶えてやりたい。そのためなら自分の幸せを犠牲にしてもかまわない。だが、妹がロンドンを訪問するとなると、社交界の催しに付き添ったりこの屋敷でもてなしたりしなければならないから、いつもの静けさを守ることは無理だろう。彼の顔から微笑みが消えた。

年老いた執事のマーカスが玄関ドアを閉じて、花瓶いっぱいの花を壁付きテーブルの上に置いた。赤や黄色やピンクの花々が玄関広間に活気をもたらしている。

マーカスは彼のほうにうなずいてテーブルから離れた。かすかな靴音がまっ白な大理石の床に響く。ジェイムズは花のあいだにはさまれたカードを手に取らずにいられなかった。〝ミセス・ジェイムズ・アーチャー〟宛ではなく〝アメリア・アーチャー〟宛だ。いちばん新しい愛人からの贈り物であることは明らかだった。

ジェイムズは肩を落とした。貴族同士が結婚するとその大半が不倫に手を染めるという事実はよく知っている。彼とアメリアは父親同士が取り決めた結婚で無理やり結びつけられた夫婦であり、共通点はまったくなかった。いや、正確に言えば、裕福な彼の父の意思と、多額の借金を抱えた彼女の父の貧窮状態によって決められた結婚だった。ジェイムズは妻がささやかな幸せを願うのなら責められないと思っていた。だが、これ見よがしに不倫関係を見せつけるとはどうしたことだろう。愛人を見つけるたびに妻は彼に勝利を見せつけているようだ。妻の気まぐれに振りまわされるのはこれだけではなかった。

ため息をつくとジェイムズはカードを花に戻した。

やわらかな衣ずれの音がした。肩ごしに目を向けると、妻が大階段を降りてくるところだった。淡いピンクのドレスは気に入らなかったらしく、緑と白の縞《しま》柄のドレスを着ている。子爵の娘である妻は、貴族の血統そのものを思わせる優雅な顔だちの持ち主だ。小柄で華奢な体つきにあざやかな金色の髪と大きな薄青の目をしている。この美貌と血筋があれば、本人と同程度の身分と血筋の夫と結婚できるはずだった。それなのに、平民のジェイムズとの結婚を強要されたのだ。だから、妻は機会があればいつでも自分の身の不幸をジェイムズに思い知らせるのだった。

一階に下りると妻は目を上げて足を止めた。「まだいたの？」

辛辣《しんらつ》な口調と質問そのものをジェイムズは無視した。現実の関係を隠すために、にこやかな表情を張りつけてから花瓶から離れる。「おはよう、アメリア」

妻がごう慢そうに眉をつり上げ、玄関広間を歩いてくる。

そして、手をのばしてピンク色の花に触れた。いかにもうれしそうな表情が妻の顔に浮かんだ。青ざめた頰に赤みが差している。今この瞬間、妻は二十一歳の娘にふさわしく幸せそうに見えた。まるで何ひとつ心配事などないかのように。

ジェイムズは罪悪感に胸を突かれた。自分という人間も、身分も変えることはできない。だが、夫婦の関係がうまくいっていたらよかったのに。初めてのことではないが、亀裂《きれつ》の入った関係は自分がもっと努力すれば修復できるのではないかとさえ考えていた。ジェイムズにしても大きな希望を抱いて結婚したわけではない。それでも、少なくともおだやかな関係を望んでいた。さほど無理な望みではないはずだ。夜には楽しい会話の相手となり、人生をともに歩く伴侶《はんりょ》となり、自分の子を産んでくれる妻がほしかった。

そんな望みは初夜に打ち砕かれた。いや、すでに披露宴で希望はついえていた。客たちにはにこやかな微笑みを向けながら、妻は憎々しげな口調で彼にこうささやいたのだ。わたしのベッドに来たりしないで、と。

「ラングホームはとてもすてきな人だわ」妻がいとしげにため息をついた。「アルバート・ラングホーム卿《きょう》はホールブルック侯爵の息子よ。愛情を出し惜しみしないの」妻はジェイムズを見上げた。妻の顔つきがけわしくなり、嫌悪の情をあらわにした。妻の目はローズの目と同じ色あいで澄んだ明るい青だが、これほど対照的だとは思わなかった。「あなたはあの方から学ぶべきことがあるはずよ」

衝撃を受けたジェイムズは眉をつり上げずにいられなかった。花を贈れと言うのだろうか。新婚のころは、花を贈ったものだった。花だけではない。きれいな装飾品や宝石も贈っていた。花は直ちに捨てられ、装飾品は投げつけられて壊され、宝石は……さすがに手もとに残しているらしい。贈り物をすればするほど、妻は彼への憎しみをつのらせるばかりだった。また、金銭的にも寛大に扱ってきたつもりだった。ふつうの既婚女性のように少額の小づかいをあたえるのではなく、ふたつの銀行口座を自由に使わせている。

言い争いはしたくなかったので、ジェイムズは花のほうへ頭を向けた。「応接間に飾るといい。午後の訪問客の目を楽しませてくれるだろうから。では、私は出かけるよ、アメリア」彼はくるりと背を向けた。

だが、ドアが閉まるのが遅すぎた。

「あなた、どうして死なないの？」

悪意に満ちた言葉が彼の背中に突き刺さった。顔をしかめずにはいられない。もうそろそろ慣れてもいいころあいだろう。以前ほど長くは心が痛まなくなったが、やはり傷は傷だ。昨夜のような経験をしたあとでは、いつもより心の傷が痛んだ。

ローズと過ごした数時間は心安らぐ貴重なひとときだった。何にも代えがたい時間。そして今、ジェイムズはローズがあたえてくれる安らぎをどれほど必要としているか痛感した。同時に、自ら愛のない結婚に足を踏み入れた自分を呪《のろ》わずにはいられなかった。

レベッカのことさえなければ、結婚に同意しなかっただろう。一族への義務としてなにがしかの責任を負わなければならなかったが、一族に貴族の血統を加えたいという父親の野望だけで貴族の妻をめとったわけではなかった。

結婚後、最後の希望を投げ捨てるのはつらかった。自分がどんなに努力しようとも、どれほどやさしく接しようとも、妻は彼をずっと同じ目で見ていた。ただの平民。一滴たりとも貴族の血が混じらぬ男。彼の富と彼の一族の富は領地からではなく労働によって得られたものだ。

妻にとってはとうてい無視できない事実だった。

片手で顔をこすってからジェイムズは通りを歩いていった。胸の痛みを無視しようと努力しながら。それでいて心は何か別のものを求めていた。

ローズはラズベリー・タルトの皿をサイドテーブルの上に置き、長椅子に腰を下ろした。カップを唇まで運ぶと、軽く液体の表面に息を吹きかけてひと口すする。コクのあるあたたかなココアがベルベットのようになめらかにのどを降りていく。朝食にタルトとココアなんて贅沢すぎる。それでも、一週間ここに滞在するつもりなら、自分にちょっとしたご褒美をあげなくてはもたない。

マダム・ルビコンは不潔な界隈に雇い人たちを放置しなかった。それどころか、娼館は豪邸が建ち並ぶウェストエンドにある。けれど、贅沢な環境にいるからこそかえってローズは、客に芸を見せるために金のかごに入れられたペットのような気分を味わっていた。

だが、昨夜の客は何も要求しなかった。ローズの唇に微笑みがこぼれた。ほんの一瞬、昨夜の記憶を味わう。ジェイムズの思い出。とてもたくましいのに……痛々しいほど孤独な人。わたしを抱きしめてくれた。あんなに守られて必要とされていると感じたことはない。快楽のためにわたしを求めたのではなく、ただわたしという人間を求めてくれた人。

あんな男性を夫と呼べたら……。

ずきんと心が痛んだ。もう長いこと押し殺してきた願いが鋭い苦痛となって胸を突いた。思いがけない痛みの強さに驚いたローズはぎゅっと目を閉じ、顔をしかめた。

あの人のことを考えても仕方がない。あと十時間もすれば別の男性がここに入ってくる。できれば独身の若い客がいい。ただ快楽だけを求めて娼館にやってくるそんな客なら、その心の内を推し量ったりしないで簡単に扱える。肉体だけを求める相手なら、自分のことを忘れて行為に集中すればいい。

昨夜のことは忘れるのがいちばんだわ。ジェイムズにはわたしの心の奥深くに残っていた望みをかき立てられてしまったけれど。

居間のドアを二回叩く音がした。苦しい思いを中断されてローズはありがたい気持ちになり、カップを受け皿の上に載せた。淡い緑色の絹のガウンのひもをきゅっと締めると、部屋を横切ってドアを開ける。

「ああ、まったく。きみには心配させられたよ」

「あなたに会えてうれしいわ」ローズはただひとりの親友を部屋の中に招き入れた。「どうしてそんなに心配していたの？」

「昨日、遅れただろう？　もしかしてと思ってね……」ティモシー・アシュトンが金色の髪に手をやって目下流行中の乱れ髪をさらに乱し、首をふった。「だが、きみはここにいる」

「ええ、遅れたけどちゃんと着いたわ。心配させてごめんなさい。遅刻するつもりはなかったの」ローズはふたたび長椅子に腰を下ろした。「タルトはいかが？」

ティモシーは手をふった。「さっき厨房によって食事をすませてきた」

白いシャツと焦げ茶色のズボンを身につけた彼は、ローズと同様くつろいだ姿だ。午前も半ばを過ぎた今時分はほとんど客が来ないので、召使いたちは館の掃除や床磨きをして昨夜の客の痕跡《こんせき》を消す仕事にいそしんでいる。ローズやティモシーのような娼婦や男娼はしばらくのあいだ自由に過ごせる。〝客待ち〟から一時的に解放されるのだ。気を楽にしてくつろげるこの時間は、この娼館でローズがいちばん好きなひとときだった。

ティモシーが隣に腰をかけた。長椅子に背中を押しつけた瞬間、彼の顔に苦痛の表情が浮かんだ。唇を真一文字に結んで、こらえている様子だ。心配になったローズは口を開こうとしたが、質問をする前にティモシーが答えた。

「ウィンスロップは乱暴なやつでね」不快そうな声だ。

「なぜ断らないの？」

「あいつはぼくの時間を買っているから、好きなことをぼくにできるんだよ。いずれにせよ、ああいう男のほうがましさ。ご婦人方はものすごく残酷で、いったい何をするかわからない」

何を言っても無駄なのはわかっていた。ティモシーは断ることを許されていないのだ。マダム・ルビコンがやさしいのは娼婦に対してだけだった。ここに住む数少ない男娼たちは自分たちの希望などマダムにとって何の意味もないことを知っていた。彼らには、スラム街にある男娼の安宿ではなくここで働けるだけでじゅうぶんなのだ。

「背中を見てあげましょうか？　マダムに言ったほうがいいわよ。傷が残るような仕打ちをしたとわかったらマダムはウィンスロップを許さないわ」客はここで好きなようにふるまえるが、商品に傷をつけてはならない。そんなことをしたら、客であってもマダムは激怒する。

「たいしたことないよ。さっき鏡で見たけど、みみず腫《ば》れにはなっていなかったから。ちょっとヒリヒリするだけさ」

さっきの痛そうな表情からすれば〝ちょっとヒリヒリするだけ〟ではないはずだ。ローズは小さいながらも豪華なつづき部屋を持っているが、ティモシーはメイドや従僕が暮らす屋根裏の小部屋に住んでいる。そして、仕事をするのはずっと下にある部屋だ。そこにはその種の嗜《し》好《こう》を持つ客だけが通ってくる。なぜティモシーはふつうの部屋ではなくそんなあやしげな部屋を選んだのだろう。一度理由をたずねたとき、奇妙な答えが返ってきた。今の部屋が気に入っているというのだ。その部屋では客に服従して虐待され、客の快楽の対象にされるがままになるのに……。そんなことをされてティモシーが快感を得ているとは思えなかった。そんなはずがない。

「今夜は休んだほうがいいわ」

ティモシーが首をふった。「昨日まで三夜連続で働いたんだ。どっちにしろ今夜は客がつかない気がする。客はたいていきみみたいな美女がお好みだからね」そう言っていたずらっぽくウィンクする。けれど、彼の茶色の目にはまぎれもない傷つきやすさが浮かんでいた。

ローズはひざをぽんぽんと叩いた。これまで築き上げてきたふたりの友情から生まれた気安さで、ティモシーは彼女の太ももの上に頭を載せると優雅な体を長椅子に横たえ、ひざをひじ掛けにかけてふくらはぎをぶらつかせた。

彼の額に垂れる前髪をすいてから髪全体に指を差し入れる。絹のようになめらかな髪だ。伏せられた長いまつげは、美しい頬骨とともに完璧《かんぺき》なラインを描いている。ティモシーは男性、女性を問わず目を引かずにはいられない美貌の持ち主だ。薄茶色のまつげや官能的な下唇の動きだけでも、持って生まれた優雅さを見る者に感じさせる。けれど、ローズはだいぶ以前から彼の美貌に驚かなくなっていた。彼を見るときは、ただティモシーという人間の存在しか感じない。大切な親友で、秘密を明かせる唯一の相手だった。

ティモシーが満足そうなため息をついた。「昨夜はどうだった?」

「あなたよりはましだったわ」

「たいていそうだね」

ローズは空いたほうの手でカップを取り、口もとに運んだ。「彼はキスをしたの」つぶやきがココアの湯気の中に漂った。

ティモシーが頭を上げた。「それだけ?」

ローズはうなずいて、こみ上げる微笑みをカップの陰に隠した。体の奥がかすかにうずき、頬が熱くなった。

「罪悪感を感じると男はそういうことをしかねない」ティモシーの答えは現実的だった。

その顔をローズはしばらく見つめていたが、やがて失望に襲われた。

どうして思いつかなかったのだろう。

自分の愚かさに首をふりたくなる。まさしくティモシーの言うとおりだ。ジェイムズのためらいも、寝室へ行こうとしなかったのも、何も求めなかったことも……みんな罪悪感のなせる技だったのだ。

奇妙なふるまいに不意を突かれたせいで、昨夜は罪悪感のせいだと気づかなかった。でも、今はわかる。ジェイムズは妻帯者の雰囲気を持っていた。それも、不幸な結婚生活をしている男の雰囲気だ。不倫を気軽に考えられない男。たしかにめったにいない種類の男性だ。たいていの男性はそんな良心を持ちあわせていない。

ここに足繁くやって来る客のほとんどは妻のことを考えているそぶりも見せない。それでも、ローズは彼らを待っている女性たちのことが忘れられなかった。夫と呼べる男性がいる幸運な人たち。ローズ自身がずいぶん前にあきらめた夢だった。

だからこそ、最初の庇護《ひご》者のもとを離れたのだ。かなりの既婚男性が愛人を持っている事実は知っているけれど、そんな男性の愛人になることを彼女は拒んできた。何年も前に初めてロンドンへやって来たとき、そう決めた。体は売るけれど、男性の心を彼らの妻から奪うようなまねはするまい、と。

ジェイムズはハンサムで知的で礼儀正しく、その上明らかに裕福だ。あんなすてきな人なら、どんな女性でも夫として愛さずにいられないだろう。若い娘たちの夢そのものの男性。けれど、彼に抱きしめられる喜びを知っている、ひとりの幸運な女性がいる。彼からキスという贈り物を受け取っているのはどんな女性だろう。でも……それならなぜ、彼はあんなに孤独で痛々しいほど不幸なのかしら。

答えは重要ではない。ジェイムズはもう結婚している。もう二度とわたしの部屋に来ないのがいちばんいいに決まっている。

「どうかしたの、ローズ？」

「ううん、何でもないわ」彼女は無理やりかすかな微笑みを浮かべた。たった一夜のこと。自分のものではないものを他人から奪ったわけでもない。

ティモシーがゆっくりと彼女の顔をながめた。心配そうな表情だ。質問されるのではないかとローズは身がまえたが、親友は彼女を思いやってか、それ以上問いつめなかった。

「今日の予定は？」ティモシーがたずねた。

ローズはカップを受け皿に置いた。「セント・ジェイムズ・ストリートでいくつかよるところがあるの。仕立て屋と靴屋とホワイツ（賭博クラブ）とタッターソールズ（馬市場）よ。ダッシュが馬車用の馬をひと組買いたいと言っていたの。まだ買っていないことを祈るわ」つまり、弟はロンドンにしばらく滞在するつもりで、来期も大学に戻る気がないということだ。

ティモシーが顔をしかめた。「いやな天気だよ。用事は別の日にすませたほうがいい」

「今日行くのがいちばんいいの」損害の大きさは早くわかるに越したことはない。

「でも、雨が降ってきたらどうするんだい？」

「少しぐらい降ってもたいしたことはないわ。いずれにせよ馬車を借りるつもりだから。いっしょに来て」ローズはティモシーの肩をつついた。「服を着なくちゃ。あなたも上着を着てちょうだい」

「わかったよ」ティモシーはあきらめたようにため息をついた。そして、立ち上がると片手を差し出してローズが立ち上がる手助けをした。

「マダムの事務所の外で待っているわ」ダッシュの新しい請求書の支払いをするためにお金が必要だったが、マダムからはまだ昨夜の仕事の分を受け取っていなかった。

もっとも、昨夜は仕事と言えるような仕事ではなかったけれど。

別れ際にジェイムズがしてくれたキスの記憶があざやかによみがえった。ふるえる唇をかみしめる。実用的なデイ・ドレスに着替えようとローズは寝室の中に入った。彼の唇があたえてくれた快感を忘れようとしながら。

4

「ミスター・アーチャー、もう九時ですよ」

ジェイムズは机の上の書類から目を上げた。秘書のデッカーのすらりとした姿がジェイムズの事務室の戸口に現れた。秘書の着ている簡素な茶色の上着にはしわがより、クラヴァットは何度も引っぱったようにくしゃくしゃだ。午前中にはきちんとくしけずってあった茶色の髪はやや乱れている。一日じゅう机の前に座っていたにちがいない。もしもジェイムズが鏡を見たら、若い秘書と同じように疲れた自分の姿を目にすることだろう。

「九時なのに、なぜまだここにいる?」ジェイムズはたずねた。

「あなたがいるからですよ」

少なくとも正直な答えだった。デッカーがここに勤めるようになってほぼ一年が経つ。自分の仕事ぶりを認めてもらいたいのか、秘書は〝勤務時間どおりに働けばいい〟というジェイムズの言葉を守らず、ジェイムズが帰るまで帰ろうとしない。二十二歳の独身男なのだから、雇い主の面倒を見るよりましな夜の過ごし方があるだろうに。

「ウィルミントンの積荷目録はごらんになりましたか？」デッカーがたずねた。

「ああ、ちょうど見終わったところだ」ジェイムズは書類の山から問題の文書を取り出した。デッカーが手をのばしたが、ジェイムズは書類を引っ込めた。「明日でいい」

「すぐ終わりますから――」

「明日だ」ジェイムズはきっぱりと言い放った。

　積荷目録を見つめるデッカーが口を開きかけて閉じた。これ以上この話をつづけても無駄だと考えたのだろう。ろうそくの光に照らされた秘書の目の下にはクマができている。肩を落とした様子を見ても疲労困憊《こんぱい》しているのは明らかだ。

　ああ、まったく。ジェイムズが帰らないかぎりデッカーは帰ろうとしないのだ。ジェイムズにとってはありがたくないことだった。屋敷に帰ると思うだけで嫌気が差すのだから。もしかしたら、いったん帰るふりをしてからまた戻ってきてもいいかもしれない。朝になったらデッカーから不機嫌な顔を向けられるだろうが。たいていデッカーより早く事務所に着いていると いうのに、なぜか秘書はジェイムズがソファで夜を過ごしたことに感づくのだ。

　秘書の不機嫌な顔を見るほうが、直接アメリアと顔を合わせるよりはるかにましだ。

「ならば、ふたりとも家に帰ったほうがいいな」ジェイムズは苦々しい表情を押し殺しながら、ペンをペン立てに入れて立ち上がった。肩をまわすと関節が鳴った。午後、倉庫でひと仕事したせいだろう。

ジェイムズが机をぐるりとまわるとデッカーがろうそくを消した。ジェイムズの事務室は殺風景でせまかった。客用の椅子が二脚と、あとは造りつけのキャビネット、背の高い本棚、机、茶色のくたびれた革張りの椅子がひとつずつあるだけだ。ここは、ジェイムズにとってあくまで仕事場でしかなかった。だが、自宅よりここにいるほうがずっとくつろげた。

彼はデッカーのあとについてメイン・ルームに出た。本や帳簿や丸めた地図などが、一方の壁を占める棚を埋めている。ファイル・キャビネットが別の壁に並び、デッカーの机はジェイムズの事務室のドアのすぐわきにあった。

上着と帽子をつかんでからデッカーがジェイムズのあとを追って外に出た。夜の空気はひんやりと冷たく、テムズ川の湿った匂《にお》いがする。ジェイムズは玄関ドアに鍵をかけた。以前は小さな貿易会社だったが、今では大成功を収めている。もっとも会社の外見だけを見れば、誰にもそんな事実はわからないだろう。事務所は飾り気のない実用一点張りの巨大な倉庫の一角にある。ロンドンの高級な地域に引っ越そうという考えは一度も浮かんだことがない。ジェイムズにとって、仕事の現場近くにいるほうが好ましかった。ここにいれば少し歩いただけで商品の詳細が手に取るようにわかる。スペインから輸入したレースや極東から輸入した木材の品質を自分の目で確かめられるのだ。結婚祝いとして父親からこの会社をゆずり受けて以来、ずっとそんなふうにジェイムズは事業を運営してきた。

デッカーに別れを告げるとジェイムズは通りの角を曲がる秘書の後ろ姿を見つめ、やがて足を止めた。ため息をついてからきびすを返し、元来た道を戻る。メイン・ルームを通りすぎたとき、床板に当たる足音が響いた。窓からは弱々しい月明かりが差しているが、ほとんど真っ暗だ。だが、彼は難なく事務室へたどり着いた。

自分の机の角にある簡素な燭台に立てたろうそくに火を灯す。黄金色の光がぼんやり部屋の闇を照らしているが、それ以上ろうそくは灯さなかった。腰を下ろすと革張りの椅子がきしる音を立てた。疲れた目をこする。ジェイムズは左側の〝未処理〟の山の上から一枚書類を取った。右側にある〝処理ずみ〟の山のほうが低い。

あまりに静かで懐中時計の音が聞こえそうだ。ひとりであることを痛感せずにはいられない。三枚ほど書類を見終わって右側の山に移した。だが、気がつくと何を読んだかまったく覚えていない。書類を戻してまた見直すことにする。

ふくよかなバラ色の唇に浮かぶ微笑みが心に浮かんだ。くそっ。あの微笑みだけで自分は幸せを感じてしまった。娼館へ行くのはたった一度だけと誓ったではないか。ジェイムズは左の拳《こぶし》を握りしめ、ローズのあたたかい小さな手のぬくもりを思い出した。

心がさまよいはじめたそのとき、馬車の通りすぎる音が沈黙を破った。

だめだ。マダム・ルビコンの館へ二度と足を踏み入れてはならない。

一度だけ。そう決めたはずだ。

書類に目を戻したが、どうしても集中できない。おもしろくもない仕事だ……。

ハッとした。どうして今まで気づかなかったのだろう。仕事が退屈だ、と。積荷目録も契約書も売り渡し証も、海外の港に関する報告書も、船の修繕リストも、船長の航海日誌もみんな退屈きわまりない。

不快感に見舞われて息を吐き出すと、ジェイムズは立ち上がって棚から帳簿を一冊取り出した。利益の額を見れば集中力が戻るかもしれない。最新の数字は、たいていの男たちから羨望《せんぼう》のまなざしを向けられるにちがいない金額だ。結婚が生んだ唯一の恵みと言えるだろう。彼にとっても唯一の成功の証だった。

自分は成功を追い求め、責任を果たすべく追いつめられてきた人間だ。父親はさまざまな事業を興し、一族のために巨万の富を築き上げた。当然のことながら、ジェイムズは幼いころから自分が父親と同じ道を歩むものと考えてきた。だが、父親ですらほんの数年でこれほどの成功を収めることはできなかっただろう。ひたすら仕事に打ち込むには、ふつうなら鉄の意志が必要なはずだ。自宅に安らぎを感じられず、事務所以外に居場所がなかったからこそ、これほどの大成功を手にすることができたのだ。ああ、この調子で働いていれば、いずれ国王より豊かになってしまうだろう。

この調子で働きたいのか、おまえは？　ため息が部屋じゅうに広がり、隠しようもない疲労感が音となってこだました。金なら、三回生まれ変わっても使いきれないほどある。これ以上金はほしくない。この事務所は誇りに思っているが、ほかに選ぶものがないから気に入っているだけだ。できることなら夜の十時にこんなところにいたくはない。この倉庫で働くほかの者たちはとっくに家路についてくつろいでいるだろう。幸運な者なら、喜んで出迎えてくれる家族がいるはずだ。さっさと死んでほしい、などと願う家族ではなく。

できることなら……。

ジェイムズは肩ごしに造りつけのキャビネットを見た。中にズボンが二本、シャツが一枚、クラヴァットがひとつ、髭そり道具が一式入っている。そして、壁にはめ込んだ隠し金庫がある。その中には二千ポンドは入っているはずだ。それだけあればじゅうぶん……。

首をふって帳簿に目を戻す。だが、いつの間にかキャビネットを見ていた。もう一度ローズに会ってもいいではないか。アメリアにはこれまで数えきれないほど愛人がいたが、ジェイムズにはひとりもいなかった。いや、昨夜ローズに口づけするまでは、三年前の結婚の誓いを破ったことはなかった。禁欲をつづけてきたのは、アメリアに命じられたからでも既婚者だからでもない。ちょっとした密会なら、妻に知られずにできただろう。食事をするために立ちよった居酒屋で若くてきれいなバーメイドから誘われたこともある。

だが、欲望を満たすだけの関係はいやだった。二十五歳という年齢で、これまで関係を持った女の数は片手で足りる。ローズを数のうちに入れるとしてもまだ片手ですむ。

もう一度機会があたえられるなら今度こそ逃したくない。豊かな胸、官能的な腰つき、ほっそりとしたウエスト……。彼女は男の夢そのものだ。なんと悩ましい肉体だろう。

ローズの唇は想像したとおり甘かった。ほかの部分も同じように甘いのだろうか。

ジェイムズは椅子の上で身じろぎすると、ズボンの上から男性自身の位置を整えた。ああ、ローズのことを考えるだけで硬くなってしまう。孤独な日々を思うと金庫を開けたくなる。昨夜拒んだ機会を今夜こそ逃すものか。

低い声で悪態をつき、両手で髪をかきむしる。ああ、自分も男だ。修道士のような暮らしを一生つづけられるわけがない。アメリアや彼女の友人たちに知られなければ、妻はレベッカへの援助を拒んだりしないだろう。

ジェイムズは立ち上がり、キャビネットのほうへ向かった。一生で一度だけ自分の望むことをしよう。いささかの罪悪感も感じずに。


娼館の事務室の戸口から見つめるマダムの視線を感じながら、ジェイムズはせまい階段をできるだけゆっくりと登った。波止場から歩いてきたこの一時間、ふくらんだ期待のせいで体じゅうの血が騒いでいる。目指す先にある暗いドアへと、ローズへと、引きよせられていく。

ノブに手をのばしてまわす。ローズを見た瞬間、あらゆる不安が消えた。

琥珀《こはく》色のドレスを身にまとい、黒髪をえり足でゆるく結ったローズは、記憶していたよりさらに美しかった。長椅子から立ち上がった彼女が彼のほうに歩いてくる。かすかな驚きを隠せないようだ。いいほうの驚きであってくれればいいが。

「こんばんは、ジェイムズ」

彼がさしのべた手にローズが手を重ねた。喜びが彼の腕に走った。「こんばんは、ローズ」顔を近づけて、彼女の手の甲に軽くキスをした。あたたかな肌だ。ああ、もっとほしい。ぐいっと引きよせて美しい唇にキスしたい。もう一度抱きしめたい。だが、ローズの表情を見るとジェイムズはなぜか行動に出られなかった。

「さあ、こちらにお座りになって」

導かれるまま長椅子の前に来ると、彼はローズの隣に腰を下ろした。

「今夜は何かお飲みになる?」彼女が三つのデカンターを指さした。

ジェイムズは首をふった。酒は好きではなかった。めったに飲まないので一杯口にするだけで頭がぼんやりしてしまう。それに、酒の味も好きではなかった。

ローズが視線を向けた。「ふだんは何をお飲みになるの?」

「ブラック・コーヒーだ」

「いつもそうなの?」

「選べる場合はいつも」

彼の手から手を離すと、ローズは立ち上がった。部屋を横切って、寝室のドアのそばにある呼び鈴のひもを引く。ほどなくしてドアを引っかく音がした。ローズはドアを少しだけ開け、小声で何かをささやいた。

ジェイムズのかたわらに戻ってきた彼女は、ふたたび彼の手を握った。愚かしいにもほどがある。どうしてローズの手を握るだけで、これほど幸せな気持ちになるのだろう。

彼女はふたたびジェイムズを見た。かすかに眉をひそめている。

「何かまずいことでも起きたのかい?」彼はたずねた。

「いいえ」

「だが、何かが気にかかっている。そうだね」それは確かだった。

「わたし……」ローズはつないだ手と手に視線を落とした。「今夜、あなたがいらっしゃると思わなくて」

「正直に言うと、私も予想していなかった。昨日はそんなつもりはなかったんだ。だが今、ここにいる。私が戻ってきたことが問題なのかい?」

「いいえ」

あまりにすばやい答えだ。まるで自動的に〝いいえ〟と言ったように思える。「私が戻ってこないほうがよかったのか? きみが望むなら私は帰るよ。押しつけたくはないから」

空いているほうの手でローズはスカートを整えた。沈黙が流れていく。まるで〝イエス〟と答えるかのように。

少なくとも嘘はつくまいとしているようだ。マダムに支払った金のことを気にかけているとしたら……。そう思うと、ジェイムズは耐えられない気がした。だが、どんなにつらくても真実を告げられるほうがましだ。

ああ、二度と会いたくなかったのだな。

失望を顔に出さないよう努力しながら、ジェイムズは立ち上がろうとした。

ローズが握る手に力をこめた。「行かないで」

ジェイムズは息をのみ、彼女の横顔を見た。

「ごめんなさい。そんなつもりではなかったの」ローズは首をふり、なんとか説明しようとしている。「あなたに会ったらうろたえてしまって。きっと戻ってこないと思っていたから」

「どうして？」

「こんな場所に通う人には見えなかったんですもの」

「たしかに。だが、ここにはきみがいる」

ローズはジェイムズを見上げ、ふっくらした唇をかんだ。薄青色の目に不思議そうな表情が浮かんだ。

「何かききたいことでも？」彼はたずねた。

「今夜は緊張しているようね」

ついさっきローズの心に浮かんだのは別のことだろう。「昨夜にくらべてということかな？」

「そうじゃないわ。昨日はそれほど緊張していなかったでしょう」そう言って、繊細な眉を片方上げた。「でも……今日は何だかちがうように見えるの」

「昼過ぎに倉庫で新しく入荷した材木を仕分けしていた」だから筋肉が痛いのだ。いつも体を動かさないからではない。机で仕事をしていないときはたいてい倉庫にいる。だが、今日はいちばん屈強な男より働いた。何もかも忘れたかったから。

ドアを叩く音がした。ローズが戸口へ向かい、白い陶器のポットとふたつのカップを載せた銀の盆を手に戻ってきた。「力仕事をする人を雇わないの？」先ほどまで見えた不安そうな表情が消えている。彼女は手際よく、優雅なしぐさでコーヒーをカップにそそいだ。

上半身を傾けているので肉感的な胸がよく見える。ジェイムズはクッションに指を食い込ませ、彼女の胸の谷間に指をはわせたい衝動をこらえた。あの白い乳房を手で包み込み、重さを感じられたらどんなにすばらしいだろうか……。

ローズの視線を感じて彼は目を上げ、先ほどの質問に答えた。「商品をよく知っていれば、売買交渉のとき有利なんだ。最高の材木は最高の値段で売れる。もっとも、人手はもっと必要だが。今日手伝ってくれたふたりの男たちは、明日は疲労困憊かもしれない」

「そうなの」ローズがつぶやいて、カップをジェイムズに渡した。そして、長椅子の後ろにまわり込んだ。コーヒーを飲んでいた彼が気づいたときには、ローズは彼の肩に手を置いてもみはじめていた。「あなたも疲れているでしょう」

ジェイムズはカップをサイドテーブルに置いた。

あごが胸につくほど頭を垂れる。たまりにたまったストレスがすっと消えていく。凝った場所をローズが的確に見つけ出して筋肉をもみほぐしてくれるからだ。首の付け根のいちばんひどい凝りをもみほぐされたとき、あまりの心地よさに思わずうめき声が出た。

まぶたを閉じると、けだるい欲望が体じゅうに広がっていく。ローズの指が髪をなで頭をマッサージしている。やがて指がこめかみにたどり着き、時間をかけて円を描くようにさすると、うなじに戻った。そのあとローズは彼の肩をもみ、上腕の凝った筋肉をほぐした。

耳もとにあたたかな吐息を感じたそのとき、ローズがささやいた。

「床に横たわって」小さな手がジェイムズの背中を軽く押した。

すっかりくつろいでいたせいか言葉の意味がわからず、彼は目をしばたたいた。「床？」

「ベッドがよければ、そちらでもいいのよ」ローズの言葉は冗談のようにもあからさまな誘いのようにも聞こえた。

「床でいい」今夜こそ機会をものにしようと心に決めていたにもかかわらず、ジェイムズは寝室のドアの向こうへ行くのをためらった。居間にいるかぎり、自分勝手な欲望でローズを無理やり抱くことにならない、と言い訳できるような気がした。

「さあ」ローズがうながした。「もうやめてほしい？」

とんでもない。ジェイムズは首をふった。

「上着とベストを脱いで。邪魔だから」

立ったまま言われたとおりに脱いでいく。長椅子をまわって手前にやって来るローズに目を奪われていたので、ボタンを引きちぎりかねないほどベストを脱ぐのに苦労した。

ジェイムズはひざまずいてから豪華な絨毯の上に腹ばいになった。腕を組んで頭を載せる。ローズのスカートがわき腹をくすぐる。絹地が衣ずれの音を立てたかと思うやいなや、彼女の重さが腰のあたりに収まった。女の中心から発される熱がシャツを通して感じられる。

ドレスの下には何も着ていない！

ジェイムズは低いうめき声をもらさずにはいられなかった。

「重すぎる？」ローズがたずねた。うめき声の意味を勘ちがいしたのだろう。

「そんなことはないよ。羽のように軽い」

ローズが軽やかな声で笑った。「そう言ってくれてうれしいわ」

彼女の両手が魔法のように背中を上から下へたどっていく。そのあいだも親指で背骨をたどるのを忘れない。手はズボンのウエストを越えて尻をたどり、脚へと向かう。ひざ裏に触れられたとたん、ジェイムズは笑い声をもらした。

「くすぐったい？」ローズが楽しげにささやいた。

「そうだね」

「覚えておくわ」

手がゆっくりと上へと戻り、背中をさするような動きでジェイムズをいやしていく。このままでは眠ってしまいそうだ。ひと晩こんなふうにマッサージされたとしても文句を言う気にはなれないだろう。

　これまでの人生で女性からこんなにやさしく扱われたことはなかった。うっとりとするような解放感。やみつきになってしまいそうだ。

「反対側を向いて」心地よい命令が耳もとをくすぐった。

　ローズが彼の腰から離れて、かたわらにひざまずいた。寝返りを打つのはいつもより大変だった。彼女はスカートのすそを持ち上げ、今度は彼のウエストにまたがった。琥珀色の絹地をふんわりと広げながら。完璧な位置だ。これで〝ズボンを脱いで〟と言われればいいのに。

　体と体がつながる部分から意識を引き離しながら、ジェイムズは重いまぶたごしに彼女を見上げた。うなじにまとめたシニョンからひとすじの髪が垂れ、ローズが動くたびにゆれては胸の谷間をくすぐっている。マッサージは上腕から胸へとつづき、さらに下へ向かった。彼女の指が硬くなりかけた男性自身に触れたとたん、それはズボンの中ではね上がった。ああ、もっと触ってほしい。みるみるうちに硬さを増した男性自身がズボンのウール地を突き上げていく。だが、ローズは気づいていないらしく、太ももをマッサージしている。

　足首まで行きつくと、手は元来た道を上へと戻っていく。すっかり体がくつろいだものの激しく勃起《ぼっき》しているせいで、心地よい疲れとこみ上げる欲望の両方を同時に感じている。

　ローズが肩に手を置いたとき、ジェイムズは彼女の顔を両手で引きよせて唇に唇を重ねた。最初に唇を押しあてたとき、狂おしい欲望がいくぶんやわらいだ。それでも、時が止まったかのようにキスをつづけずにはいられない。だんだん彼女の唇の感触を思い出してくる。ジェイムズはゆっくりと舌を彼女の口の中にすべり込ませ、彼女の舌にからませた。そしてやさしく下唇をかんではなめ、ふたたびキスをした。ローズの香り。ローズの味わい。彼はわれを忘れた。

彼はキスをやめた。満足したからではない。いくらキスをしても満足などできない。代わりに、新たな欲望に駆られて、ローズのドレスのえりもとを引き下ろして乳房をあらわにした。すぐさま大きな手で片方の乳房をわしづかみにして、硬くなった乳首を口もとによせる。最初はそっと乳首を吸い、徐々に力を強めていく。見上げると、ローズの目は閉じ、頬にはかすかな赤みが差し、キスで濡れた唇がわずかに開いてあえぎ声をもらしている。

ローズを両腕で抱きしめたジェイムズは体を入れ替えて、彼女の上にのしかかった。彼女の両脚が彼の腰にからみついている。まぎれもなく歓迎しているのだ。だが、彼はもう一方の乳房に関心を戻し、舌先でうるわしい乳首を転がした。と同時に、空いているほうの手でスカートの下をまさぐった。彼女の情熱に火をつけたかったのだ。ローズは彼の髪に両手をからませ、〝もっと触って〟と言わんばかりに背中をのけぞらせた。

ローズを自分のものにしたい。このあたたかな体に己を突き入れたい。だが、ジェイムズはそんな衝動をこらえた。そして、彼女の反応に導かれるまま愛撫《あいぶ》をつづけることにした。なめらかな乳房を指先でたどり、ときどき手を止めてはローズが愛撫されたがっている場所を探る。

舌でローズを愛撫したい。快楽の証を飲みほしたい。もはやがまんできなかった。

最後に一度だけいたずらっぽく乳首をかむと、ジェイムズは乳房から手を離した。さっとスカートを彼女のウエストまでまくり上げ、きちんと手入れされた黒い恥毛をあらわにする。驚きで大きく見ひらかれたローズの目を彼は見つめた。そして、顔を恥毛に近づけ、秘所に荒い息を吹きかけた。

「ジェイムズ?」ローズはあえぎながら彼の名を呼んだ。体がこわばっている。

「お願いだ。きみを悦《よろこ》ばせたいんだ」彼は心からの思いをこめてささやいた。

純粋な欲望に満ちたうめき声が返ってきた。これまでの人生でこれほど美しい声を彼は聞いたことがなかった。

快感そのものが閃光《せんこう》のようにローズの体をつらぬいた。彼の口はとても熱い。なめらかな舌が敏捷《びんしょう》に動いている。筆先のように舌がしなるたびに、かすかなためらいが感じられる。

「ああ、ジェイムズ」ローズはため息をついた。

その瞬間、ためらいが消えた。彼はひだというひだを探り出し、秘部のあらゆる場所を探検した。軽やかになめたかと思うと、やさしく弾くような動きを見せ、あるいは退廃的なキスを浴びせかける。ローズは気が遠くなってきた。

それでも、頭のどこかで身がまえていた。ジェイムズがいつか愛撫をやめ、すばやく体をのしかからせて突き入れてくるのではないか、結局はそれが目的なのではないか、と。以前にもこんな愛撫をされたことがある。けれど男たちにとって、それはほんとうの望みを実行する前の小さな行為でしかなかった。ほんのささやかな贈り物、というわけだ。

これまで〝悦ばせていいか〟とたずねた男はいなかった。ローズの快感など男たちにとってどうでもいいことだった。今、スカートがウエストのあたりでくしゃくしゃになり、ジェイムズのたくましくいかつい手に太ももを広げられている。彼はローズに快感をあたえることだけに集中しているらしい。

ひじを突いて身を起こし、脚のあいだにかがみ込んだジェイムズの体をながめる。乱れた彼の髪が敏感な内ももをくすぐっている。彼の肩と上腕の筋肉がリネンの白いシャツの下で波打っている。

体の中に一本の指が差し込まれたとき、ローズは息をのんだ。そして、花芽を唇で包み込まれた瞬間、背中をのけぞらせた。なんと官能的な責め苦だろう。花芽を吸われ、その頂点を舌先でいたぶられている。体の中で快感が渦巻き、どうしようもないほど高まった。と、突然、襲いかかってきたクライマックスに、ローズは頭をのけぞらせて彼の名を呼んだ。恍惚《こうこつ》感が体じゅうにあふれてくる。

両腕から力が抜け、ローズは絨毯の上に崩れおちた。白い天井を見つめながら息を切らしている。脈が速い。ジェイムズがしてくれたことは衝撃だった。

彼が体を引き上げ、顔をローズの顔に近づけた。目を閉じ、まぎれもない達成感に満ちた表情を浮かべ、濡れた唇を手の甲でぬぐった。

今こそ仕事をしなくては。心の奥からささやく声がした。ジェイムズがマダム・ルビコンに大金を支払ったのは、わたしに快感をあたえるためではないのだから。返礼を期待しているはずだわ。ローズは彼のあごに両手で触れた。「お返しをさせてちょうだい」

ジェイムズが軽く首をふった。「必要ない」そう言うと、やさしいしぐさで彼女の耳にほつれ毛をかけた。

またキスするつもりだわ。ローズは確信していた。けれど、ジェイムズは額を彼女の胸の上に載せただけだった。乳房に彼の吐息が感じられる。

彼女は彼の髪をなでた。ジェイムズには安らぎのひとときが必要なのだろう。彼の体はふるえるほど緊張しており、欲望を感じているのは明らかだ。それなのに、これ以上行動を起こそうとしない。太ももに感じられる硬い男性自身は強烈な興奮を伝えている。なぜだかわからないけれど、ジェイムズは不愉快なはずのこの状況に満足しているようだ。

ああ、そうだった。この人は不倫を軽々しく扱えない男性なのだったわ。

ローズは目を閉じて顔をしかめた。心の古傷が痛む。どうしてジェイムズによそよそしい態度を取れないのだろう。そうすべきなのに。彼の顔に浮かぶ傷ついた表情を見ると、どうしてもよそよそしくできなかった。この人にまた会いたい。そう思わずにいられない。

ふるえるため息をついてから、ジェイムズは上半身を上げてかがみ込んだ。そして、わずかに眉根をよせながら、おぼつかない手でドレスの身ごろを整えると立ち上がって手をさしのべた。ローズを立ち上がらせた彼は上着とベストを床から拾い上げた。

「お手伝いしましょうか?」ベストに手を通すジェイムズにローズは声をかけた。

彼は首をふった。

どうしていいのかわからないまま彼女は長椅子に座り、スカートのしわをのばしていた。ジェイムズはほかの男たちとちがう。飲み物を勧めるわけにもいかない——コーヒーはもう冷めているだろう。それに、何を話していいのかまったく頭に浮かんでこない。軽い冗談すら思いつけない。これではまるで、男性が上着を身につける姿を見たこともない素人のようだわ。

「明日も会えるだろうか?」最後のボタンをはめながらジェイムズがたずねた。

もちろん即座に断るわけにはいかない。断るにはちゃんとした理由が必要だし、マダムにジェイムズが乱暴な客だと思わせたくもない。あいまいな答えを返すのがいちばんだろう。その気にさせてはいけない。彼と関係を深めても先はないのだから。それでもオリーブグリーン色の目に不安が宿りはじめたのを見た瞬間、ローズは無意識に答えていた。

「うれしいわ」

5

ローズは飾り気のない黒革の手袋を引っぱり上げた。「すぐにすむわ」

ティモシーが貸し馬車の座席の上で長い脚をのばし、かたわらから新聞を手に取った。しっかり待つ態勢に入ったようだ。「急がなくてもいいよ。ほかに用はないから」

厳しい表情をしていたローズの顔にかすかな微笑みが浮かんだ。娼館を離れるときはいつもティモシーが付き添ってくれる。いろいろな店へ出かけるときもそうだ。そばに彼がいてくれるだけで心強い。どんなに感謝しても感謝しきれなかった。

「ありがとう」

「なんで礼を言うんだい？　ぼくに用事がなかったからかな？」

「ちがうわ」ローズはやさしく首をふった。「そうね……。ロンドンじゅうあなたを引っぱりまわしても許してくれるからかしら。ほんとうにありがたいと思っているのよ」ティモシーがいなかったら、どうしたらいいのかわからなかった。

「気にしなくていいさ」なにげない口調でそう言いながら微笑む。わかってくれているのだ。

彼は体をよせてローズのひざを軽く叩いた。「うまくいくように祈っているよ。ダッシュによろしくと言いたいところだけど、ぼくのことは知らないだろうから……」そこまで言って肩をすくめる。「楽しい再会になるといいね」

「そうであってほしいわ」マントの頭巾《ずきん》をさっとかぶると、ローズは真鍮の取っ手を握って馬車を降りた。太陽が高く昇った空は青く、四月にしてはあたたかな日だ。白い漆喰《しっくい》仕立ての大きな館の窓という窓が光っている。ここは独身男性専用のアパートメントだ。玄関へつづく石段を登っていく。幸いなことに三階へ行くまで通路に人影はなかった。

最初のドアから男性の低い声がもれてきた。そのまま進み、二番目のドアの前で足を止めると、頭巾を下ろして一回だけドアを叩いた。一週間ほど前、ロンドンに行く用事があるから今日訪問する、とダッシュに手紙を書いていた。

いないのかとあきらめかけたとき、ドアが開いて弟が現れた。黒い乱れ髪に、しわだらけのズボンという出で立ちだ。二カ月前より背が高くなったように見える。身長は百八十センチ以上にのび、筋肉もかなりついたようだ。以前はひょろりとした体形だったが、シャツを着ていないせいで筋肉のつき具合がよくわかる。

弟は顔をこすり、眠たげな目を姉に向けた。「早いじゃないか」

「もう午後二時よ」そう言うとローズは中に入った。

マントを弟に手渡してから、小さな玄関広間を通りぬけて居間に入る。半ば閉じたカーテンの隙間《すきま》から幾筋か日ざしがそそぎ込んでいるおかげで、雑然とした部屋の様子がかろうじてわかる。空のグラスがあちこちに転がっている。大理石の暖炉の隣にある椅子の上には黒い上着がほうり出してある。応接間の向こうにある食堂も同様に乱雑な状態だった。カードがあちこちに散らばり、空の酒瓶が三つマホガニー製のダイニング・テーブルに置かれ、何もかも乱れきっていた。応接間に接した寝室もやはりひどい状態だが、幸い誰もいないようだ。もしもベッドから女性の脚が突き出ていたら、がく然としただろう。ダッシュはもう十八歳だが、それでも弟にちがいはなかった。

「メイドはどうしたの？」ローズは請求書を支払ったのを覚えていた。

「まだ来る時間じゃない」ダッシュはカーテンを開け、姉のマントを近くの安楽椅子にかけた。

「座ったらどう？」寝椅子を指さす。

　空のグラスを踏まないようにしながらローズは腰をかけた。「シャツぐらい着たらどうなの」

「どうして？　姉さんが帰ったらすぐまた寝るつもりなんだ」弟の目がいたずらっぽく光った。

「ズボンをはいて玄関に出ただけでも感謝してほしいな」

「ダッシェル・ロバート・マーロウ」彼女はあきれ顔でつぶやいた。「裸で玄関に出る人なんていないわ」

「裸のぼくを見たことがないわけじゃないだろう」

「見たのはあなたが三歳のときよ」弟が乳母から逃げ出して家じゅう走りまわっていたときだ。

ローズは弟が礼儀をわきまえるのを待った。

だが、彼は動こうともせずこう言った。「なんでロンドンに来たの？」

「あなたに会うためよ。最後に会ったのは二カ月前ですもの。ちゃんと暮らしているか確かめたかったから来たの」

「ありがとう、姉さん」笑いながら弟が答えた。思わず抱きしめたくなるような愛らしい笑顔だ。「でも、心配いらないよ。うまくやっているから」

「そうなんでしょうね」ローズは部屋をぐるりと見わたした。

「メイドが片づけてくれるよ」

「それで、また今夜めちゃくちゃにするの？」

弟は少々誇らしげにうなずいた。「まさにそうさ」

ローズは笑わずにいられなかった。弟を図に乗らせてはいけないのに。

「姉さんはどうなの？　ベッドフォードシャーで変わったことはない？　すてきな紳士に出会ったとか？」

「わたしは元気よ。いつもどおり。何もニュースはないし、紳士にも出会わなかったわ」最後の言葉は嘘だ。もっとも弟は結婚相手のことを言っているのだから、そう答えるしかない。

弟はうなじに手をやり、あっけらかんとした表情で言った。「姉さんのことを心配しているんだよ。あの屋敷でひとりきりじゃないか。夫がほしいと思わないの？」

なぜそんな質問をするのだろう？　もちろんほしい。そう叫びたい気持ちを抑えつけた。まともな男性が娼婦を妻にしたいなどと思うわけがなかった。何年も前にそんな現実とは折りあいをつけたはずなのに、今も思い出すたびに心が傷つく。

ローズはなにげない様子を装った。「ひとりで満足よ」また嘘だ。「それに、実際はひとりではないわ。ミセス・トンプソンがいるから」屋敷で唯一の召使いである家政婦のことだ。それ以上は雇えなかった。「そんなに心配してくれるなら、もっと様子を見に来るわ」

弟の顔に苦々しい表情が浮かんだ。

弟はもう何年もパクストン・マナーに帰っていない。休暇は友人たちと過ごすほうが楽しいからだ。そして、今では大学にも通わずロンドン暮らしをしている。ローズは弟にもっと頻繁に帰宅して屋敷に関心を抱いてほしかった。けれど、弟が帰宅しないからこそ、彼女が月に一週間留守にしていることを知られずにすんでいる。

「次の学期にはオックスフォードに戻るつもりはないの？」

弟はさらに苦々しい顔をした。「また大学のことか」

「ダッシュ」彼女は忍耐強くおだやかな声を出した。「大学を卒業するのは大事なことよ」

「卒業するよ。自分に合ったやり方でね」

また前と同じ答えだ。タッターソールズへ行ったときからそう言われるのはわかっていた。でも、やはり言わずにはいられない。二頭立ての二輪馬車を買ったのはロンドンで見せびらかしたいからに決まっている。昨日ティモシーと出かけて支払ってきた請求書の額は予想よりずっと多かった。

「ということは、しばらくロンドンにいるつもり？」

「ロンドンが好きなんだ。ここの暮らしが性に合っているみたいでね。田舎とは大ちがいさ。オックスフォードは死ぬほど退屈だよ」

「退屈かどうかの問題ではないわ。勉強に専念しなくてはだめよ」

いかにもいやそうに弟は口をとがらせている。わからないでもない。自分が莫大《ばくだい》な財産を受けついだ良家の紳士だと信じ込んでいるのだから。そんな若者にとってロンドンはとても魅力的なのだ。

「今日、銀行によってあなたの口座にお金を入金してきたわ」口座は空っぽになっていた。これが初めてではない。

「ぼくは手当を受け取るしかないのかな？」

「そうよ。あなたの友人方はたいてい父親から手当を受け取っているでしょう。あなたも同じことよ」

手当という形であたえているからこそ、財産がないことを知られずにすんでいる。だからといって弟の金づかいの荒さは治らない。お金がなければツケで支払ってローズに請求書をまわすだけだ。ローズが自分で稼いだお金で支払っていると知ったなら、弟もこれほど浮ついた生活はしないだろう。けれど、真実を明かすことはできない。知らせれば、どうやって稼いだかをきかれるに決まっている。

それでも、弟の乱費を抑えなければ。このまま費用がかさめば、いつかローズの稼ぎでは払えなくなる。「仕立て屋と靴屋とクラブとタッターソールズの請求書は支払っておいたわ。ほかにも請求書があるの？」

「ありがとう、姉さん」弟がつぶやいた。視線が部屋をさまよい、足もとに落ちた。

「ダッシュ」まともに顔を見ようとしない弟の態度に疑惑がわいてくる。ローズは食堂のテーブルに散らばるカードを見た。まさかカードゲームで借金があるのでは？「どうしたの？」

「手当があるから大丈夫だよ」吐き出すように弟が言った。態度が変だ。「自分のことは自分でできる」

ああ、まさか。借金じゃありませんように。弟に父親の轍《てつ》を踏ませたくない。「ダッシュ、賭博《とばく》に手を出したの？」

弟が立ち上がった。背中がこわばり、視線が鋭い。「用はそれだけ？　だったらもう帰ってよ」そう言い放つと、マントを姉に手渡した。

楽しい訪問はこれで終わりだ。マントを肩にかけながらローズは重い気持ちで考えた。どんなに弟のことを心配しているのか伝えたかった。けれど、これ以上言えば、さらに悪いほうへことは進んでいくだろう。父の死が今さらながらにこたえる。父はダッシュが唯一尊敬している人間だった。父の言うことなら素直にきいただろう。

「愛しているわ」ローズはささやいた。

弟が重いため息をつき、少しだけ緊張をやわらげた。「ぼくも姉さんを愛しているよ」そう言うとくるりと背を向け、寝室に向かった。「玄関までは送らない」

ローズは階段を降りて馬車に戻った。ティモシーがさっきと同じ姿勢で新聞を読んでいる。ドアを開けるとティモシーが目を上げた。向かい側の席に腰を下ろしたローズを見て、彼は屋根を一回叩いた。馬車が動き出す。ローズは思った。なぜ弟は急に態度を変えたのだろう。借金漬けになっているのだろうか。最近の交友関係は知らない。大学での友人は幾人か知っているけれど。なぜ弟にたずねなかったのだろう。ロンドンの紳士なら面識があるか、うわさを聞いたことのある人がある程度いる。答えを聞いたら悪名高い人物かどうかわかったはずだ。その手の人間が借金相手だとしたら……。

馬車が角を曲がった。弟は何の情報もくれなかった。肯定も否定もしなかった。それでも、最悪の事態が待ち受けていると考えずにいられない。

「ミスター・マーロウは請求書の件でろくに答えなかったんだろう？」

「ええ」ローズはティモシーのほうに顔を向けた。「借金があるんじゃないかと心配なの」

友人が不思議そうに片眉をつり上げたので、説明した。

「賭博よ。ああ、ティモシー。どうしたらいいの？　弟に何か悪いことが起きたら……？」

ティモシーが新聞を座席に置いてローズのかたわらに腰を下ろした。「そんなにひどい状態なのかい？」心配そうな顔で彼女の手を取る。

「わからないの。賭博をしているかときいたら詳しい話をするどころか、わたしを追い出したのよ。賭博に手を染めていなければ否定するはずだわ」

「弟さんはきみをドアから追い出したのかい？」ティモシーが信じられないと言いたげな声でたずねた。

「いいえ、言葉で強く言われただけよ」

「弟さんはレディに対する礼儀を忘れたようだな」

「ティモシー、気持ちはありがたいけれど、今はダッシュのマナーなどどうでもいいの」

「もちろんだ」友人は彼女の手をさすった。「許してくれ。賭博場を何軒か当たってみよう。ぼくが清算係にたずねてみるから。話はそれからだ。弟さんはロンドンに来てそれほど長くはないから、そんなにひどい状態ではないはずだ」

たしかに悪くない案だ。詳しいことが不明な以上、過剰に反応しても苦しいだけなのだから。

「さっそくはじめようか？」御者に行き先を変えさせようとティモシーが拳を上げかけた。

「だめだわ」ローズは引き止めた。突然、これ以上悪いニュースを聞くのがこわくなったのだ。

「もう時間がないし、また遅刻できないわ。帰ったほうがいいと思うの。そろそろ準備をしなくちゃ」

風呂。洗髪。食事。ドレス選び。そして、部屋のドアが開くのを待つ時間。〝明日も会えるだろうか〟ジェイムズの声が脳裏によみがえった。彼とならすばらしい時間が分かちあえる。昨夜ベッドでひとり横たわりながら、ローズはジェイムズの不可解なふるまいについてこれ以上考えるのはよそうと心に決めた。わたしに会いに来て抱かずに帰るのは、きっとあの人なりの理由があってのことだわ。不幸な結婚をしているにせよしていないにせよ、真実は決して明かされまい。

それでも、はっきりと今夜も来るとは言わなかった。ただ、会えるかどうかきいただけだ。ほんとうに会いたいのなら、もっと確実な言い方をするはずだ。それに、マダムからもジェイムズが今夜予約を入れたという話は聞いていない。

あまり期待してはいけない。あの人は戻ってこないだろう。経験からローズは知っていた。何かを望めば、それを失うだけだ、と。

ジェイムズはペンを置き、懐中時計を取り出した。まだ八時十五分前か。さっき時間を確めてからたった十分しか経っていない。机の上に積まれた書類の山を見る。今日じゅうに終えるべき仕事は午前中にすませ、デッカーに引き渡していた。午後は丸太の販売交渉を取りしきり、修繕中の船の具合を見に行った。

目の前にある書類など、もうどうでもよかった。

ジェイムズは時計の蓋を閉めてベストのポケットに収めると、机の前から立ち上がった。一分もしないうちに事務室のドアを閉めてメイン・ルームに出た。心なしか足どりも軽い。

「何かご用ですか？」帳簿に書き込みをしていたデッカーがたずねた。

「ああ。きみは家へ帰るんだ」

「でも……」デッカーが壁にかかった時計を見た。「もうお帰りですか？」

ジェイムズは笑わずにいられなかった。秘書がこれ以上ないほどにとまどった顔をしている。

「今日一日、私の顔をじゅうぶんに見たはずだ。さあ、ペンを置け。残りは明日でいい」

デッカーが帽子と上着を手に取っているあいだにジェイムズはろうそくを次々と消していった。鍵を手に事務所から外へ出ると、秘書があわててあとを追った。ジェイムズは玄関ドアに鍵をかけた。

「おやすみなさい、ミスター・アーチャー」デッカーが上着を着ながら言った。

「ああ、おやすみ」ジェイムズは軽やかな気分で答えた。

そして、ふたりは別れた。デッカーは北のチープサイドにある下宿屋へ向かい、ジェイムズは西のカーゾン・ストリートへと向かった。ローズのもとへ行くのだ。

一日じゅう期待に胸が躍り、幾度となく時計を確かめていた。仕事に集中するのも大変だった。今朝目覚めてから、ローズのことばかり考えていた。昨夜あの愛らしい手に何もさせなかったのを何度後悔しただろう。代わりに自分は何をしたか。床に就いた瞬間、己の手でわが身をなぐさめたのだ。

舌に残るローズの味わい。居間の床の上に退廃的な姿で横たわった彼女の姿。スカートをウエストまでまくり上げられ、秘所を彼の目にさらしていた……。一分もしないうちに彼は手の中に精を放っていた。その後すぐさま眠りに落ち、太陽が昇る前に目覚めた。生々しい記憶が夢に現れたのに、夢精でシーツを汚さなかったことにむしろ驚いた。

ジェイムズは思わず首をふった。笑いがこみ上げてくる。ローズのおかげで、まるで青二才に戻ったようだ。

夢の中のローズは……。体をつらぬくような欲望を感じて足もとがふらついた。今夜こそ夢を現実のものにするのだ。だが、どこで？

ジェイムズは空を見上げた。よく晴れた昼間の空はいつの間にか美しい夜空に変わっていた。あたたかいベルベットのような空気が顔をなでていく。雲ひとつない空に星々が明るくまたたいている。

めったにないこんな夜が訪れたとき、彼はいつもハイド・パークへと遠まわりしたものだ。ベンチに腰かけ、夜の静けさをしみじみと味わってから帰宅するのだ。

あわただしいロンドンという街の中で、ハイド・パークはまるで田舎にいるような雰囲気を味わわせてくれる。青々とした芝生に囲まれ、背後にはオークの茂みが控えている。そんなとき、ハニー・ハウス——結婚直後に買った田舎屋敷——にいるような気分になれた。

ジェイムズは馬車が通りすぎるのを待ってから通りを渡った。ローズもハイド・パークの散歩が好きだと言っていなかっただろうか。確かサーペンタイン湖が好きだと言っていた。

ジェイムズの唇に微笑みが広がった。一刻も早くカーゾン・ストリートへたどり着きたくて、彼は足を速めた。

6

ジェイムズがカーテンを開いた。たくましい上半身が居間の窓を隠している。それでも、闇に包まれた裏庭に見るべきものなどほとんどないことをローズは知っていた。代わりに、彼が着ている紺色の上着に隠しきれない筋肉質の背中を見つめていた。

「美しい夜だ」ジェイムズが言った。

ああ、だからカーテンを開けたがったのだわ。おかしな望みだと思ったけれど、どんな望みも叶えてあげたかった。ジェイムズが窓から向き直った。「だが、きみにはかなわない」

「そうね。かなうものなんてないわ」ローズは冗談めかして言った。

ジェイムズの笑い声が心地よく居間に響いた。彼は長椅子のほうへ戻ってローズの隣にふたたび腰を下ろした。彼女は無意識に彼の手を握った。「まさにそうだ」彼が言った。

今日の彼は驚くほど明るいので会話が弾んでいる。ここに入ってきてからずっと唇に微笑みが絶えない。今夜、彼を見た瞬間から同じ微笑みがローズの唇に浮かんでいる。戻ってきてくれた。

うれしさを隠しきれず、彼女はくすくす笑った。もう戻ってきてくれないだろうと確信していただけに、彼の予想外の登場は神からの贈り物のような気がした。戻ってきてほしいと望んではいけない相手なのに。いつかはつらい別れが待っている相手なのに。それでも、ジェイムズと過ごしていると、時が経つのを忘れてしまう。一瞬一瞬が幸せに満ちているのだ。

ふたりは体と体が触れあうほど近くに座っていた。サイドテーブルにはコーヒーポットとカップが置いてある。たったひとつのカップに半分ほどコーヒーが残っていた。暖炉の火をかき立てましょうか、とたずねようとしたとき、彼が立ち上がってカーテンを開けに行ったのだ。ジェイムズがいるだけで心も体もあたたかくなってくる。

彼は握りしめたローズの手を口もとへ引きよせ、手の甲に軽くキスをした。「公園まで散歩に行かないかい？　こんな美しい夜だからきみと公園で過ごしたいんだ」

ローズは驚いた。「公園ですって？」

「ああ、ハイド・パークだ。あそこで散歩するのが好きだと言っていたね。サーペンタイン湖の近くにあるきみのお気に入りの場所を教えてほしい」

「今夜？」ふわふわとした幸福感がローズの胸から消えた。

ジェイムズが眉根をよせた。「そうだ。それとも、頼んではいけないことなのかな？」

「いいえ、大丈夫よ」ローズはつぶやいた。けれど、こんな頼みは今まで受けたことがない。ほかの男性が相手だったら即座に断っただろう。彼女にとっては、この部屋の壁に囲まれているからこそ安全が保証されているのだ。ひと声叫ぶか呼び鈴のひもを引けば助けが来る。だが外へ出るとなると、安全は保証されない。たしかに、ジェイムズはローズにとって不安を感じさせるような男性ではない。それでも娼館を離れるのはこわかった。

彼はローズの顔を見つめた。「私といっしょに散歩をしたくない理由があるのかい?」

「もう遅い時間でしょう。ロンドンの夜は安全ではないわ」口をついて出た理由はじゅうぶん説得力があるはずだ。

「私がいるからきみは安全だ」なにげない彼の口調は確信に満ち、説明などいらないと思っている様子がうかがえた。彼は顔を近づけてローズの頰を片手でなでた。そして、親指で下唇に触れた。「お願いだ。いっしょに行ってくれないか」

まるでこれ以上の願いなどないかのように真剣なまなざしだ。

ローズは下唇をかんでうなずいた。

「いいのかい?」

「ええ」

ジェイムズは満面の笑みを浮かべると、彼女の唇にすばやくキスをして立ち上がった。

「さあ、行こうか」そう言ってローズに手を貸す。

彼女はためらいを捨てた。「マントを取ってくるので少し待っていて。すぐに戻るわ」

居間に戻ってみると、ジェイムズはさっきと同じ場所に立っていた。さしのべられた彼の手を握りしめたローズは、彼に引かれるまま居間の出口へと向かった。けれど、今度はジェイムズがためらった。

彼の視線がせまい隠し扉をとらえた。

「隠し扉はマダム・ルビコンの事務室にだけつながっているの。隠し扉はやめてこちらのドアから出ましょう。でも、館の応接室は通りたくないの。だから正面玄関からは出られないわ」

応接室では今ごろマダムが場を取り仕切って、大金を払う客たちに色目を使う女たちを売り込んでいるはずだ。ローズはマダムから客との外出を禁じられているわけではないが、マダムがこの件を知ったら喜びはしないだろう。

「代わりに、召使い用の階段を使えば裏口に出られるわ。それでいいかしら？」

ジェイムズの顔に微笑みが戻った。「そのほうがいいね。ありがとう」

彼の声に安堵《あんど》が感じられたのは気のせいだろうか。いずれにせよ礼を言われてうれしかった。

ローズはジェイムズを連れて居間の正式なドアを通りぬけた。廊下を歩いていく。幸いなことに誰もいない。召使い用の階段を降りたところで立ち止まり、マントの頭巾をかぶってから彼とともに裏庭に出た。

おだやかな風がマントのすそをひるがえした。ふたりは身をよせあって歩いているので、ローズの肩が彼の上腕に触れる。娼館をあとにしたせいかジェイムズはすっかり気楽な様子を見せている。歩幅を合わせてくれる彼に安心感を覚え、通りに出るころには影におびえなくなっていた。

社交シーズンはまだはじまっていないし夜も更けているので、通りはひと気が少なかった。たまに馬車が通りすぎるだけだ。ふたりはパーク・レーン（ハイド・パークの東側にある通り）にたどり着くと、ハイド・パークの入口までまわり込んだ。門の中に足を踏み入れた瞬間、街のざわめきが一気に消えた。

ふたりはロットン・ロウを渡り、サーペンタイン湖へと向かった。木々が小道を縁取り、風にそよぐ葉ずれの音が耳に届く。高く昇った月の光があたりを銀色に染めている。何度も訪れたはずなのに、夜のハイド・パークがこれほど美しいなんて。静けさがヴェールとなって公園を包み込んでいるように思えてくる。

「夜にここへ来たのは初めてよ」小さな声でローズは言った。沈黙があたりを満たしているせいか、ささやかな音でもよく響く。土を踏みしめる自分の足音すら大きく聞こえた。

「私は何度も来たことがある。たいていあそこのベンチに座るんだ」ジェイムズは、オークの木陰にある木のベンチを指さすと足を止めた。ローズも立ち止まった。「頭巾をかぶったままだと話がしにくいね。きみの美しい顔も見られない」そう言って彼は手をのばして頭巾のへりに触れた。「下ろしてもいいかな？」ささやくような声だ。

今ここにはふたりしかいない。ハイド・パークの中に入ってから誰にも会っていない。ローズは彼の目を見てうなずいた。頭巾が下ろされ、あたたかな風が顔をなでた。

「このほうがいい」ジェイムズが言った。「だが……」

彼はさらに手をのばした。うなじに触れられた瞬間、ローズの髪がふわりと垂れた。

「このほうがもっといい」彼女が髪をまとめるのに使っていた象牙の編み針を、ジェイムズは上着のポケットに収めた。「さて、きみのお気に入りの場所はどこかな？」

「もうちょっと先よ。この小道の曲がり角のあたり」

ふたりは足を速めた。心地よい沈黙がつづいた。やがて、ジェイムズが口を開いた。

「今朝はここに来たのかい？」

「いいえ。用事があって出かけていたの」ああ、ダッシュ。弟のことを思い出してローズは顔をしかめた。だめよ。せっかくジェイムズと散歩している楽しい時間を無駄にするものですか。

「あなたは何をしていたの？　材木相手のお仕事ではなく、書類相手のお仕事で一日じゅう忙しかったのではないかしら」

「なぜそう思う？」

「昨日とちがって疲れた様子ではないから」

「机での仕事と波止場での仕事の両方をしていた。波止場で船を確認したんだ。それから材木の売買にも立ち会った。ところで、昨日はありがとう。きちんとお礼を言っていなかったね。あんなにやさしくされたのは生まれて初めてだったよ。きみはほんとうにたぐいまれな才能の持ち主だ」

ただマッサージをしただけなのに。ローズは思った。「どういたしまして。でも、お礼を言うのはわたしのほうだわ」いちばん恥ずかしいところに唇と舌で愛撫された記憶がよみがえり、頬が熱くなって体の奥がうずいた。

握りしめる彼の手に力がこもった。ハッと息を止めた音が聞こえたような気がする。

「感謝されるようなことではないよ」ジェイムズは顔をよせ、ひときわ低い声でローズの耳もとにささやいた。「私自身、とても楽しませてもらったからね」

その瞬間、なごやかな雰囲気は消え、ふたりのあいだに火花が散った。ローズはふいにジェイムズを意識した。腕に触れる彼の上着。清潔で男性的な香りが鼻腔をくすぐる。かたわらにある力強い肉体。触ってみたい。この手でたくましい筋肉を確かめたい。昨夜のように。唇を重ね、彼のキスをもう一度味わいたい。

脈が速くなり、太もものあいだがしっとりと濡れた。こみ上げる欲望にぼう然としながら、ローズはジェイムズを小道からそれた場所へ導き、サーペンタイン湖べりのお気に入りの場所へ向かった。彼は握っていた手を離して上着を脱いだ。近くにあるベンチを無視して上着を、露で濡れた草地に広げる。

「さあ、座って」彼は小さく会釈をした。クリーム色のベストと白いシャツが、背後の木々の闇を背景に際立って明るく見える。

ローズは感謝の言葉をつぶやきながら、上着の上に腰を下ろした。ひざを曲げてスカートを整える。隣に座ったジェイムズは片脚をのばし、もう一方のひざを曲げて立てた。片手でひざを抱きかかえ、もう一方の手を後ろの地面に置いて体を支えている。この環境で彼が隣にいるのはとても自然な感じがする。夜のハイド・パークは静まりかえり、星々がダイヤモンドのように湖面をきらめかせている。けれど、ローズの心は周囲の光景からふっとそれた。彼女はジェイムズを見た。月光が彼の横顔を際立たせている。くっきりとしたあごの線。頬骨の描く曲線。そして長く濃いまつげ。

まるで視線を感じたかのように、ジェイムズが顔を向けた。暗くて彼の目の色ははっきり見えない。それでも、きっと濃い色になっているはずだわ。昨夜、乳房を愛撫していたときと同じように、情熱に満ちた深い緑色に……。

乳首が硬くなってシュミーズを押し上げた。また唇で触れてほしい。こみ上げる想いを声に出さないようローズはこらえた。

ゆっくりとジェイムズは彼女の頬を片手でなで、長い指を首すじにはわせた。そして、さらに時間をかけて顔を近づけた。ローズもまた気がつくと顔をよせていた。何よりも彼のキスがほしくて唇が開いている。けれど唇が重なりあったとき、抑えていた欲望が爆発したというわけではなかった。むしろ、彼のキスはいつまでもつづく情熱的なやさしさに満ちていた。

ローズは無垢《むく》な乙女に戻ったような気持ちになった。まるで初めてのキスのようだ。過去の男たちをジェイムズが消し去ってくれる。ああ、ほんとうにこの人が初めての相手だったらいいのに……。

まるで初々しい恋人たちが人目を避けるように、ふたりは夜の闇に逃げ出したのだ。今夜は特別な夜。ふたりを妨げるものは何もない。わたしは彼に奉仕するためではなく、彼と喜びを分かちあうためにここにいる。自分の意思で。そばにいるだけで幸せだった。

永遠とも思える時間が過ぎていく。けれど、いつしか無垢なキスは終わり、ジェイムズが唇を傾けて舌を差し入れた。舌と舌がからみあい、欲望の炎をかき立てていく。

ふいにジェイムズが体をよせ、キスをしたままひじで体を支えて横向きになった。ローズは仰向けになった。ふたりの舌が互いを探りあうあいだ、あたたかな指が彼女の首すじから鎖骨へとすべっていく。気がつくと、マントを脱がされていた。

ローズは背中をのけぞらせた。胸を片手で包み込まれ、親指で先端を愛撫されたのだ。体に鋭い快感が走る。キスをやめてほしくない。必死に手をのばし、ジェイムズのベストのボタンを指先で外していく。すべてのボタンを外すと、彼女はズボンの前垂れを開けた。そして、シャツをズボンから引っぱり上げ、すそから手を差し入れた。ああ、やっとこの人の素肌に触れられたわ。なんて熱いのだろう。筋肉の割れた硬い腹部の感触を両手で確かめる。すかさず筋肉がぴくっと反応した。

夢中にならずにいられない。彼のキス。頬に吹きかかる激しい彼の吐息。男らしい香り。そして、むき出しになった肌の手ざわり。気がつくと、スカートを持ち上げられていた。ごつごつとした手が彼女のひざをとらえ、少しずつ上へと動いていく。触られた跡が熱くうずく。内ももに軽やかなタッチで触られた瞬間、ローズは思わずうめき声をあげた。この人がほしい。いつしか両脚が開いていた。すでに潤っていたいちばん敏感な部分に一本の指が触れた。彼女は息をのみ、開いたズボンの前部に手をのばした。

ジェイムズはうなだれてキスをやめた。「ああ、ローズ。そうだ。触っておくれ」

彼女が絹のようになめらかな男のものを握ると、生々しい欲望のこもった彼の声がかすれたうめき声に変わった。彼の体がふるえるのがわかる。彼は腰を動かしてローズの手の中に男性自身を突き入れた。なんて大きいのかしら。これを突き入れられたら、と思うと体の奥のほうがざわめいてくる。わたしを奪って。あなたのものにして。

ふたりの情熱はもはや耐えがたいほどに高まっていた。たくみな指に花芽をいたぶられ、ローズは頂点へ向かっていく。と、突然、低いうなり声をたててジェイムズが覆いかぶさってきた。ローズはむき出しの脚を彼の腰にからみつけ、彼の重みを味わった。男性自身を握るのをやめ、彼の腰に手をはわせてズボンの下の硬い臀部《でんぶ》をつかむ。

ジェイムズがふたたび唇を重ねた。ローズは魔法にかかったような気分になった。ただ頭に浮かぶのは、完全に自分を彼に捧《ささ》げたい、彼のものになりたい、という想いだけだ。やがて、亀頭が女の中心に押しあてられた。その瞬間、ハッとわれに返った。

ローズはキスを中断し、彼の肩を押し返した。ジェイムズが動きを止めた。

あえぎながらローズは息をつこうとした。体じゅうから欲望があふれそうだ。この人がほしくて仕方ないのに……。ベルベットのような夜空に月が高く昇り、サーペンタイン湖のさざ波がよせるかすかな音に包まれたこの場所で、今この人のものになりたいのに……。けれど、現実は無視できない。危険が大きすぎる。

「ごめんなさい、ジェイムズ。でも、だめなの」

「えっ？」

闇に包まれていても、困惑した彼の顔が見えるようだ。「少なくともここではだめだわ。あなたがほしいけれど」彼のあごを両手で包み込み、真剣な声で告げる。「ほんとうよ。でも、館を出る前に、わたし、忘れてしまったの……」恥ずかしさで頬が熱くなる。なぜ説明するのがこんなに難しいのだろう。「ごめんなさい。事前にわかっていればよかったのに」

どうして思いつかなかったのだろう。思いついて当然だった。あれほど寝室に入りたがらなかった彼が昨夜、居間で愛撫してくれた。ならば、今夜こうなっても不思議はなかった。彼らしいやり方で一歩進もうとするのはごく自然なことだ。けれど、館を抜け出して公園へ行くという提案にすっかり気を取られていたのだ。絹のついたての向こうに置いてあるスポンジを持ってくればよかったのに。それに、ジェイムズはポケットに男性用避妊具を忍ばせているような男性ではないだろう。持っていれば先に使っていたはずだ。

「よければ館に戻りましょう。それともわたしが……しましょうか？」彼の肩から手を下ろす。

ジェイムズはきっぱりと首をふり、ズボンの前垂れのほうへ向かう彼女の手をさえぎった。

「避妊のことを言っているんだね?」

「ええ」ローズは答えた。そんなことが必要だと認めるだけで恥ずかしかった。ジェイムズのような男性は、彼を愛する女性と関係を持つべきなのだわ。子どもを孕《はら》む可能性を歓迎してくれる女性と。わたしのような女ではなく。

「あそこには戻りたくない。ここできみがほしいんだ」彼が言葉を止めた。「私を信じてくれるかい?」

ローズは口を開いたが、言葉が口から出てこない。イエスと答えるのはそれほど難しくはない。それでも、何も言えなかった。長い経験から、軽々しく人を信頼してはならないと学んでいたからだ。

「きみの中で出したりしない。誓ってもいい」まだ荒々しい彼の吐息が頬をかすめる。「きみは私を信頼してここまで来てくれた。この件でも信頼してほしい。お願いだ」

どうしても避けたい危険だった。でも……この人なら危険ではないわ。視線を上げてジェイムズを見る。生々しい欲望にあふれてはいるが、強い意志が感じられる。彼は無理強いはせず、頼んでいるのだ。わたしの望まないことを決してしない人。それはよくわかっていた。わたしが拒んでも八つ当たりなどせず、静かに引き下がってくれるだろう。根っからの紳士だから。この人なら信じられる。

ローズは目を伏せてうなずいた。

「ありがとう」吐息まじりの言葉が返ってきた。

ジェイムズからキスされた瞬間、情熱が燃え上がってローズはわれを忘れた。背中をのけぞらせて彼に体を差し出す。すべてをあげたい。肌と肌を合わせたい。

ゆっくりと彼が中に入ってきた。このうえなくやさしく、それでいて雄々しくローズの体を押し広げていく。奥まで収まったところでジェイムズが動きを止めた。体をふるわせている。

「ローズ、きみは……なんてすばらしいんだ」その声にはうやうやしい驚きがこもっていた。

彼女は息をのんだ。彼が男性自身を抜き、ふたたび深く差し入れた。

彼の唇が彼女の唇を、頬を、のどをとらえている。美しい言葉とともに、彼はゆっくりと彼女の体を愛した。生まれて初めてローズは大切にされていると感じていた。それでも、ジェイムズががまんしているのはわかる。彼の上腕には力がこもり、口からは荒々しい息がもれているからだ。

彼女は彼にしがみつき、官能の波に身をまかせた。終わってほしくなかった。ズボンのウエストが彼女の内ももをこすり、手の下でリネンのシャツが汗にまみれていくのがわかる。ローズの欲望と軌を一にするように彼のペースが速まっていく。

ジェイムズが少し体を動かして挿入の方向を変えた。今度は差し入れられるたびに花芽が愛撫され、体の奥の感じる場所が突かれている。

やがて、ローズは恍惚の頂点に達した。くり返しよせてくる波のように悦びが襲いかかってくる。思わずあげた叫び声は彼の唇で封じられた。

快感の波は今もローズの体に響きわたっている。

そのとき突然、ジェイムズが体を引き抜いた。彼を包み込んでいたいという予想外の衝動に彼女は襲われた。けれど、なんとかその想いをこらえて、うめく彼の唇に唇を重ねつづけた。精を放った彼の体がふるえている。

彼は隣に仰向けになった。激しい息づかいが夜の空気に響いている。彼の手がローズの手を握り、引きよせた。「こっちにおいで」

ローズはくるりと転がって彼の上に横たわった。耳を彼の心臓の上に当てる。たくましい腕に包まれていると、けだるく心地よい疲労感が訪れた。

彼の胸の鼓動は次第にゆるくなり、やがて落ちついた。ローズは頭のてっぺんに彼の唇を感じた。

「送っていこう。ずっときみをここにいさせるわけにはいかないからね」

「わかったわ」そう返しながらも、彼の体のぬくもりから離れたくなかった。でも、この人の言うとおりだわ。ずっといっしょにいることはできない。わたしたちにあるのは夜だけ。

いやいやながらローズは体を離してかたわらにひざまずき、乱れた髪を直した。ジェイムズが立ち上がって衣服を整えた。彼女が手渡した上着をはおった彼は、手をさしのべて彼女を立ち上がらせた。そしてマントを拾い上げると、さっと草をはたき落とし、彼女の肩にかけた。不器用にマントのボタンを留める彼をローズは微笑みながら見つめていた。

「後ろを向いて」けげんそうなジェイムズにローズは説明した。「上着よ。草がついたまま家に帰りたくはないでしょう」

時間をかけて彼の背中に手をはわせ、ふたりの夜の証を払いのけていく。ときおり肩をもむと、ジェイムズがうれしそうにため息をついた。それから、ふたりは手に手を取って土手を登り、公園の門へつづく道をたどっていった。心地よい沈黙が漂っている。

ローズが思ったよりも早く、ふたりは娼館の裏庭に着いた。厨房の明かりがもれる窓の前で彼女は足を止めた。

「また会えるかしら？」

口にしたとたん、ローズは後悔した。ノーと言われるかもしれないのに。拒絶かあいまいな反応が返ってくると覚悟を決め、裏口のドアを見る。

「そうしよう。きみが望むなら」

ローズはすばやく視線を彼に向けた。「ほんとうに？」

「私に戻ってほしいかい？」

「ええ、お願い」ああ、まるで恋する乙女みたいなことを言ってしまった。

「では、戻ってくるよ。明日」彼が彼女のほつれ毛を耳にかけながらささやいた。「約束する」

「もう少し早く事務所から出てきても悪くないと思うわ」

「簡単な頼みだ。大丈夫だよ。おやすみ、ローズ」そう言ってジェイムズは彼女の手の甲にキスをした。「明日の夜にまた会おう」

7

せまいドアをくぐり抜けてジェイムズは馬車に乗り込んだ。アメリアの象牙色のドレスに脚が触れないよう注意しながら。正直なところ、妻が向かい側に座っているのは驚きだった。いつもはできるだけ離れた場所に座るのだ。まるで夫に近づけば近づくほど汚れると言うように。もっとも、今夜はもうひとり乗客がいる。

ドアが閉まり、馬車が走り出した。ドルーリー・レーン劇場の正面にたたずむたくさんの人びとや馬車を背後に残して。

「すてきな芝居だったわね。そう思わないこと、ジェイムズ？」

「ああ、とてもよかった」彼は答えた。

薄青のショールで肩を包みながらレベッカが隣にいるアメリアのほうに顔を向けた。妹の顔に浮かぶまぎれもない喜びは、妻の尊大で冷え冷えとした優雅さとは対照的だった。壁に吊《つる》した小さなランタンからもれる光が、レベッカの栗色のシニョンに金色のすじをきらめかせている。ふたりの女性はこれ以上ないほど異なっている。だが、妹は妻を崇めているようだ。社交界へデビューしたせいで妹が妻のようにならなければいいが、とジェイムズは願った。
　父親の気持ちを変えようとするレベッカの試みは、明らかに成功した。ジェイムズの屋敷に妹が現れるのは、そもそも時間の問題だった。妹は初めてのシーズンを過ごすためのドレスでいっぱいになった数個のトランクとともにやって来た。もっとも、妹から〝今日の午後に到着する〟という手紙を受け取ったときは少々驚いた。ローズのことばかり考えていたからだ。ふたりで過ごす夜への期待が彼の心を占めていた。それでも、妹がやって来ること自体は楽しみだった。だが、社交シーズンが近づいている現実そのものは喜べなかった。妹の手紙の最終行を読んだとき、自由に過ごせる夜は終わってしまったと自覚した。

　……それに、アメリアがわたしの到着を祝って〝劇場で夜を楽しみましょう〟と約束してくれたの。

　つまり、彼も同席するということだ。ジェイムズはドルーリー・レーン劇場にボックス席を持っていた。自分の席というより妻の席といったほうが正しいかもしれない。それでも、過去に数回レベッカを連れて行ったことがあった。妹は舞台が好きなのだ。周囲のボックス席をながめたり、社交に精を出したりするのではなく、演劇やオペラそのものを愛する数少ない人間だった。彼は、アメリアの寛大さに驚いていた。レベッカの好みに関心を抱くとは。妻は自分だけに関心がある人間だとばかり思っていた。

妹といっしょにいる楽しみと妻と過ごす時間への恐れに心を引き裂かれて、彼は日が暮れるかなり前に事務所を出ていた。早く出るつもりではあったが、これほど早い時間になるとは考えていなかった。ローズとの約束はまだ守れるだろう。まだ八時にもなっていないのだから。

妹と妻を屋敷まで送り届けたら、カーゾン・ストリートへ向かうのだ。ローズのもとへ。

馬車の窓から外をながめながら、上着のポケットに手を入れ、なめらかな象牙の編み針を指先で確かめる。馬車が建物の横を通りすぎるたびに、ローズへと近づいている。やがて、馬車は瀟洒《しょうしゃ》なメイフェア地区に入り、ハノーバー・スクエアを通りすぎるとデイヴィーズ・ストリートで右に曲がった。

なぜ右に曲がる？

思わず妻のほうへ顔を向ける。「屋敷に戻る道とちがうが」

肩をこわばらせて妻がレベッカのほうから向き直った。一見にこやかな表情をたたえている。他人がいるときにいつも見せる顔だ。妹もすっかりだまされている。だが、妻の薄青の瞳にはぬくもりのかけらもなかった。「もちろんちがうわ。わたしたち、マークソン卿夫妻から夕食のご招待を受けているんですから」

夫が社交の予定をすべて把握しているのは当然だと言いたげな口ぶりだ。どんな場所を訪れるのか、ジェイムズには関心のないことだった。妻がどの招待状を選ぶのか、意見を述べる権利などないからだ。それに、自分で選びようもない。黒の夜会服を身につければどんな場でも出られるから、行き先は問題ではなかった。

「だが、レベッカは今日着いたばかりだ。劇場ならわかるが、今夜はもう休みたいのではないか」サマセットはロンドンからかなり遠い場所だ。土曜の午後にこちらに到着したことを考えると、妹は遅くとも木曜には出発したにちがいない。

「そんなに早く帰りたくないわ、お兄様。サマセットからの旅路は楽だったのよ。ただ座っていただけですもの」レベッカが言った。「それに、遅い夕食でしょう。出席者は二十人もいないそうよ」

もちろん妹はアメリアから事前に話を聞いているのだろう。

「マークソン卿夫妻の夕食会はレベッカにとって社交界を経験するいいチャンスだわ」ジェイムズはアメリアの言葉を信じるしかなかった。「シーズンがはじまる前にこぢんまりした催しに出るのはいい練習になるでしょう。それに、花婿候補にぴったりの紳士も何人か出席されるはずだわ。ブラックリー卿もそのひとりよ」

ブラックリーだと？　レベッカの倍は歳を取っているじゃないか。以前、幕間《まくあい》にボックス席までやって来た男だ。ジェイムズはたいして気にも留めなかったが、ただブラックリーがレベッカに対して礼儀正しく接していたという記憶はあった。だが年齢はともかく、ブラックリーは未婚の伯爵だから、レベッカを爵位のある貴族と結婚させたいという父の要求にはかなっている。

　結局、このためにこそジェイムズはアメリアとの結婚を承諾したのだ。妻は社交界の人脈があり、社交界のしくみにも詳しい。妻なら妹に最適の相手を選んで紹介のつてを見つけられるだろう。妻が後ろ盾になれば、レベッカは父からあたえられる莫大な持参金とともに社交界に受け入れられるはずだ——商人の娘という欠点にもかかわらず。

　妹はやさしい性格の持ち主で、きょうだいが子どものころ亡くした美しい母親にそっくりだった。レベッカを妻にできる男はその幸運に感謝すべきだろう。だが、貴族社会では本人の人柄より血筋と人脈と財産がものを言う。

　レベッカがひざの上で両手を握りしめた。「お願い、お兄様。わたし、ぜひ出席したいの」

　妹の頼みをどうして断ることができるだろう。こんなに楽しみにしているのに。それに、アメリアがにらみつけている。わたしの決めたことに文句を言うつもりか、とでも言いたげに。妻が社交の予定を決めたら、黙ってついて行くしかない。妹のためだ。

　レベッカが期待に満ちた顔をしている。ジェイムズは妹を心から愛していた。妹が望むからこそ劇場まで出向いたのだ。社交界が苦手にもかかわらず。

　彼はあきらめてため息をついた。「もちろんマークソン卿のお宅へうかがうことにしよう、レベッカ。それがおまえの望みなら」

　これでまた遅れてしまう。ジェイムズはポケットの中にある象牙の編み針を握りしめた。今夜、ローズに会える可能性はまだある、と思いながら。

ストッキングとシュミーズとコルセットだけを身につけて、ローズはクローゼットに並ぶドレスをながめていた。風呂に入って濡れた髪はほとんど乾き、肩に垂れている。召使いたちがすでに磁器製の風呂桶《おけ》を片づけていたが、湿った空気がバラの香りとともに部屋に残っていた。夕方、寝室で風呂に入ったのだ。退廃的な楽しみではあるけれど、やめられない習慣だった。今夜は暖炉の炎にあたためられた部屋の中で熱い湯を楽しみ、来たるべき夜を思っていた。またジェイムズに会える。

夜のために装うのはいつもは面倒な仕事でしかなかった。でも、今夜はちがう。

モーヴ色のドレスを手に取る。いいえ、だめ。これはもうあの人に見せたわ。スミレ色にしようかしら。思わず顔をしかめる。薄手の琥珀色のモスリン。やわらかなグレイのベルベット。ふと紺色の絹地のドレスが目に留まった。

いつもは青が好きだ――ジェイムズの声が脳裏によみがえる。

唇に微笑みを浮かべながらローズは紺色のドレスを手に取って広げた。飾り気がない、胸のふくらみを強調したドレスだ。

これがいいわ。でも、ジェインに手伝ってもらわなくては。これだけが後ろにボタンのあるドレスだった。常時、小間使いを雇っているわけではないので、ほとんどのドレスは自分で脱ぎ着できるものを注文していた。小間使いの役割を果たすのを好む男性ばかりではないからだ。けれども、仕立て屋がこのドレスについてだけはゆずらなかった。前にボタンがあるとドレスの美しさがそこなわれる、と主張したのだ。たしかにそのとおりだった。

寝室のドアのわきにある呼び鈴のひもを引く。

ジェインを待つのももどかしく、ローズはドレスに袖を通した。片手を背中にのばしてボタンを押さえ、化粧台の鏡に姿を映す。紺色の生地と黒い髪のおかげで肌の白さが際立っている。しばらくして居間のドアを叩く音がした。ローズはドアを開けた。ジェインはすぐさま背中のボタンを留めてくれた。

「ほかにご用はございませんか?」ジェインがたずねた。

「いいえ、今はいいわ。でも、あとで呼び鈴を鳴らすから、コーヒーをポットに入れて持ってきてちょうだい。砂糖もクリームもいらないわ」

ジェインが出て行くと、ローズはドアに鍵をかけ、寝室へ戻った。

髪にブラシをかける。やっと髪が乾いたとき、彼女は化粧台の引き出しを開けてピンやリボンが入った箱の中を探った。確かこの中に……。

ふと目を閉じる。わたしの髪を肩に広げてジェイムズは満足そうに微笑んでいたわ。昨夜の記憶がよみがえる。象牙の編み針を返すのを忘れたのかしら。それともわざと?

彼がわざと返さなかったと信じたかった。わたしを思い出すものがほしかったのかしら。ばかね、わたしったら。大人の男性がそんなことをするものですか。それでも……。

微笑みながら、ローズは銀のピンをいくつか取り出し、うなじでゆるく髪を丸めた。

香水はつけないことにしよう。風呂で使ったローズウォーターの香りがほんのり残っているから。寝室の準備は整っている。ろうそくを消して居間に移動する。暖炉の炎は燃えさかっていたが、なぜかかき立てずにいられなかった。

そして、ローズは長椅子に腰を下ろし、ひざの上で両手を組んだ。今夜もまた呼び鈴の音を恐れなくていいのだわ、と思いながら。


ジェイムズはいらだっていた。ああ、夕食会など大きらいだ。テーブルに着いたら最後ずっと座らせられて、カードルームにも逃げ出せず、知りあいになりたくもない者たちに囲まれて過ごすのだ。向かい側に座るレベッカがうれしそうにしているから、なんとか不快な表情を抑えていられる。

二十人だと？　現実には三十人以上の客が長いマホガニーのテーブルに着席している。今、ジェイムズはマークソン卿の豪華な館にある巨大な食堂の中にいた。数多くの銀の燭台から放たれる光が、美しいグラスを輝かせている。まっ白なテーブルクロスにナプキン。重厚な銀食器。上等なボーンチャイナの皿。綿密に計画された夕食会だ。

席順は女主人によってあらかじめ決められていた。ジェイムズの左には年配の婦人が座り

——ありがたいことに彼より食事に気を取られている——右にはよりによってブラックリーが座っていた。何度か会話に引き込もうとした伯爵をジェイムズは相手にしなかった。テーブルの向かい側に目を向けると、レベッカから数席離れたところに——館の主人が座る上座近くに——アメリアがいた。妻はアルバート・ラングホーム卿に目を向け、上品に笑っている。

なぜ妻がマークソン卿の招待を受けたのか、ほんとうの理由がわかった。レベッカを花婿候補に紹介するためではなかった。またもや愛人をジェイムズに見せつけるためだったのだ。

ジェイムズは椅子に背中をあずけた。目の前のほとんど手をつけていない料理を従僕が下げて、新しい料理を置いていく。いったい誰が八品もあるコース料理を出すと決めたのだ。

肩ごしに目をやって大きな時計を見る。もう何度見ただろう。一分一分が永遠のように長く感じられる。不安がどんどん大きくなっていく。もう耐えられなくなりそうだ。今すぐ、三人で出て行ければいいのに。アメリアとレベッカを屋敷まで送ってから貸し馬車をつかまえれば、真夜中前にマダム・ルビコンの館に着ける。早く行くとローズに約束してしまった。かなりの努力を払って彼女の信頼を得たのに、アメリアのせいですべてが台無しだ。

ローズは、天井から下がる小さな銀の鈴を見つめていた。

「お願い、鳴って」小さな声でつぶやく。絶望に心が押しつぶされそうだ。

けれど、鈴は鳴らない。

期待というものは残酷な神のようだ。胃がきりきりと痛み、不安が暗雲のように心に立ちこめている。いくら追い払おうとしても無駄だった。

座っているのがつらくなって、ローズはふたたび暖炉の炎をかき立てるために立ち上がった。ドレスのしわをのばして寝室に行く。迷った末、やっとのことで化粧台の上にある小さな時計を見る。真夜中だ。

もうこんな時間！

心が沈んだ。

あの人は来ない。

ローズは唇をかみしめ、ぎゅっと目を閉じた。どんな理由を思い浮かべてもなぐさめにはならない。ジェイムズはもうわたしに飽きてしまったんだわ。もう今夜は来ないにちがいない。

約束はむなしい言葉。男の約束なんてみんなそう……。

ロージー、二度ときみを殴ったりしない。見せかけだけの後悔に満ちたウィートリー卿の言葉が思い出される。

ああ、そんなことはない。私には妻などいないよ。ビルトモア卿は若く美しいレディ・ビルトモアの存在を否定した。

そして、父の言葉も嘘だった。ダッシュが生活に困るようなことは決してない、と誓ったのに。父が残した借金を返済するためにローズは何年も娼婦として働いている。

わたしは愚か者だわ。ジェイムズの言葉を信じるなんて。あの人もほかの男と同じ。わたしに好意を持ってくれたと思ったのに。

そうよ。まともな男は娼婦なんて気にもかけない。

どうしてずるずると関係を引きずってしまったのだろう。途中でやめるべきだったのに。こんなふうに終わる運命だったのだわ。それでもジェイムズに心を惹かれてしまった。こんな気持ちになったのは生まれて初めてのことだ。

今ごろあの人は事務所にいる。昨日わたしと最後の一線を越えた瞬間、関心を失ったのだろう。いえ、奥様といっしょにいるのかもしれないわ。あの人の名字を名のり、あの人を夫と呼べる幸運な女性と……。

ローズには決して叶えられない夢だった。

いやになるほど静かな部屋にふるえるため息が響いた。せつない気持ちがこみ上げてくる。応接間のドアの外からくぐもった声が聞こえてきた。低い男の声と答える女の笑い声だ。

ローズはハッとした。ふたたび呼び鈴を見る。鳴らない時間が重くのしかかった。

もう遅い時間だわ。今ごろマダム・ルビコンは館の応接室でわたしを売り込んでいるにちがいない。わたし目当てでやって来た客は迷わず指名するだろう。別の男性の相手はしたくなかった。

もうすぐ呼び鈴が鳴る。心のどこかで、あの人が会いに来てくれることを願っている。それでも、さまざまな経験を経てきた現実的な自分がささやいている――もはやあの人は二度と戻ってこない、と。呼び鈴が鳴るとしたら別の客だろう。

ローズはすばやく立ち上がり、呼び鈴を鳴らした。居間のドアの前で待つ。

ドアを叩く音がするやいなや鍵を開ける。

コーヒーが入っているらしいポットとふたつのカップを載せた銀の盆を見たとき、ローズの胸が痛んだ。気を取り直した彼女は、盆を運ぼうとするジェインに首をふった。「マダム・ルビコンに伝えてちょうだい。今夜は具合が悪いからもう休む、と」ふだんの態度を取りつくろって言う。

ドアが閉まると、ローズは背中に手をのばした。手がふるえてボタンが外せないので、ドレスを脱ぎたいばかりに無理やり引っぱった。

ボタンが弾け飛んで床に転がった。力ずくで脱いだドレスを手にローズは寝室へ駆け込んだ。ドレスをゴミ箱に押し込むと、青い絹地が入りきらずにあたりに広がった。

シュミーズとストッキングだけを身につけた姿でローズはしゃがみ込んだ。肩を落とし、両手で顔を覆う。閉じたまぶたを手のひらで押さえつけても、流れる涙はとどめようがなかった。

「今夜、ローズにはお会いになれませんよ。よろしければ、ほかの娘を――」

「どういうことだ？　今夜会えないとは？」

「申し上げたとおりです。今夜、ローズには会えません」マダムが答えた。背すじをすっとのばし、机の上で両手をきっちり握りしめている。冷静なその姿と対照的に、ジェイムズは衝撃と混乱に襲われて、失望を隠すこともできない。

「なぜだ？」思わず問いつめる。

「もうこんな時間ですよ。美しい女性は人気がございましてね。ほかの殿方がローズのような娘をほうっておくとお思いですか？」

別の男といるのか？　今この瞬間に？　腹の底からめらめらと嫉妬《しっと》の炎が燃え上がった。ほかの男に嫉妬するのは不合理なことだ。これまでローズはさまざまな男とベッドをともにしてきたのだから。それが仕事だということはわかっている。そう頭では理解していても、彼女の体に誰かが手を触れると思うだけで、怒りがこみ上げてくる。自分以外の男があの官能的な唇にキスをするとは！　昨夜のようなことを彼女とするとは！　そして、嫉妬とともに、裏切られたという苦い思いが心臓を締めつけた。

ローズが自分を裏切ったと思うのは愚かなことだ。

彼女は娼婦だ。仕事をしているだけで、不義を働いているわけではない。むしろアメリアの愛人に嫉妬するほうが理にかなっている。だが、妻の愛人には一度として嫉妬したことがない。この瞬間、体を駆けめぐる嵐《あらし》のかけらすら、妻には感じたことがない。ローズと寝ている男を殴りつけたいという衝動を今、必死にこらえているというのに。

両の拳を握りしめ、ジェイムズは隠し扉のある白い羽目板の壁を見つめた。呼吸がみるみる速まっていく。

「いつになったら会える？」自分の声が遠く聞こえる。

「ローズはひと晩にひとりしかお客を取らないんですよ。明日の夜まで会えません」マダムがひと呼吸置いた。「従僕を呼びましょうか？」

ジェイムズはすばやくふり向いた。「どういう意味だ？」

マダムが片方の眉をつり上げた。

一瞬きつく見つめたあと、彼はハッと気づいた。ああ、自分はまるで愚か者に見えているんだな。娼婦をめぐって殴りあいをする寸前だったのだ。「従僕は必要ない」深く息をついて、落ちつこうと努力した。そんなことをしても、全身を満たしている凶暴な感情を抑えることはできないが、少なくとも狂った男には見えないだろう。

アメリアが最初の愛人を見せびらかしたときですら、ジェイムズはほんの少しの嫉妬も覚えなかった。誇りをひどく傷つけられたが、あきらめの気持ちのほうが強かった。だが、ローズのこととなると、これまで感じたことがないほどの所有欲に駆られるのだ。

ああ、アメリアめ！　みんな妻のせいだ。あの夕食会の招待を受けたがったのはアメリアだった。そして妻は愛人のそばにいたかったらしく、夕食のあと二時間も応接室でくつろいでいた。ほとんど愛人の腕にぶら下がるような状態で。レベッカを口実にして、夕食後すぐに妻と妹を連れて帰るべきだった。だが、妹本人も初めての社交界の催しに夢中で、疲れも見せなかった。結局、ジェイムズは妻が帰る意思を示すまで、館を出られなかったのだ。

妻は自分から何もかも奪うのか。誇りも、自尊心も、希望も、夢も奪ってきたというのに。ローズと過ごす夜まで奪ってめちゃくちゃにしたのだ。

今朝目覚めたときには、夜が来るのが待ち遠しかった。

「この館にはほかにもたくさん美女がおりますよ」マダムの声にジェイムズはわれに返った。「ローズ以外にも、ひとりかふたりお選びになるとよろしいでしょう」

彼は首をふった。

「お客様を残念なお気持ちにさせるのは、わたしの本望ではありません。あなた様のような成功した紳士はお忙しいに決まっています。そのために、夜のご予定を変えざるを得ないこともあるでしょう。もしお望みでしたら、明日ローズと会えるよう今、手配できますが」

「明日から一週間ローズを独占したい」きっとさっきよりも愚かに見えていることだろう。

ジェイムズは答えを待った。けれども、マダムはグラスを手に取ってゆっくりと酒をすった。かちりと音を立ててグラスを置くと、マダムは机の上でふたたび手を組んだ。「残念ながら、制限がございましてね。三夜です。こうした予約は短いほうがいいのですよ。ご理解いただけると思いますが、快楽の追求というものは気まぐれな獣のようなものなんです。三日後にお客様のお気持ちが変わらなければ、またそのときお話しいたしましょう」

自分は気まぐれとはほど遠い。内心そう考えたが、ジェイムズは何も口にせず、ポケットから札束を取り出した。予約分の三分の一しかない。「残りは明日渡す」

マダムはまっ赤な唇に満足そうな微笑みを浮かべた。「お客様がこの館にいらっしゃってもいらっしゃらなくても、ローズは明日から三夜、お客様のものです。三日ではありません。三夜です。夜の八時以降にいらしてください」

8

ジェイムズは懐中時計を取り出し、銀の蓋を開けて顔をしかめた。八時五分過ぎ。少なくともマダム・ルビコンに文句は言われない時間だ。

時計をポケットに戻し、ふたたび歩きはじめる。チークウッドの机から深紅の安楽椅子のあいだを通り、酒瓶の入ったキャビネットのわきを過ぎ、ドアまで行ってまた戻った。マダムはどこにいるのだろう。なぜ自分はまだこの事務室にいるのだ。今夜、ローズは私のものだ。誰にも邪魔はできない。それに、いつもより早い時間に事務所を出てきた。

ドアのところできびすを返すと、彼は自己嫌悪に陥ってため息をついた。今日は机の前にいても集中できず、仕事にならなかった。いろいろな書類に署名したのをぼんやり覚えているが、その内容はまったく覚えていない。ほかの男に組み敷かれて歓喜のあまり背中をのけぞらせるローズの姿が頭の中から消えなかったのだ。男の腰に脚をからみつかせ、男の肩をつかむローズ……。そんなイメージにたとえようもない苦しみを感じていた。耐えられないほど嫉妬心が燃え上がったせいで、いつもは忍耐強い彼も気が短くなっていた。

片手で目をこする。ああ、疲れた。心底疲れた。昨夜は一睡もできなかった。眠れない夜は初めてではない。この三年、そんな夜は幾度もあった。だが昨夜は、暗闇の中で嫉妬が心に渦巻き、激しい痛みに変わった。体がちぎれるほどの苦しみ。神経がずたずたに引き裂かれそうだった。

自分が自分でないような気がする。憔悴《しょうすい》するほど女に執着したことなど、これまで一度もなかった。仕事をしたり屋敷で妹と静かに過ごしたりする代わりに、娼館へ行くことにしたのだ。ああ、結婚しているというのに。だが、妻ではない女性と一夜を過ごすことに何の罪悪感も持っていない。

いったい自分はどうしたというのだ。

いらだちがつのる。

ドアが閉まる音がした。ジェイムズが足を止めてふり返ると、マダム・ルビコンが部屋に入ってきた。

「こんばんは」マダムは微笑みをたたえて言った。

彼はマダムをにらみつけた。こんな状況に陥った自分がいやだった。今夜ここに戻るべきではなかったのに、戻らずにはいられなかった。

マダムの視線が机の上の札束に留まった。彼が置いたものだ。もどかしさが顔に出ていたのだろう。マダムは儀礼的な言葉を口にせず、酒も勧めようともせずにすぐさま机をまわって呼び鈴のひもを引いた。隠し扉が開いた。「行き方はおわかりですね」そうつぶやくと、マダムはさっと体をよけてジェイムズを通した。

大またで階段を登っていく。マダムの事務室から光が差しているが、いちばん上の踊り場は暗闇に包まれている。あともう一夜。それで関係を終わらせるのだ。金などどうでもいい。残りの二夜ローズがほかの男に触れられずにすむと思えば、心が安らぐ。そのころになれば、苦しみもやわらぐだろう。

心のどこかでローズに怒りを感じる権利などないことはわかっていた。彼女はただ仕事をしただけなのだから。アメリアが夕食会の招待を受けたのもローズのせいではない。むしろジェイムズ自身が招いた状況だ。妻の社交の予定を事前に知っていれば、マダム・ルビコンの館に行けないことにもっと早く気づいていただろう。

ジェイムズはドアの前で足を止めた。昨夜は別の男がここに立ち、ローズはその男を歓迎したのだ。あなただけよ——そんなふうに彼女はその男にも感じさせたのだろうか。

ジェイムズは手をのばし、ドアノブをまわした。

ドアが開いた。ローズは息が止まりそうになった。ああ、ジェイムズだわ。せまい戸口を彼の広い肩がきゅうくつそうに通りぬけようとしている。内心の驚きを隠しながら、ローズは長椅子から立ち上がった。

「ジェイムズ」軽く咳払いをしてから、声をふるわせないようにして話しかける。「またお会いできてうれしいわ」

彼がドアを閉めた。「こんばんは、ローズ」

彼女はジェイムズの姿をしみじみとながめた。たくましい体がせまい居間をいっそうせまく感じさせる。わたしのことを忘れていなかったのだわ。そう思うと胸がざわめいた。すぐに駆けよって彼の首に両腕をまわしたい。そして、奇跡的に帰ってきてくれたことを確かめたい。けれど、彼のオリーブグリーン色の目にいつものやさしさがないことにローズはとまどい、その場から動けなくなった。

ドレスに触れてスミレ色の絹地をなでる。どうして今夜はこのドレスにしたのだろう。やわらかいグレイのベルベットのほうにすればよかった。「コーヒーを用意させましょうか?」

ジェイムズは首をふった。ドアの内側に立ったままだ。ぎこちなく両腕をわきにつけ、彼女を見つめている。

ローズは不安に襲われた。「お座りにならない?」背後の長椅子に手を向ける。

「いや、いい」

「何か……まずいことでもあるの、ジェイムズ?」

「ない」

明らかに原因があって不機嫌なのに、それが何か彼は話そうとしない。これ以上問いつめることはできなかった。ここは男性にとって憩いの場であり、しつこくたずねられる場ではない。

よそよそしいジェイムズに何を話しかけたらいいのかわからなくて、ローズは部屋を見まわした。長椅子に座らないなら酒も勧められない。「寝室に行きましょうか?」

しばらく黙り込んでからジェイムズが答えた。「ああ」

一瞬、ローズは心臓が止まりそうになった。苦痛が胸をつらぬく。たじろがないでいるのが精一杯だ。ジェイムズからこんな答えが返ってくるなんて……。

なんとか唇に微笑みを浮かべられたのは、長年の習慣のおかげだった。いつもの手順に従ってローズはうなずいた。「光栄だわ」

ジェイムズのあごがぴくっと引きつった。力の入らない脚でローズは寝室へと向かった。握ってもらえない手にさびしさを感じながら。

後ろから彼がついて来る音がする。ドアを開ける前にローズは深く息を吸い込んだ。落ちつこうと思うのに落ちつけない。寝室の中にある暖炉で炎が赤々と燃え上がり、二本のろうそくがぼんやりとした黄金色の明かりをかすかに放っている。親密さをかもし出すのにちょうどいい明るさだ。

ドアが閉まる音が部屋に鋭く響き、ローズはつまずきそうになった。ベッドのわきで足を止め、ジェイムズのほうに向き直る。彼はドアによりかかり、腕を組んでいる。

彼はあたりを見まわし、大きなベッドに視線を留めた。そして、ローズを見た。

沈黙が重くのしかかる。どちらも動こうとしない。まるでジェイムズは何かを待っているようだ。

もちろんそうだろう。

わずかに手をふるわせながらローズは前身ごろのボタンを外しはじめた。ジェイムズの顔を見なければ、ただの客として扱えたかもしれない。彼女の体と彼女があたえる快楽を求めてやって来た大勢のうちのひとりとして。

なんとかドレスを肩から外して床に落とす。コルセットは脱ぎやすかった。けれど、シュミーズを脱ぐのは難しかった。

「ストッキングも?」ローズはたずねた。

ジェイムズはぶっきらぼうにうなずいた。

片足ずつベッドに載せてリボンをほどき、白い絹のストッキングを下ろしていく。

一糸まとわぬ姿になったローズは、両腕をわきにつけて全身をジェイムズの目にさらした。

体がぞくぞくして鳥肌が立ってくる。これほど裸であることを意識したことはない。ただ見られる対象となっている。わたしは娼婦なのだ。彼女はこんなふうに感じさせるジェイムズが憎らしかった。

わたしからやさしい気持ちを引き出しておきながら、あなたはそれを踏みにじるの?

それに、なぜ昨夜でなく今夜戻ってきたの?　あなたのために涙を流したというのに。引き裂かれる思いで苦しんだというのに。どうして、あなたはまるで何も悪いことなどしていないかのようにふるまえるの？　来るという約束を破っておいて、言い訳すらしない。ぶっきらぼうな態度からすると、わたしのほうが悪いと思っているのかしら。

あなたを信じただけなのに。

やはり男なんて信じられない。その証拠が目の前にあった。ジェイムズは今も腕を組みながら冷たい視線で彼女を見つめている。

この人もただのお客だわ。わたしの体しか求めていないのなら、体を差し出すだけ。こみ上げる怒りが傷ついた心と絶望を覆い隠してくれた。

この人はこの娼館でいちばん高い娼婦を買ったのよ。そういうことなら、お金に見あうだけのものを見せてあげるわ。

ローズは毅然《きぜん》と胸を張り、肩をまわした。ジェイムズが視線をまっすぐ乳房に向け、組んだ両腕に力をこめた。彼女は口もとに作り笑いを浮かべた。何の影響も受けていないふりをする気なら、そうしていればいいわ。ほんとうはちがうくせに。どうせ、しばらくすれば隠しきれなくなる。

髪に手をやって引き抜いたピンを豪華な絨毯の上に落とす。長い黒髪がふんわりと肩にかかり、毛先が乳房をくすぐった。ローズはジェイムズにたっぷり体を見せつけたあと、腰をゆらしながらゆっくりと彼に近づいた。

冷たい夜の空気と男の匂い——ジェイムズの匂い——が五感を満たしていく。こみ上げそうな心の痛みを無理やり抑えつけて、彼を見上げる。「あなたは服を着すぎているわ」微笑みながらじらすように言う。

ジェイムズが組んだ両腕をゆるめてわきに下ろした。

ローズは彼の上着のボタンをひとつずつゆっくりと外すと、つま先だって上着を肩から脱がせてたたみ、近くの化粧台の上に置いた。手の下に感じる彼の筋肉が鉄のように硬い。

「今日のお仕事は楽しかったのかしら？」なるべく気軽そうな口調でたずねたあと、ベストのボタンを外しにかかる。ローズにとって今日という日は、ジェイムズを——彼に触れられた感触とキスの味わいを——忘れようと努力した一日だった。結局、そんなことは無理だと思い知らされただけだったが。

答えが返ってこない。彼女は目を上げて片方の眉をつり上げた。

「いいや」ジェイムズの答えは言葉というよりはうなり声のようだった。

「それなら、わたしが埋めあわせをしてあげるわ」

ベストもまたきちんとたたんで化粧台の上に置いた。静まりかえった寝室の中で、ローズが外したクラヴァットが衣ずれの音を立てる。手の甲が彼のあごに触れた。一日分の髭がのびてチクチクする。ゆっくりと引っぱると、白いリネンの布がするりとすべり落ち、彼ののどをあらわにした。

ジェイムズは自らシャツを頭から脱いだ。思ったとおりだわ。彼の体には無駄な脂肪がまったくついていない。腹部を細長く覆う黒っぽい体毛をローズは目でたどり、ズボンのウエスト部分までたどり着いた。そして、視線をさらに下へ向けた。

ズボンの前部が大きくふくらんでいる。わたしが影響をおよぼしたいい証拠だわ。指先であのふくらみにそっと触れてみたい。さらに欲望を感じさせてピクッと反応させたい。もう一度、手のひらに男性自身の重みを感じてみたかった。

あの大きなものにゆっくりと満たされていった記憶がよみがえり、体の奥がうずいてくる。頭がくらくらする。官能の波にさらわれてしまいそうだ。

咳払いの音がしてローズはハッとわれに返った。目をしばたたかせてから、彼の手首から下がるシャツを抜き去った。今度はたたむのも忘れて化粧台の上にほうり投げた。

指先で彼の腹部をたどり、ウエスト部分で動きを止める。記憶のとおりジェイムズの皮膚はなめらかだが、指の下で筋肉がふるえている。

彼の顔を見ないようにして、ズボンの前垂れのボタンを外していく。ズボンがかろうじて腰に引っかかっている。ローズは彼の下着のひもをゆるめた。そして一気に引き下ろしてひざまずくと、靴を脱がせ、ズボンと下着も脱がせた。

そのままの姿勢でローズは見上げた。ああ、すばらしいわ。この人は裸になっても美しい。男性自身が誇らしげに突き出し、体じゅうから荒々しい力がみなぎっている。たくましい太もも。信じられないほど厚くて広い胸板。筋肉の盛り上がる上腕。ありとあらゆる場所を触ってみたい。一昨日の夜、触れることを許されなかった場所に。やっと彼と肌を合わせられるのだ。

けれどまずローズは、彼のものに顔を近づけて陰嚢《いんのう》にそっと息を吹きかけた。ジェイムズがハッと息をのむ。男性自身がピクッと引きつり、先端から透明な液体がひとしずくあふれ出た。彼がいちばん触れてほしい場所を避けながら彼女は立ち上がり、彼の太ももの外側をなでた。

そしてくるりと背を向けると、ベッドに近づいてマットレスの上に乗り、ヘッドボードに置かれた枕に背中をあずけた。ジェイムズの視線が痛いほど感じられる。片ひざを軽く立ててもう一方の脚をのばした姿勢で、豊かに垂れた髪を乳房からよけて片眉をつり上げてみせた。

「こちらに来ない？」

またもや沈黙が返ってきた。

「それとも……見ているほうがお好きかしら？」

ローズは片方の乳首のまわりをなぞり、硬くなった先端に軽く触れると、親指と人差し指でつまんだ。そして、片方の乳房をそっともんでから手を下にはわせ、おへそのあたりに円を描き、太もものあいだを隠す黒い恥毛に手をかすめた。

男性自身がさらに硬くなったのが目に見えてわかった。まるで、こちらに向かってきそうな勢いだわ。先端は濡れて光り、亀頭は黒ずんだ赤い色をしている。ジェイムズは息を荒らげ、胸が上下している。白くなるほどぎゅっと握りしめている両の拳はわき腹から離れない。それでも、彼はベッドに来ようとしなかった。

わたしをベッドに連れて来たがったのは、この人のほうなのに。ドアによりかかったままひと晩過ごしたいわけでもないだろう。

ローズは彼をいじめてみたいという奇妙な欲望を感じた。昨夜はわたしが苦しめられたのだから、今夜は少しだけでもこの人に代償を支払ってほしい。わたしが娼婦だという現実を思い知らせてやるわ。

どんなに不快であろうとも、わきまえてほしい現実だった。親切心と同情は危険な感情だ。決して娼婦が客に抱いてはいけない感情なのだ。欲望なら……よくわかっている。自分の居場所はこのベッドであって、彼のベッドではない。

さらに襲いかかる心の痛みを抑えつけながら、ローズは目の前のジェイムズにだけ集中し、ひざを立てた脚を開いた。みだらで恥知らずな娼婦そのものといえる姿で、彼女は一本の指を、ひだとひだのあいだにある女の中心にすべらせた。

汗が背中を伝い、熱くなった皮膚をくすぐった。ジェイムズはローズから目が離せなかった。黒髪を肩に垂らしてベッドに横たわる美しい体が、これでもかと言わんばかりに欲望をそそる。誘惑の女神そのものだ。これまで見たうちで最もみだらな夢が今、現実のものとなっている。

罪深い快楽を誘いかける微笑みとともに、ローズは円を描くように花芽をなでたかと思うと、女の中心に指を差し入れて濡らした。ああ、とろりとした蜜《みつ》のように光っている。もう彼を受け入れる準備ができているのだ。

　ジェイムズは唇の内側をかんだ。欲望がこみ上げてくる。ローズの体を自分のものにしたい。今すぐに。男性自身が痛いほど硬くなっている。それでも、彼はその場に釘付けにされたように動けなかった。まるで見えない壁がベッドの前に立ちはだかっているかのようだ。心のどこかで、ローズのこうした一面――大胆で自信に満ちあふれた妖婦《ようふ》の姿――を見たくないという気がしている。演技をしているのではないかという疑惑がぬぐいきれない。それでも、卑しい己の心がもっと、もっと、とほしがっている。

　ローズが背中を反らせ、さらに彼を苦しめる。女の中心に触れながら腰をゆらしているのだ。腰が持ち上がってさらけ出された秘密の部分がゆっくりとした官能的なリズムを刻んでいる。よく知っているリズムだった。一昨日の夜の記憶は、烙印《らくいん》を押したように心に刻まれていた。

　体がわなわなとふるえる。あまりの欲望の強さにひざが折れてしまいそうだ。ああ、ローズを自分のものにしたい。彼女のすべてを味わい、彼女にありとあらゆる悦びを感じさせたい。二度とローズがほかの男をほしいと思わなくなるまで。

　彼が限界に近づいているのに気づいたのか、彼女が濡れた指を口もとに近づけた。物憂げな視線で彼の目をとらえると、彼女は指で下唇をなでた。

「味わってみたくない？」

その瞬間、ジェイムズは限界を超えた。

ベッドに駆けよると、すぐさま彼女にのしかかり、広げられた彼女の脚のあいだに体を収めた。顔に顔を近づけながら。

「ああ、味わいたい」うなるような声で彼は言った。そして、彼女の下唇に激しいキスをした。やさしく吸い込んで彼女の露の味を確かめたのだ。甘い味わいが口に広がった。

唇を離すと、ジェイムズは少しだけ顔を離して彼女の視線を真正面から受け止めた。じらすような表情は消え、せつないほどの欲望が顔にあふれている。それを見て、彼の欲望はさらに高まった。どちらも体を動かそうとしない。ふたりのあいだで緊張がぴりぴりと走った。惹きつけられずにはいられない。

「キスして」かすれた声でローズがせがんだ。

ジェイムズが唇を重ねると、彼女は何かを求めるように唇を開いた。彼は舌を差し入れて、彼女の口の中を探検した。彼の髪に指をからませながらローズが背中をのけぞらせ、純粋な情熱そのものであるキスを受け入れた。身をよじる彼女の肌が彼の肌の上をすべり、男性自身をいっそう硬くしていく。彼はもはやこれ以上耐えられなかった。

息を切らしながらジェイムズは唇を離し、彼女の頰から耳へと唇をよせた。「きみがほしい。お願いだ」

「いいわ」彼と同じように生々しい欲望のこもった声でローズが答えた。

　ジェイムズは男性自身を女の中心にあてがって挿入した。たちまち熱くなめらかな感触に包まれる。あまりにきつくて思わず動きを止めてしまった。これ以上挿入をつづければ、制御がきかなくなってしまいそうだったからだ。最高の快楽が待ち受けているのを彼は本能的に察知した。背すじがぞくぞくする。激しく息をつきながら彼自身を無理やり引き抜いた。

　次の瞬間ふたたび挿入して、今度は奥まで突き入れた。

「ああ、ジェイムズ」

　ローズのまつげがふるえ、薄青の瞳に悦びの光が灯った。開いた唇はキスのせいでふっくらと濡れ、頬がピンク色に染まっている。その表情にジェイムズはうやうやしい気持ちになった。心の中で何かが弾け、胸が締めつけられた。三年間の禁欲生活など、もうどうでもよかった。重要なのは、今ローズとともにいることだ。

　小さな手が汗に濡れた彼のうなじをつかんだ。すすり泣くような声が彼女の唇からもれた。赤い唇を奪ってから、ジェイムズは少しだけ己を引き抜き、官能に満ちた摩擦とひそやかな肉の締めつけを味わった。

　彼女の脚が彼の腰にからみついて体を引きよせている。肌と肌を合わせてふたりはともに動いた。ふくよかな乳房が彼の胸板に押しあてられ、彼女の体が描くやわらかな曲線がたくましい彼の体にぴったりとはまっている。自分をほしいと思ってくれる女と寝ることが、これほどすばらしいものだとは！　ローズは心から彼を受け入れているのだ。彼女に触れれば悦びを感じさせることができる。ジェイムズはもっとほしかった。ローズのあえぎ声が。甘いため息が。バラの香りのする彼女の体から放たれる欲望の香りが。そんな想いが体じゅうを駆けめぐっていく。

だがまずは、もっと悦びをあたえなければ。快感に身もだえさせてやりたい。挿入のリズムを変えないまま体の重心を片腕に載せ、ジェイムズはふたりの体のあいだに手をのばした。親指が花芽をとらえ、円を描くように硬いつぼみに触れた。じらすのではなく、頂点へ達するようにしてやりたい一心で的確に愛撫していく。

ローズが両脚を彼のウエストにきつくからみつかせ、腰をぶつけてくる。そのリズムに合わせてジェイムズは深く激しく突き入れていった。彼女が必死にキスを求めてくる。そうせずにはいられない焦燥感をにじませながら。彼の唇をむさぼりつつ彼女は彼の肩にしがみつき、皮膚に爪を立てた。緊張感が高まってきているのがジェイムズにもわかった。次の瞬間、彼の腕の中でローズが体をこわばらせたかと思うと、熱い肉が男性自身を締めつけて精をしぼり出そうとした。彼女の叫び声を唇で封じたジェイムズ自身、もう耐えきれなくなっている。と、突然、絶頂が訪れて陰嚢が引きしまった。急いで唇を引きはがしてひざまずき、男性自身を握りしめる。それは悦びの証によって濡れて光っていた。二回こすり上げると、彼は頂点に達した。荒々しいうめき声が口から吐き出される。白くつややかな精液が放たれ、ローズの腹部と胸にしたたり、硬くなった乳首にひとしずく落ちた。

ジェイムズはがくっと両手をついた。頭を垂れ、なんとか息をつこうとあえぐ。頂点に達したことで体じゅうの力が失われたようだ。娼館の裏口にやって来た一時間前にくらべると、十倍は疲れている。ローズの足が彼のふくらはぎをなでて、横たわるよううながしている。疲れに身をまかせてしまいそうだ。

だが、意志の力で彼は誘惑に耐え、頭を上げた。女の腹部で精液が乾くにまかせるのは、ろくでなしだけだ。

「ここには……」ジェイムズはあたりを見まわし、やがて洗面台を見つけた。「すぐに戻ってくる」

すばやくキスをすると、彼はベッドからゆっくりと立ち上がった。洗面台のかたわらにある小さなタオルを手に取り、半分だけ水に浸してしぼる。そして重い足どりでベッドまで戻り、端に腰を下ろす。

半ば横たわるようにして片腕をローズの頭にまわした。このうえないほど美しく満足した微笑みが彼女の口もとに浮かんでいた。もう一方の手で、彼は彼女の乱れた髪を耳にかけた。

「少し冷たいが……」タオルで肌をぬぐった瞬間、彼女の腹部が緊張した。「言っただろう」そう言いながら、ジェイムズはていねいに精液をぬぐった。そして、同じようにていねいに、タオルの乾いた部分で白く美しい肌から湿り気を取り去った。がまんできなくなった彼は顔を近づけて、舌先で乳首を転がして吸うと、軽く息を吹きかけた。

「ジェイムズ」ローズが笑いながら名を呼んだ。

「何だい？」

「くすぐったいわ」

彼はなにげない表情で肩をすくめ、タオルを床に落とした。「そのつもりでしたんだよ」

ローズは驚いた顔を見せたが、微笑んでいるところを見ると怒っていないようだ。ジェイムズは彼女の手を握り、指をからめあわせた。まるでふたりが別れることなどないかのように。だが、もう去らなければ。ローズを休ませるのだ。たしかに自分も休む必要があるが……。

まだ帰りたくない。今はまだ。

ローズはひじを突いて彼のあごに手を触れた。真剣な表情だ。「昨夜はあなたに会えなくてさびしかったわ」静かな声で言う。

たちまち嫉妬心が蛇のようにとぐろを巻き、心の底で牙《きば》をむいた。「私もだ。きみの中からやつの記憶を消し去ってやりたいよ」不思議そうな顔をするローズに、彼は眉をつり上げた。

「昨夜きみには会えないと言われた」

「何ですって？　あなた……昨日来たの？　何時ごろ？」

「夜中の一時ごろだ。予想外のことが起きて、どうしても早く来られなかった」目を閉じて、彼は深く息を吸い込んだ。「約束を守れなくて申し訳ないと思っている」そして目を開けてローズの視線を受け止めた。信じてくれ。「遅れるつもりではなかったんだ」

永遠と思えるほど長いあいだ、ローズは薄青の目で彼の目を探るように見つめたあと、こくんとうなずいた。「そうだったのね。でも……消さなければならないような記憶なんてないのよ。あなたに会えなかったのは、ほかのお客を取っていたからじゃないわ。真夜中まで待っていたのだけれど、あなたが来なかったから、具合が悪いと言って休んだの」

「ほんとうか？」自分はなんという愚か者だったのだろう。だが、とりあえずしばらくは同じ愚行を犯さなくてすむ。あと二日は、ローズは彼のものだから。

うつむいた彼女の頬にジェイムズはやさしく手を当てて、自分のほうを向かせた。

「ええ」ローズが恥ずかしそうにささやいた。

「ありがとう」彼は彼女の手をぎゅっと握りしめて微笑んだ。例えようもないほどうれしかった。しばらくのあいだ、ふたりは黙っていた。やがて彼は眠気に襲われ、まぶたが重くなった。

「すまない」つぶやくような声で言う。

ローズが心配そうな目で見つめ、彼の額から前髪をかき上げて目の下に触れた。「何日も寝ていないような顔をしているわ」

「ひと晩だけだ」

「どうして？」

「きみのことをずっと考えていた」ジェイムズは胸の内を明かした。

「少し休んだほうがいいのではないかしら」

彼は首をふった。「長くはいられない」

「でも、まだ早いわ。休んでちょうだい。あとで起こしてあげるから」ジェイムズに断る時間もあたえずにローズがたずねた。「何時に起こしてほしい？　今は——」そう言って肩ごしに時計を見る。「九時半だわ。二時でいいかしら？」

そのころになれば屋敷も静まりかえり、誰もが寝ているにちがいない。誰にも顔を合わせずにすむ。今夜ひとりで寝るか、もう少しローズとともにいるか。決断は難しくなかった。

「二時でいい」

「まかせておいて。さあ、寝てちょうだい」

手を引かれるまま、ジェイムズはベッドに横たわった。腕の中にローズを抱きしめながら。やわらかな唇が胸板に押しあてられている。ちょうど心臓のある場所だ。

「お休みなさい、ジェイムズ。ちゃんと起こしてあげるから」

心地よい声を耳にしたとたん、彼は眠りに引き込まれた。

9

レベッカに付き添ってハイド・パークの門を通りぬけたとき、昼前の太陽がジェイムズの肩をぬくめていた。手袋をはめた妹の手を腕にかけ、歩調を合わせてゆっくりと歩いていく。妹は、日ざしが頬に当たらないよう薄青のボンネットをかぶっている。若い娘らしくそばかすを気にしているのだ。レベッカも大きくなったものだ。八歳だった妹が彼の手を引っぱって人形遊びをしようとせがんだのが、ほんの昨日のことのように思える。

妹が滞在しているときはいつもそうだが、ジェイムズは朝、事務所へ出かけるのを遅らせ、二時間ほど書斎で過ごしてから妹と朝食をともにした。ロンドン暮らしの長いアメリアは社交界の時間に合わせて生活しているので、午前も遅くならないと起きてこない。だが、レベッカはサマセット育ちなので田舎の生活をしている。とはいえ、夜遅くまで開かれる舞踏会や夜会に出席していれば、いずれアメリアと同じ時間帯で生活するようになるだろう。それまでは、妻がまだ寝ている時間を利用して妹とふたりきりで過ごすことができる。

今朝の話題は、社交界にいる結婚適齢期の貴族たちについてだった。レベッカが男性の名前と爵位をすらすらと口にして品定めするのを聞いて、ジェイムズは衝撃を受けた。

兄として心配せずにはいられない。たしかに、最初の社交シーズンを前にして興奮し、求婚を心待ちにしているのだろう。それはわかる。だが、父の野望を果たすために爵位にばかりこだわってほしくなかった。ジェイムズがいちばん恐れているのは、社会的地位と財産を引き替えにした結婚で妹が不幸になることだった。

だから朝食をすませたあと、妹に散歩しようと提案したのだ。昼間のうちにハイド・パークへ行くのは、前回のレベッカの訪問以来だ。あのときは冷え冷えとして芝生に霜が降り、木々も緑ではなかった。今日は芝生が青々と美しく、木々も緑で小道に影を落としている。空気はほのかにあたたかいが、まだ寒さが残っているので、レベッカは薄手の外套をはおっている。もっとも、ジェイムズが外套を着るほど寒くはない。

「それにね、アメリアがレディ・モートンの舞踏会の招待を受けたの」レベッカが言った。ジェイムズはあいまいにうなずいた。「シーズン最初の催しよ。明日の午後、レディ・モートンのお宅を訪問するの。今日の午後はアメリアと仕立て屋へ行かなくちゃ」

「仕立て屋?」彼は疑わしい気分で眉をつり上げた。

妹が顔を上げた。一応頬を赤らめている。「ええ、そうよ。昨日、アメリアといっしょに、わたしのドレスを確かめたの。それで、あと数枚ドレスが必要なことがわかったのよ。どれも一回しか着られないから」

「もちろんそうだろうな」ジェイムズはわざとらしく真剣な顔で答えた。「一回着たらすぐにゴミ箱行きというわけだ」

「お兄様、どうかわたしを愚かな娘扱いしないで。でも……」妹が目を伏せ、彼の腕にかけた手に力をこめた。「わたし、どうしても成功したいの」

妹のつぶやきにはせつなさがこもっていた。彼は後悔した。「きっと成功するよ」元気づけるようにやさしく妹の手に触れる。「おまえは美しい娘だよ、レベッカ。だが、おまえの心のほうが美しいことに気づかない男は愚か者だろう」

妹がよりかかって彼の腕に頬をよせた。公園を散歩しているのでなければ、妹は彼を抱きしめていただろう。

「ありがとう。お兄様、大好きよ」

「ふたりきりのきょうだいだから心配して当然だろう」

「わかっているわ」

妻は彼を軽蔑《けいべつ》し、父は彼を材木のように売りわたした。だが、ジェイムズは自分を愛してくれる妹がいることを幸せに思っていた。それに、今はローズがいる……。あと二夜。それだけでは足りない。絶対に。

「わたし……」レベッカが小さなため息をついた。「人からばかにされたくないの。お父様はわたしが成功すると期待してくれているし」

それこそ妹をここに連れ出した理由だった。ジェイムズは足を止め、正面から妹に向かいあった。そして今、同じ重みが妹の肩にのしかかっているのではないかと危惧《きぐ》していた。

「レベッカ、あの人の圧力がどれほど強いのか、私はわかっているつもりだよ」父はあからさまに命令を押しつけたりしない。むしろ、巧妙で抜け目のないやり方で人を支配するのだ。まるで事業の取引のように。会話のあちこちに伏線が張られているが、目的は隠している。ジェイムズはかなり幼いときから、父の期待の重みを感じながら生きてきた。「きいておきたいことがある。ほんとうに爵位のある男性と結婚したいのかい？　たしかに、おまえがそういう男と結婚しなければ、あの人はがっかりするだろう」それだけではすまないだろうが、妹が貴族と結婚したくないなら、父も妥協するしかない。「だからといって、おまえを絶縁することはないはずだ」その点は確信できないが、万一妹が絶縁されれば、彼が代わりに持参金を用意してやればいいだけの話だ。「それに、何があろうと私はおまえの兄だ。おまえの幸せがいちばんだと思っているよ」

「わたしは幸せよ、お兄様」妹が言った。大きな緑色の目が真剣なまなざしをたたえている。

「わたしが自分の意に反したことをしているって、どうして思うの？」

「今は幸せかもしれないが、結婚は人生の大きな決断だ。結婚したら一生、相手に縛りつけられる」ジェイムズが実感していることだった。「おまえには、望みどおりの結婚相手を見つけてほしい。名前や爵位で選ぶよう強制されるのではなく」

「でも、お兄様はアメリアと結婚して、この機会をわたしにあたえてくれたのよ。無駄にはしたくないわ」

ジェイムズは黙り込んだ。不安がつのる。これまでアメリアの悪口は誰にも言ったことがなかった。恋愛結婚でないことは明らかであるにしても、レベッカが兄の結婚生活の実情に気づいているはずがない。妹が知っているのは、彼女の社交界入りのために父が彼をアメリアと結婚させたということだけだ。

「心配はいらないようだな」ジェイムズは重々しい口調で言った。「おまえが好きなように決めればいい。とにかく、貴族と結婚するのを義務だと考えなくていいからな」

「ありがとう」妹はつま先だって、彼の頬に軽くキスをした。「ほんとうにお兄様のことが大好きよ。でも、わたしのことは心配いりません。いつかレディと呼ばれる立場にはなりたいけれど、それだけの理由で結婚したりしないわ。わたしにぴったりの人でないといやよ」

「それに、おまえを愛する男でなくては」

妹がくすくす笑った。「もちろんよ。言うまでもないわ」

ふたりは小道を歩いていった。乳母らしき老女に連れられたふたりの子どもが小枝を手に海賊ごっこをしている。少年たちの〝剣〟がぶつかってピシッという音が響いた。

ふいにジェイムズはせつない想いに囚《とら》われた。無理やり心を抑えつけて空を見上げる。太陽がほぼ真上だ。レベッカを屋敷に戻さなければ。午後の訪問の準備があるだろう。

足を止めて来た道を戻ろうとしたそのとき、黒っぽいマントを着た人の姿が目に飛び込んできた。サーペンタイン湖のそばにある大きなオークの木陰に女性が立っている。その隣には木のベンチがあった。頭巾は下ろされ、まとめられた漆黒の髪をあらわにしている。見つめずにはいられなかった。女性は、ベンチに寝そべる金髪の紳士のほうへ顔を向けている。その横顔に見覚えがあった。なつかしい赤い唇が動く。たった十二時間前にキスをした、あの唇。女らしい声が聞こえてくるが、遠くて言葉までは聞き取れない。

ジェイムズは、ベンチに横たわる金髪の男に目をやった。嫉妬心がめらめらと燃え上がる。気がつくと拳を握りしめそうになっていた。なんとか心を落ちつかせる。このあいだのような醜態はさらすまい。いずれにせよ、彼女はあと二夜は自分のものだ。誰のものでもない。

「お兄様?」

レベッカの声を無視して、彼はあたりを見まわした。先日歩いた道すじへ自ずと足が向かう。ローズは、三日前の夜ふたりが愛を交わした場所から五歩も離れていないところに立っていた。あのときローズは彼のものだった。ひんやりとした芝生に横たわった彼女の体は、彼の下で熱く、悦びにふるえていた。

ジェイムズは一歩足を踏み出そうとした。またローズのもとへ行きたい、という無意識の願望が生じたのだ。けれど、かたわらにいる妹のことを思い出し、寸前で足を止めた。

今、ここで会うのはだめだ。

失望が胸に広がったが耐えた。あとひと目だけローズの姿を見たら、レベッカを屋敷に連れて帰ろう。

「今日の午後、いくつか賭博場に行ってみたいのだけれど、いいかしら？」

ティモシーが茶色い紙袋の中からパンくずをつかんで川に投げ入れた。アヒルたちが餌《えさ》に向かって泳いでくる。「いいよ」

昨日、ローズは部屋から出られる状態ではなかった。ジェイムズのことを忘れなければ、という想いで心の中はいっぱいで、弟のことを考える余裕などなかった。けれど今日こそは……ダッシュが賭博にふけっているのかどうか確かめなければならない。

「それなら、もう出かけないと。一度館に戻ったらすぐに出発できるわ。何軒ぐらい行けると思う？　五時までには戻らなければならないの」夜の準備のために時間の余裕がほしかった。明日も会えるかな？　ジェイムズの別れ際の言葉が脳裏をよぎる。彼はいつもより早く事務所を出るとまで約束してくれた。きっと約束を守ってくれるはずだ。

ティモシーがふたたびアヒルにパンくずを投げた。「三軒か四軒はまわれるだろうね」

「そうね」微笑みをこらえながらローズは答えた。

「昨夜は予想外によかったようだね。昨日よりずっといい顔をしているよ」

「ええ、ずっとよかったわ」

探るようなティモシーの視線を避けてローズは一歩前へ進み、アヒルの群れをながめた。今月ロンドンに戻ってからは、ジェイムズが唯一の客だった。ティモシーにその事実を話しても認めてくれないような気がする。幾夜も同じ男を相手にするのは問題だと言われるだろう。思いやりからの助言だとしても、自分で答えのわからない問題を今突きつけられたくなかった。

そのとき、何かを感じた。うなじがゾクッとしたのだ。

くるりと後ろを向いた瞬間、ジェイムズと視線が合った。深緑色の上着に黒っぽいズボンを身につけた彼が小道に立っていた。きりっとした顔だちが日の光を浴びて、いっそうハンサムに見える。

彼の唇に浮かんだ微笑みは予想外の贈り物のようだ。ここであの人に会えるなんて思ってもみなかったわ。最初の夜をともに過ごしたとき、彼は最後に日中ハイド・パークへ行ったのはいつだか思い出せないと言っていた。しかも、よりによってひと気の少ない午前も遅い時間であるだけでなく、知りあいに気づかれないようマントをはおっているというのに。

一瞬、眉根をよせたあと、ジェイムズは視線を外して右に顔を向けた。それから、小道をそれてローズのほうへ向かい、芝生の中に足を踏み入れた。かたわらに若い女性がいる。白っぽいキッド革の手袋をはめた手が彼の腕により添っていた。美しい顔が薄青のボンネットにふちどられ、同じ色あいのモーニング・ドレスが薄茶色の外套のすそからのぞいている。腕のいい仕立て屋の手になるものだ。ローズが買えるものよりずっと高価にちがいない。

ローズは体をこわばらせた。脈が速くなり、耳にどくどくと響いている。この女性は誰なのだろう。苦い現実と直面したくない。逃げたくなったけれど、もう一度だけ彼女の姿を確かめておこう。ボンネットから栗色の髪がのぞいている。淡いオリーブグリーン色の目。男女の差はあれ、ふたりの顔だちは明らかに似ていた。

安心感がどっと押しよせた。彼に会うといつも感じるわくわくした気持ちがよみがえり、微笑みが戻ってきた。「おはようございます、ジェイムズ」

ローズの前で立ち止まったジェイムズはうなずき、ちらりとティモシーのほうに目を向けた。ティモシーは起き上がって彼女のかたわらに立った。ジェイムズはあごをこわばらせなかったものの、明らかにその目は問いかけるまなざしを浮かべていた。

「いいお天気ですこと。こちらは友人のミスター・ティモシー・アシュトンです」

ふたりの男は軽く会釈しあってあいさつを交わした。

しばし沈黙してからジェイムズがかたわらの若い女性のほうを向いた。「レベッカ、こちらはミス・ローズ……」

姓を知りたいのだわ。けれど、ローズはためらった末、何も言わなかった。その代わりに、うなずいてあいさつをした。

「ミス・ローズ、こちらは私の最愛の妹、ミス・レベッカ・アーチャーです」

この人の名前はジェイムズ・アーチャーなのね。しっかりとしてたくましい、この人にふさわしい名前だわ。社交界の通例とはちがって、ローズにとってファースト・ネームはたいして重要ではない。けれど、姓は……信頼の証だった。

「ほかにお姉さんか妹さんはいらっしゃらないの？」ローズはたずねた。

ジェイムズが答えた。「いや、レベッカひとりだ」

「こんな早い時間にハイド・パークへいらっしゃるなんて驚きましたわ。まだ太陽が輝いている時間ですのに」

「レベッカは私のような宵っ張りではないのですよ」

「それでは、妹さんに感謝しなくては」

木陰にいる彼はいつもとどこかちがって見える。すぐに理由がわかった。疲れた雰囲気がないのだ。栗色の髪はきちんとくしけずられ、一日分の髭ものびていない。白いクラヴァットも乱れていなければ、肩にこわばった様子もない。朝のジェイムズだ。

仕事前のこんな姿を見て、いつも彼がどれほどきつい労働をしているのか、やっとわかったような気がした。ローズは、今夜きっと彼を楽しませようと誓った。

「お兄様、今日はアヒルがいるわ」レベッカが言った。「何か持ってきてあげればよかった」

「心配ご無用ですよ」ティモシーがベンチの上に置いた茶色の紙袋に手を向けた。「二日前のパンです。これがいちばんお気に入りの餌でね。よろしければ、どうぞ」

「まあ……」レベッカが恥ずかしそうに唇をかんだ。「そんなこと……」

「ぼくが持って帰っても意味がないですから。でも、アヒルにとっては大好物です。いっしょに餌をやりましょうか？」ティモシーが浮かべた人のよさそうな微笑みを見て、ジェイムズの妹は強い印象を受けたようだ。かすかに頬が赤くなっている。ティモシーが川のほうに手を向けた。

レベッカが兄のほうを見た。明らかに許可を求めているのだ。彼はティモシーではなくローズに目を向けた。ティモシーを信用していいか、たずねているのだ。

ローズは視線をそらさずに小さくうなずいた。

「行っておいで、レベッカ」

ジェイムズの妹はうれしそうにティモシーと川のほうへ向かった。ジェイムズがふたたびローズを見つめている。

「ミスター・アシュトンとはどういう関係なんだい？」

彼の声に疑いの響きはなかったが、はっきりした答えを求めているのは確かだった。「友人よ」

「友人？」

わずかに顔をしかめたところを見ると、答えに満足しなかったようだ。「ええ、友人です。とてもいい友だちだわ」ジェイムズの顔がさらに苦々しくなった。ローズは一歩近づいた。状況を理解してもらって、嫉妬は無用だとわからせなければ。「彼もマダム・ルビコンの館で働いているの」

「従僕か？」

「いいえ」ティモシーが従僕？　ローズは意外な発想に思わず笑いたくなったが、なんとかこらえた。「夜、応接間にいる女性たちのほかにも、マダムは男性を数人雇っているの」

ジェイムズがハッとした。「彼は……」

彼女は片手を上げて〝男色者〟という言葉を言わせなかった。「お願い。それ以上言わないで。彼はわたしの友人で、そんな呼び方をされるのにふさわしい人じゃないの」

ジェイムズは肩ごしに不安そうな視線を送った。

ローズは彼の腕に手を触れた。「妹さんといっしょにさせておいても大丈夫よ。信用してちょうだい。若い女性に失礼なことをする人ではないから」必要な説明だったが、ジェイムズに納得させなければならないという事実に彼女は心を痛めた。人間の価値はどんな運命にさらされているかによって判断されてしまうのだ。

ジェイムズに会えて感じた幸福感が消えていく。

「彼はきみの友だちなんだね」

「ええ、そうよ。親友だわ」そして、たったひとりの友だち。ああ、ジェイムズも友だちだと言えるようになりたい。

眉間のしわを深めたまま彼はローズを見た。そよ風が彼の髪をなびかせた。頭上の木々が葉をそよがせ、一羽の鳥が飛んでいった。何を求めていたのかはわからないけれど、ジェイムズは納得したようだった。なぜなら、うなずいたからだ。

彼は彼女の目をしばらくじっと見つめていた。表情からは何を考えているのかわからない。

「きみに会えてよかった、ローズ」

「わたしもよ」反射的に手を動かしたくなった。彼の手を握りたかったのだ。けれど、礼儀を考えて手を引っ込めた。公園でジェイムズといっしょにいるのは、いつもと全然ちがう気分だった。誰からも見られない寝室にふたりきりでいるのに慣れてしまったから、ローズはふいに何を言ったらいいのかわからなくなった。どうふるまったらいいのだろう。

水が跳ねる音がして、笑い声が聞こえてきた。

ジェイムズが微笑んだ。「レベッカを連れて帰らなくては。あの子は今日の午後、出かける予定があるから」

「ええ、お引き止めしないわ」

彼はローズの手を取り、おじぎをした。けれど、そのままの姿勢で彼女を見上げた。オリーブグリーン色の目が期待に燃えている。

ローズは息が止まりそうになった。またたくまに情熱がよみがえってきた。

「今夜また」手袋をはめた手に吐息を吹きかけられ、彼女は身ぶるいした。

手を離してうなずくのが精一杯だった。彼は背中をのばして上着を整えると、サーペンタイン湖のほうへ向かっていった。

革張りのベンチの上で身じろぎすると、ローズは馬車の窓から外を見た。通りには建物が建ち並んでいる。そのうちのひとつの建物——黒い玄関ドアに簡素な銀のノッカーのある建物——にだけ視線を向ける。

今日、四軒目の賭博場だ。数時間前、娼館を出発したあと、ローズは一度も馬車から降りていない。代わりにティモシーが賭博場を訪れて調べている。どうしたらいいのかわからないので、これまで貯《た》めておいた、マダムから毎朝もらう給金を彼に渡してすべてを託した。必要なだけ使ってちょうだい、と言って。ジェイムズに会った喜びは一軒目を訪問した時点で消え去った。二軒目でもよくない結果が待っていた。三軒目でホッとして、この四軒目では……。

悪い知らせを聞かないですみますように。ローズはただ願っていた。悪い知らせなら、今日じゅうぶん耳にしていた。

三軒目までは名前だけ知っていた。けれど、この賭博場は訪れたことがあった。〈ベネッツ〉。高級な紳士用クラブをまねた豪華な内装の賭博場だ。五年前、ウィートリー卿の愛人だったころ、よくいっしょに連れて行かれた。美しいドレスや宝石を身につけて、ウィートリー卿の飾り物として彼を励ましたりほめたりするのが仕事だった。彼はとりわけルーレットを好んだ。賭《か》けがうまくいったときはよかったが、だめだったときは……。

背すじがゾクッとした。

ああ、ルーレット盤を見るだけで恐ろしくなる。人間のくずのような男だった。

黒いドアが開くやいなや、長身で優雅なティモシーの姿が現れた。暗い顔を見れば、よくない結果だったことは一目瞭然だ。ローズは顔をしかめた。

馬車に乗り込むと、ティモシーは向かい側の席に腰を下ろし、ドアを閉めた。屋根を一回鋭く叩く。馬車が動き出し、ふたりをカーゾン・ストリートへと運んでいく。

彼は袖口を引っぱった。苦々しい表情だ。

「率直に話して」

「借金の総額は今のところ五百五十七ポンドだ。ほかの賭博場で支払った額のほうが少ないな」ティモシーは淡々と告げた。「きみからあずかった金の残りをすべて払ってきた。この店は特に不機嫌そうだったな。ミスター・マーロウはロンドンに到着してすぐ借りをつくったんだろう。それから何回も」

つまり、今朝の段階で弟はゆうに六百ポンドを超える借金があったということだ。弟は秋学期（十月初めからクリスマスまで）にオックスフォードを発ってから三カ月ロンドンにいる。

若い紳士は誰でも賭博に興じる。身分のある紳士ならそういうものなのだろう。けれども、ほんの短期間にこれほどの金額の借金をつくるものだろうか。

最近やっと、父の借金を返し終えたばかりだというのに。まだ貯金をする余裕もない。ロンドンに引っ越してきてからダッシュは浪費を重ねている。パクストン・マナーの修繕にもお金が必要だ。父の書斎にある隠し金庫にはわずかなお金しかない。

「水曜日にまたいっしょに出かけてもらえるかしら？　わたしが家へ帰る前に。あと二夜では残りの借金を返すだけのお給金をもらえないと思うけれど、少しはましでしょう」数ポンドでも払っておけば、債権者に払う意思を示せる。

「もちろんいいよ。最初からそのつもりだったから」

ジェイムズがきつい労働で得たお金をこんな用途に使うなんて……。ローズはため息をついた。もっと借金が増えたら、どうなるのだろう。そう思うだけで顔を覆いたくなる。父の借金を最後に返したとき、とうとう恐ろしい借金取りから自由になれたと思っていた。娼館での仕事を終えてベッドフォードシャーに戻っても、金庫に入れられるのはせいぜい十ポンドだろう。ダッシュの借金を返すにはあと二週間は必要だ。しかもそのあいだにまた借金は増えるかもしれない。

ローズは深い疲労感に包まれた。わたしはひとりぼっちだわ。ひとりでいるのにも疲れた。ティモシーがいるし、彼なしではどう問題を解決したらいいのかわからないけれど、肩の重荷をともに背負ってくれる人はいない。わたしを助けて〝もう大丈夫だよ〟と抱きしめてくれる人がほしい。

「ほかにも借金があるかもしれない。それはわかっているんだろう？」ティモシーがたずねた。

ってくるにちがいない。

「どれほどの額になるか知るすべはない。弟さんがきみに言わないかぎりはね」

「ええ、わかっているわ」弟が返せないとなれば、いずれパクストン・マナーに借金取りがやって来るにちがいない。

ティモシーは厳しい表情でローズを見つめた。「ダッシュはもう十八歳だ」

「何が言いたいの？」話の行きつく先は察しがついていた。

「自分の行動に責任を取るべき一人前の大人だってことだ。いつまでも甘やかしてはだめだ」

「甘やかしてなんかいないわ。当然あたえられるべき機会を提供しているだけよ」もう何度もくり返した言葉をまた口にする。すでに自分の耳にも言い訳めいて聞こえる言葉を。

ティモシーが深々とため息をついた。「きみが弟さんを愛しているのはわかっているよ、ローズ」もちろん愛している。唯一残された家族だから。「だが、本人に代わって問題を解決しても弟さんのためにはならない。いずれ借金を肩代わりしてもらったことは本人に知れるさ。きかれたらどう答えるつもりだい？」

「きかれはしないわ。弟は借金の片がついてホッとするだけでしょうね」いくら大人のふりをしていてもダッシュは姉のわたしが面倒を片づけてくれると思っている。父が生きていて所領が残っていれば、父がしたはずのことだ。「でも、まだ十八歳なのに、どうしてあんな大金を貸す人がいるのかしら？」

「生まれがよくて服もりっぱで、上流階級のつきあいをしていれば、安全に見えるのさ。それに独身者用のアパートメントに住んでいる。かなりの金がかかるのだろう？　借金なんかすぐに返せる身分だと思われるよ」

これまでの自分の努力が無駄になってしまうとは思いたくなかった。今さら人生を選び直すわけにはいかない。いずれ弟を問いつめなければならないだろう。自分がロンドンを留守にするあいだ、弟がさらに借金を重ねていたらどうしようもない。いったん賭博にのめり込むと、抜け出すのは難しいのだ。

馬車が娼館の裏庭に着いた。ローズは裏口のドアを見て初めて気持ちが高ぶった。ジェイムズに会える。数時間とはいえ、いっしょにいられると思うと、微笑まずにいられない。あの人はきっと約束を守ってくれるわ……。

10

ジェイムズが頂点を迎えた証を濡れタオルでやさしくぬぐっているとき、ローズのお腹《なか》に鳥肌が立ち、乳首が硬くなった。この人はハンサムで親切なだけでなく、思いやりもあるんだわ。ほとんど理想的な男性と言っていいだろう。

「ここに来てキスして」ローズはそうつぶやいて、彼の腕に手を触れた。

「きみからそんな言葉を聞くとは思わなかったよ」彼が微笑みながら答えた。

まるで今夜はまだキスをされていないかのように、ローズはキスがほしかった。ジェイムズという男がほしかった。

ベッドの端に座っていた彼はタオルを床に落とすと、彼女が広げた腕の中に横たわった。汗にまみれたジェイムズの皮膚が心地よい。彼はローズの脚のあいだに身を置いて、ひじで体重を支えた。胸毛が乳房に当たってくすぐったい。すでに乳房は彼の唇と舌の愛撫で敏感になっていた。一見保守的に見えるこの人が口であんな官能的なことができるだけでなく、自分でも楽しんでいるなんて、誰にもわからないにちがいない。ジェイムズの舌は彼女の体の最も敏感な箇所をたくみに見つけ出し、その跡を唇が愛撫する。

ゆっくりとけだるげに彼はキスをして、ときおり鼻と鼻をこすりあわせたり、彼女の下唇をそっとかんだりする。ジェイムズのいたずらっぽい面を発見して、ローズはうれしかった。初めて気づいたのは昨夜のことだ。賭博場を訪れた午後のいやな気分を彼が忘れさせてくれた。そして、今夜もいたずらっぽい彼がいた。

寝室と聞いただけでひるんだ男はもはやここにはいない。昨夜、一昨夜と、ふたりはずっとベッドで過ごした。上掛けは足もとでくしゃくしゃになり、シーツはしわだらけだ。暖炉の炎が部屋をあたため、カーテンはしっかり閉じてある。ろうそくの淡い光に照らされるなか、彼はローズの体をむさぼり、ありとあらゆる快感を引き出し、美しい世界に包み込んでくれた。二度と離れたくない世界。そして、これほど夜を楽しみにしたことはなかった。

今、ふたりの肉体は満ち足りている。気まぐれに触れあったりキスをしたりして、ただいっしょにいることを楽しんでいる。

ローズは唇を彼の首に押しあて、脈を突き止めた。彼ののどから低いうめき声があがる。そこで、彼女は彼の肩を押した。それだけでよかった。ジェイムズが仰向けに横たわった。

長い髪が肩に垂れ下がり、ローズの顔をふちどった。もう一度キスをすると、彼女は彼のウエストにまたがった。ゆっくりと彼の右肩をもみはじめる。右腕の筋肉をやさしくほぐしながら下へ向かっていく。サテンのようになめらかな皮膚。ジェイムズの夜をできるかぎり楽しいものにしてあげたかった。満足げな呼吸の音を聞くと、うまくいっているようだ。

ジェイムズは目を閉じ、気持ちよさそうに微笑んだ。彼の大きな手を両手で包み込んだローズは、ごつごつとした手のひらをマッサージしてから親指と人差し指のあいだをもみほぐし、ふたたび腕へと戻った。

彼女の下で大きな体が完全にくつろいでいる。もう一方の手と腕もマッサージする。やがて、ローズは彼の胸を手のひらでなでた。

「ここに来てキスしておくれ」目を閉じたまま彼が言った。唇に笑みが浮かんでいる。

「あなたからそんな言葉を聞くとは思わなかったわ」さっきと同じような言葉を返す。

ローズは彼の唇に唇を重ねた。ジェイムズが彼女の腰に両手を当てて、くるりと体を上下に入れ替えた。今は彼が上だ。舌と舌がからみあっている。

ジェイムズが彼女のあごをそっとかんで顔を離した。「きみを少し休ませてあげないといけないな」そう言って、いとしげに親指で彼女のこめかみをなでた。

ジェイムズがベッドから離れると冷たい空気がローズの肌に触れた。片手で頬づえをつきながら体を横にして、彼女は彼がズボンと下着を床から取り上げるのをながめていた。完璧な肉体だ。倉庫で過ごした時間のおかげで書類仕事より肉体労働向きの体格に鍛え上げられている。ローズにとってはうれしいことだった。

白いシャツをベッドわきで見つけた彼は、顔を近づけると彼女にすばやくキスしてからシャツを着た。部屋じゅうを歩きまわって服を見つけて着る合間合間に、やはり彼はキスをした。彼女の鼻先に。額に。頬に。やわらかな緑色の彼の目が幸せそうにきらめいている。

ローズもまた楽しい気分を味わっていた。けれど、キスされるごとに幸せはかげっていった。これが最後のキスかしら。彼の唇を感じるたびにそう思わずにいられない。

七つ目の夜。いつもそこで終わる。マダム・ルビコンの館に一週間以上滞在したいと思ったことはない。けれど、いつもの安堵の代わりに今感じているのは、心の痛みだった。

「なぜそんな暗い顔をする?」ベストに両腕を通しながらジェイムズがたずねた。

「暗い顔なんてしていないわ」

「だが、微笑んでいないじゃないか。いいや、それは微笑みじゃない」作り笑いをするローズに彼が言った。

ジェイムズが唇に軽く唇を重ね、首から乳房へとキスの雨を降らせた。そして、太ももをそっとくすぐるように愛撫した。

ローズはふふっと笑い声をあげ、彼の手をはねのけた。

「いい表情だ」ジェイムズが満足そうにうなずき、ベストのボタンをはめはじめた。

ベッドわきの床からクラヴァットを拾い上げたとき、彼はふたたびキスをした。「明日も会えるかな?」

何の疑いもない声だ。けれど、問いにはちがいない。彼のそういう礼儀正しいところがローズは好きだった。ちゃんと望みをたずねてくれるのだ。クラヴァットを首に巻きながら彼はじっと彼女を見つめている。

ジェイムズとともにずっとここにいたい。でも、それは不可能なことだ。この壁の外に彼には彼自身の生活がある。そこにローズは含まれていない。わかってはいても、ここ数日なるべく考えないようにしていた。何年も、自分のことしか眼中になく彼女を快楽の対象としか見ない男たちを相手にしてきたあと、今ジェイムズとの貴重な日々をしみじみと味わっているのは悪いことだろうか。一瞬とはいえ、初めての幸せなのに。

けれど、一瞬は一瞬だ。長くはつづかない。いつかは終わりが来る。それが今なのだ。

ローズは起き上がった。痛む胸を抱えながら首をふる。「いいえ」

その言葉が部屋の中に響き、ふたりのあいだを断ち切った。

ジェイムズの顔に混乱と衝撃が浮かび、やがて納得した表情が現れた。幸せそうな様子が一気に消えた。ローズは自分の言葉を取り返したくなった。彼に抱きついて〝そんな意味じゃないのよ〟と言い聞かせたくなった。けれど、彼女は微動だにしなかった。

ジェイムズは硬い表情でうなずくと、化粧台の上にある鏡に姿を映し、クラヴァットを結ぼうとして失敗した。唇を一文字に結んだまま、クラヴァットをほどいて最初からやり直す。

何も言ってはいけない。傷ついたまま彼を出て行かせるのがいちばんいいのよ。けれど、ローズはこんなふうにふたりの関係を終わらせたくなかった。別れたがっていると思わせておくのはいやだった。真実とはほど遠いのに。

「ジェイムズ、あなたと別れたいわけじゃないの」

彼は片手を上げて言葉を制した。鏡に映る彼女の目を避けながら。「なぐさめてくれなくていい。わかっているから」

「いいえ、わかっていないわ。わたし、明日はもうここにいないの。月に一週間しか働かないから。今夜は今月最後の夜なのよ」

ジェイムズがふたたび黙り込んだ。しばらくしてやっと、鏡に映った彼女の目を見た。眉間にしわをよせている。「毎晩ここにいるんじゃないのか?」

「毎月最初の一週間だけよ」

「それで、明日出て行くのか?」

ローズはうなずいた。

眉間のしわがしかめっつらに変わった。「そうか。だから三夜だけと言われたんだな」

「何ですって?」

「真夜中にここへ来て、きみに会えないと言われたとき、翌日から数日間きみを独占しようとしたんだ。だが、マダムから三夜が限度だと言われた。いろいろ理由はつけていたが、これがほんとうの理由だったんだな。マダムはきみが明日出て行くと知っていたわけだから」

ローズはあ然とした。この人はわたしを一昨日から三夜予約していたんだわ。マダムに前金まで払って。それなのに毎晩〝明日は会えるかい？〟ときいてくれた。わたしが断っても、きっとそのまま受け入れてくれただろう。

ローズにはジェイムズを見つめることしかできなかった。なんて高貴な心の持ち主だろう。こんなにやさしくて親切で。でも、彼がここを出て行ったら二度と会えない。

「どこへ行くんだい？」

「家へ帰るの」気がついたら答えていた。目の端から涙が落ちそうだ。「来月まで田舎の家にいるのよ」来月この部屋に戻っても、この人は来ないはず。時間が彼の心の傷をいやしてくれるだろう。けれど、わたしの心は……。最初の晩、彼が感じた良心の呵責《かしやく》がきっとよみがえってしまう。

ジェイムズは化粧台にくるりと背を向け、ローズに向きあった。「私といっしょに田舎へ行こう」そう口にした彼自身が驚いているようだ。

ローズはびっくりした。「何ですって？」

「私は……」しばらくして彼が気を取り直した。きっと言葉を撤回するわ、とローズは覚悟した。「田舎に別荘があるんだ。これから一週間、私と滞在してくれたらうれしい」

期待に満ちた目でおずおずとたずねるジェイムズの言葉がローズの心を打った。顔を伏せ、乱れたシーツをぎゅっとつかむ。申し出を受けたいという気持ちがこみ上げたが、彼女はこらえた。「できないわ」

「なぜだ？　もちろんきみの時間の代償は支払う」

傷つく言葉だった。ローズはシーツを引き上げて体を覆った。「ジェイムズ……」

「七日の夜と昼だ。千ポンドでいいだろうか？」

ローズは首をふった。鼓動が激しくなる。

「だめか？　千五百ポンドではどうだろう？」

ローズは顔をしかめた。お願い、もうやめて。

「とにかく朝になったら金を持って戻ってくる。どんな金額でも言ってくれればいい」

札束を手渡されていたら、反射的にその場で拒絶しただろう。けれど、具体的なイメージがわかないまま言葉にされると、どうしていいのかわからない。

「私にとって金額は問題じゃない。いくらだろうと払う」彼はいらだったようにため息をついた。「二千ポンドならどうだ？」

ローズはハッとした。千ポンドをマダムに渡しても、あと千ポンド残るからダッシュの賭博の借金をじゅうぶん返せる。一度にそんな金額を手にしたことはなかった。

「オールトンの別荘に来てくれ。贅沢な屋敷ではないが、召使いが数人いるし、環境もとてもいいところだ。好きなように過ごして、好きなときに帰ってくれていい。約束するよ、ローズ。ロンドンに戻りたくなったら私が送る」ジェイムズが懇願した。「ただきみともう少しいっしょに過ごしたいだけなんだ」

「でも、田舎で休日を過ごすのにふさわしい衣装を持っていないの」ああ、わたしはもう受け身になって断る口実を探しているんだわ。

「心配いらない。何もかもまかせてくれ。身ひとつで来てくれればそれでいい」ジェイムズが腰を下ろすとマットレスが沈んだ。「私といっしょに行こう」やさしい声だった。

彼は彼女の指に指をからめた。その瞬間、ローズの迷いが消えた。

まつげごしに彼を見上げて、彼女はうなずいた。

「ほんとうに？」

「ええ」

ジェイムズが彼女の顔を両手で包み込み、キスをした。喜びと安堵にあふれたキスだった。そして、彼は微笑みながらローズの鼻に鼻をすりよせた。「ありがとう」

彼は立ち上がり、ふたたびクラヴァットを結びはじめた。

ローズは指を一本曲げて彼を呼びよせた。「わたしにやらせて」そう言ってベッドの上でひざまずいた。

ジェイムズがあごを上げた。「朝になったらやらなければならないことがいくつかある。留守中の指示をしておく必要もあるし」彼が言った。ローズは白いリネン布の端と端を通して結び目をつくった。親密さを感じずにいられない儀式だ。でも、慣れてはいけない。そう思いつつも、これでいいという気がした。「午後三時までに出発する準備ができるかい？」

ローズはクラヴァットを美しく結び終えた。「ええ、もちろん」三時なら、賭博場とダッシュのアパートメントに行く余裕がある。

「よかった」ジェイムズはそう言うと、茶色の上着をはおった。軽くうなずき、部屋を出ようとする。

「待って」ローズは呼びかけた。

ジェイムズがドアの前でふり返った。

「ここに来て」

彼は問い返しもせずにベッドへ戻ってきた。

「髪がくしゃくしゃだわ」ローズはつぶやき、乱れた彼の髪をなでつけた。

彼がくすっと笑った。「ありがとう、ローズ」彼女の手を取って、手の甲に軽いキスをする。

「明日会おう」

「ええ」明日またこの人に会える。次の日も、また次の日も。あと七夜いっしょにいられる。

11

わき腹に指先が触れて布地をみるみる縫い込んでいく。ローズは針先が刺さるのではないかと心配したが、そんなことはなかった。明らかに職人の技だ。仕立て屋はすばやくたくみにドレスに取り組んでいる。大変な仕事だ。三人の若いアシスタントが居間のあちこちで働いている。皆、それぞれにドレスをひざに載せていた。

ジェイムズがここまで準備してくれるとは予想もしなかった。なんという寛大さだろう。

朝の十時過ぎに仕立て屋とアシスタントがやって来た。一時間半ほど前のことだ。持って来たのは、半ば出来上がったデイ・ドレス、旅行用ドレス、イブニング・ドレス、乗馬服、それに薄手の外套だった。おそらくほかの客の分だ。生地のよさを見ると、相当裕福な客のはずだ。それをジェイムズが高いお金を支払ってローズのために優先させたのだろう。

ジェイムズの細やかな心づかいが何よりうれしかった。

微笑みがローズの顔全体に広がった。堂々としてたくましい彼のような男が女性向けの仕立て屋の店にいたら、さぞかし目立ったことだろう。最初はきっと断られたにちがいない。ジェイムズの声が聞こえてきそうだ。費用は問題じゃない。いくらでも支払う。きっと、そう言って説得したのだろう。

居間のドアを二度叩く音がした。「どうぞ」ローズは声をかけた。

ドアがさっと開いた。アシスタントたちが手を止めた。白いシャツと茶色のズボンという出で立ちでティモシーが現れたのだ。彼は暖炉近くの壁によりかかった。

仕立て屋が咳払いをしたとたん、アシスタントたちが仕事に戻った。

「ピンがついています」シンプルなイブニング・ドレスの背中に並ぶボタンを外しながら、仕立て屋が言った。「脱いでください」仕立て屋はローズの肩に手を置いて袖を外そうとした。

「ついたての向こうで脱いだほうがよろしいでしょうか？」

ローズは首をふった。ティモシーなら大丈夫だ。ドレスを脱いだ女性の姿は見慣れている。

「ここでけっこうよ」

「きみのところにお客様が来ていると聞いてね」ティモシーは周囲に手を向けた。「説明する気はあるかい？」

仕立て屋が別のドレスに着替えさせるあいだ、ローズはくすくす笑っていた。淡い緑色の軽いカシミア地の美しいドレス。すがすがしい春の日中に散歩するときにぴったりのデイ・ドレスだ。なんだか自分が王女になったような気がする。「新しい衣装が必要なの」

ティモシーが片眉をつり上げて、話をうながした。

「このあいだハイド・パークで会った紳士が田舎への旅行に招待してくれたの」

「それを受けたのかい？」信じられないと言いたげな表情が彼の顔に浮かんでいる。

「最初は断ったのよ。でも、仕立て屋さんがやって来てしまって……」ため息をついたものの、思わず微笑みを浮かべてしまう。「招待を受けたの。今日の午後発つわ」

「ダッシュの問題があるから受けたんじゃないのかい？」

疑わしげな彼の声を耳にして防衛本能が刺激されたが、ローズは黙っていた。イエスと答えれば、ダッシュのせいにされてしまう。でも、弟だけが理由ではなかった。ノーと答えたくもなかった。

「本気なのか？」

「ええ、一週間だけですもの」

彼が両方の眉をつり上げた。心配しているのがはっきりとわかる。だからこそティモシーが好きなのだが、心配されたくなかった。なにも閉じこめられるわけではないし、約束は短期的なものにすぎない。たったの一週間だ。そのあいだ、ジェイムズの快楽に奉仕するだけのこと。愛情は約束に含まれていない。

自分でちゃんと限度を決めておけば、大丈夫だわ。もしかしたらジェイムズは結婚していないのかもしれない。最近、妻を失ったばかりなのかも。突拍子もない願望だが、ありえない話でもない。

自分に正直になれば、わざといやな現実を忘れようとしていると認めただろう。でも……。たったの一週間だから、大きな危険はないはずだ。

「行き先はわかっているのかい？」ティモシーがたずねた。

「オールトンよ。そこに家を持っているんですって」

ティモシーが眉をひそめた。まるで疑いに取りつかれた父親のようだ。「どういう家だ？」

「別荘だそうよ。召使いも数人いるそうだから、ふたりきりにはならないわ」

「いつ出発して、いつ帰ってくる？」

「今日の午後三時ごろに出て来週の水曜に戻ってくるわ。十四日よ。ロンドンまで送ってくれることになっているの。それより早く戻りたくなったら、自由に帰っていいと言われたわ」

ティモシーは靴に目を落としてからローズに視線を戻した。「ほんとうに信頼できる相手なんだろうね？」

まぎれもなく心配に満ちた目だ。ティモシーはローズにとって唯一秘密を明かせる人間だった。愛人になるより娼館を選んだ理由をただひとり理解してくれた相手でもある。四年前、この館の事務室に足を踏み入れたときも、マダム・ルビコンにすべてを明かしたわけではない。マダムと契約したあとも、ウィートリー卿から守ってもらうのに必要な情報しか伝えなかった。でも、ジェイムズはウィートリー卿とは似ても似つかない。決して無理強いしないし、完璧も求めず、大声をあげたり殴ったりもしない。関係を切ろうと思えば、いつでもこちらから切れるだろう。

　ふたりの会話は仕立て屋たちの関心を引いているようだ。皆一斉に黙りこくっている。それでも、ローズはティモシーとの会話に心を集中した。「ええ、完全に信頼できる相手よ」

　ティモシーはしばらく彼女をじっと見つめていた。何か問いかけてくるかと思ったそのとき、彼が肩をすくめた。「きみには休暇が必要だろうね」さばさばとした口調だ。「旅行を楽しんでくるといいよ」

　期待感がこみ上げ、わくわくしてくる。父の死以来ずっと、何かを楽しみにしたことはなかった。「ほんとうの意味の休暇ではないわ。結局は働くんですもの。でも、楽しい一週間になりそうよ」

　そのときノックする音がしてドアが開いた。

　マダム・ルビコンが入ってきた。ローズの視線がマダムの手をとらえた。紙包みを持っている。札束のようだ。今朝ジェイムズがこの館に来たということだ。たった一階下の部屋まで来たのに、ここには立ちよってくれなかったと思うと、ローズはがっかりした。でも、忙しい人だから仕方がない。旅に出る前にやることがいろいろあるのだろう。

「おはよう、ローズ」マダムが声をかけた。ティモシーのことは無視している。マダムの笑顔にローズは驚いた。客がいない場所でこんなに幸せそうなマダムを見るのは初めてだ。明らかにローズがもたらした大きなもうけに気をよくしているのだろう。

「よくやったわね、ローズ。ここまであなたを気に入ってくれるお客がいるなんて。金払いがいいお客よ。いったいどうやって攻略したの?」

金額はきくまでもなかった。ローズはただ肩をすくめた。まるでたやすい仕事だったかのように。もちろんそんな単純なことではなかった。とはいえ、いつかお金を介さずに男性と会える身分になれたらいいのに、と思わずにはいられなかった。

何を夢見ているの。そんな日は決して来ないわ。たとえこの娼館を永遠に離れたとしても。まともな紳士が使い古しの女に興味を持つはずがなかった。

「あのお客の話だと、あなた、今日から一週間彼といっしょに過ごすそうね」ローズがうなずくと、マダムはつづけた。「そういう契約ができると知っていれば、もっと以前からお客を取ってあげたのに」

「習慣にはしたくないんです。これまでの契約でじゅうぶん満足しています」それ以上説明する気がしないまま、ローズは寝室のドアを指さした。マダムに、お金のためだけに今回の申し出に同意したと言いたくなかった。お金のためだけなら、マダムは別の客をつのって大金を稼がせようとするだろう。一方、ジェイムズという男から申し出られたから同意したと言えば、自分は愚か者でしかなくなる。娼婦は客に好意を抱いてはならないのだから。もう何日も前にその境界線を越えてしまったのではないか、とローズは恐れていた。「申し訳ありませんが、その包みを化粧台の上に置いていただけませんか? 今、動けないものですから」かたわらで仕立て屋がひざまずいて、旅行用ドレスのすそを直している。

「わかったわ」マダムはすばやく寝室に入って、すぐに戻って来た。そして「楽しい旅をしていらっしゃい」と言うと、そそくさと部屋から出て行った。

「終わりました」仕立て屋が言った。「これが最後の一着です。あと二、三時間で縫製がすみます」

「今日の午後は空いている？」ローズはドレスを脱ぎながらティモシーにたずねた。

「ああ」ティモシーが答えた。

「よかった。わたしがドレスを着るあいだに上着を取ってきてくれる？　ロンドンを発つ前にいくつか用事をすませたいの」まずは賭博場をまわって、それからダッシュのアパートメントだ。弟と話はしたくなかったが、言わなければいけないことがある。今回の借金はジェイムズのおかげで清算できるかもしれないが、次回はもう当てにしてはならない。ダッシュはわたしが面倒を見なければいけない弟ですもの。少なくとも、これ以上賭博にふけらないよう言って聞かせなければ。


レベッカは兄の書斎のドアを叩いて、返事を待たずにノブをまわした。兄が待っている。召使いを介して、話がしたいと伝言をくれたのだ。レベッカはびっくりした。伝言の内容にではない。送ってきた時間が昼過ぎだったからだ。お兄様はまだ屋敷にいらっしゃるんだわ。朝食後すぐに事務所へ出かけたと思っていたのに。父と同じように兄もよく働く男だった。

足音を消すぶあつい オービュソン織りの絨毯。壁を飾るマホガニー製の羽目板。緑色の革張りの椅子。ほかの部屋とちがって書斎は男らしい雰囲気にあふれた部屋だ。家具までほかより大きくどっしりとしているせいで、ジェイムズの大柄な体格が目立たなくなっている。兄はオーク製の机の前に座り、せわしなく書類を革のカバンにつめている。

「おはよう」ちらりと目を上げて兄が言った。「一週間、留守にするので教えておこうと思ってね。田舎へ行ってくる」引き出しを開けて、紙をひと束取り出す。「私がいなくてもおまえは気がつかないだろう。もうすぐ社交シーズンだから。だが、念のために言っておく」

「お兄様」レベッカはいたずらっぽく言葉を返した。「わたしを怒らせるつもり？　お兄様のことを忘れたりしないわ」

「もちろんそうだろう。おまえにとっては大切な兄だからね」引き出しを閉めながらジェイムズが笑った。「今日の予定は？」

「アメリアからボンド・ストリートへ行こうと誘われているの」

「ほしいものがあったら——」

「お兄様に請求書を送れって言うんでしょう？　わかっています」

どうしたことだろう。兄は……幸せそうだ。心の底から幸せそうに見える。もう長いことこんなふうに屈託なく笑う兄を見たことがなかった。もともと兄は憂鬱《ゆううつ》な人間ではないが、根がまじめで責任感が強い。とりわけ結婚してからその傾向が強まったように思える。レベッカは小首をかしげ、カバンの中身を調べる兄の様子を観察した。頬が少し赤くなっているわ。特に激しく体を動かしたわけではなさそうなのに。心をどこかに置き忘れたかのように上の空だ。その〝どこか〟が笑顔の原因らしい。

笑顔に見覚えがあった。つい先日ハイド・パークであの美しい女性を紹介してくれたときに見せた笑顔だわ。黒髪で薄青の目をした女性。兄をずっと見つめていた。

「ミス・ローズもロンドンを離れるの？」レベッカはできるだけなにげない調子でたずねた。ジェイムズが銀のインク壺《つぼ》とペンに手をのばした瞬間、ペンが床に落ちて音を立てた。

レベッカはかがみ込んでペンを拾い上げると、兄に手渡した。「あの人をハニー・ハウスへ連れて行くんでしょう？」

兄は目を大きく見ひらいて彼女をじっと見つめた。まるでお菓子を盗み食いしたところを見つかった十二歳の少年のようだ。ひったくるようにペンを取ると、彼はカバンのポケットにほうり込んだ。「おまえには関係のないことだ、レベッカ」

思ったとおりだわ。ハニー・ハウスはジェイムズにとって大切な場所だった。レベッカはそこで短い休暇を兄とともに過ごしたことがある。夏の明るい日ざしのなか、田園地帯をふたりで散歩したものだ。ハニー・ハウスでは、兄は心わずらわせるもののない青春を取り戻し、妹のわたしとともに過ごす毎日を楽しんでいた。あそこへ連れて行くとしたら、ミス・ローズはお兄様にとって非常に大切な人なのだわ。「とても感じのいい方だったわね」

ジェイムズの唇に緊張が走った。「彼女のことは忘れたほうがいい」

「あの人はお兄様の——」

「レベッカ」きっぱりとした口調で兄にさえぎられ、レベッカは〝愛人〟という言葉を口にすることができなかった。「この件でおまえと話しあうつもりはない」そう言って彼はふたたび荷物をまとめはじめた。

厳しい表情にわたしがおびえるとでも思っているのだろうか……。ただお兄様の頬にキスをして〝よかったわね〟と祝福してあげたいだけなのに。わたしは世間知らずの、頭の軽いお嬢様じゃないわ。ロンドンに来たのは初めてではない。ジェイムズとアメリアの結婚が典型的な貴族の結婚だとすでに気づいていた。愛情ではなく便宜で結ばれた結婚だ。どちらが悪いのでもない。性格がちがうだけだ。アメリアは華やかな社交界の人間である一方、ジェイムズは田舎の暮らしに安らぎを感じる人間だった。

アメリアに何人も愛人がいるのは一目瞭然だった。マークソン卿の夕食会でいちばん新しい愛人に紹介されたことにレベッカは気づいていた。アルバート卿に話しかけるとき、アメリアの様子が一変したのだ。その顔には愛情めいた表情があった。そして今、ジェイムズは微笑みを浮かべずにいられない相手を見つけた。レベッカはミス・ローズに感謝したい気持ちでいっぱいだった。

「とてもきれいな方ね」

兄がうなるような声で言った。「言葉で言い表せないほど美しい」

「すぐに出発するの？」

かちりと留め金をかけてからジェイムズがカバンを閉じた。「まず事務所によって、留守中の手配をしなくてはならないな。アメリアには手紙を書いた」レベッカの背後に兄が目を向けた。「ヒラー」そう呼びかける。

レベッカは肩ごしにふり返った。廊下を通りかかった従僕が足を止めた。

「はい、ミスター・アーチャー」

「旅行用の馬車の準備はできているか？」

「できております」従僕がうやうやしくうなずいた。「すべて整っております。大きなカバンはすでに馬車に載せました」

「ありがとう」ジェイムズが革のカバンをつかんで机をまわり、レベッカのかたわらで足を止めた。「一週間、私がいなくても大丈夫か？」心配そうな表情だ。

「もちろん」彼女は兄を元気づけるように微笑んだ。朝食のときにさみしくなるだろうが、これから一週間は買い物や午後の訪問や、さまざまな招待を選ぶ仕事で忙しくなる。自分にとっては興奮の日々だけれど、兄にとっては興味のないことであり、エスコートしてもらう必要もない。

「何かあったら手紙をくれ。必要なら急いで帰ってくる」

兄は彼女の額にキスをするとすばやく書斎を出て行った。ほとんど走るようにして。


ローズはトランクを閉めて留め金をかけた。すべて準備が整った。館に帰ってくると、仕上がったドレス類が置いてあった。さらに、必要な装飾品も用意されていた。ストッキング、シュミーズ、靴、頑丈な革製のハーフ・ブーツ、ボンネット、さらにはキッド革の手袋もあった。これからの一週間で必要になるものがそろっている。ただ、ネグリジェだけがなかった。ジェイムズの指示なのだろうか。それとも、仕立て屋が間に合わなかったのだろうか。紺色の絹のガウンは含まれていた。

ローズは縫いたての青い旅行用ドレスを身につけた。

「ほかに必要なものは？」彼女のマントを腕にかけてティモシーが寝室から現れた。

「ないわ」すでにブラシとダッシュの細密画とヘアピンの箱をトランクに収めていた。

「きみが留守のあいだ、賭博場に行って情報を集めておくよ」

「ありがとう」情報収集は、ダッシュが新たな借金をつくっている場合に備えてのことだ。ローズは弟のアパートメントを訪れたが、弟はいなかった。彼女はホッとした。休暇の一日目を弟との言い争いではじめたくなかったからだ。

ティモシーがローズの肩にマントをかけて念入りに留め金をはめた。「きみがいないときさみしくなるな」

その声には重々しい響きがあった。ローズは黙り込んだ。もうすぐ三時だ。「わたしもよ。でも、一週間経ったら戻って来るわ。一度ここまでジェイムズに送ってもらってからベッドフォードシャーに帰るの。来月はまたここに戻るし」

ティモシーが眉をひそめた。そのまなざしは、まだマントの留め金をとらえたままだ。「ぼくがきみとの友情を心から大切に思っていることを忘れないでくれ」

「ティモシー——？」

彼はローズの頰に唇を押しあてた。軽やかなキスだった。顔を離すと彼は微笑んだ。心配そうな表情も、苦痛にも似た表情もすでに顔から消えていた。

「田舎暮らしを楽しんでおいで。ミスター・アーチャーが少しでもひどいことをしたら、ぼくが決闘を申し込むと伝えてくれ」

「気持ちはありがたいけれど、あまりいい案ではないわ。ジェイムズはあなたよりかなり体格がいいのよ」

ティモシーはごう慢な貴族のようにせせら笑った。「体格の差なんか気にしないね」

ローズは思わず笑い出した。「ティモシー」いさめるように言う。

そんな態度にもめげる様子を見せずにティモシーが肩をすくめ、トランクを持ち上げた。「もう時間だよ」あごをドアのほうに向ける。「ミスター・アーチャーが待っている」

ローズは期待で胸がいっぱいになり、息が止まりそうになった。ジェイムズと一週間いっしょにいられる。この娼館ともこの部屋ともかかわりのないところで。

すばやく黒革の手袋をサイドテーブルの上から取り、居間のドアを開く。そして、ティモシーのかたわらを通りすぎて部屋を出て行った。ジェイムズに会うために。

12

ローズの甘い吐息が旅行用馬車の薄暗い空間に満ちている。官能的な尻が、痛いほど硬くなった男性自身をかすめた。彼女はジェイムズの胸に背中をあずけて彼の両の太ももにまたがっている。スカートをウエストまでまくり上げ、ドレスの前身ごろはおへそまでボタンを外してある。ジェイムズは片手を彼女の腰から離して乳房を愛撫した。しっかりとした重みが手のひらに感じられる。同時に、もう一方の手で女の中心をいたぶった。すっかり濡れたなめらかな肉に指をすべらせてから花芽にそっと触れる。

「ここかい?」ローズの耳もとにささやくが、答えはわかっていた。彼に愛撫されるままに彼女が背中をのけぞらせるからだ。だが、彼ははっきりとした言葉で答えを聞きたかった。どれほど彼女を悦ばせているのか確かめたかったのだ。

「ええ、そう」ローズが熱に浮かされたようにつぶやいた。

彼が敏感な場所から手を離そうとしたとき、ローズがその手をつかんだ。愛撫をつづけてほしいのだ。いや、まだだ。このまま宙ぶらりんの状態にしておいて、もっとせがむまで待とう。彼を、彼だけを、ほしがるまで。だが、彼はローズの好きなようにさせた。小さな手が彼の手をぎゅっとつかみ、望みどおりの場所へ導いていく。宿屋に着いてふたりきりになったら、何時間もベッドの上で愛を交わし、翌朝、彼女を腕に抱いたまま目覚めるのだ。だが今は、自分の欲望にふけるときではない。

コルセットをそっと引っぱると乳房が自由になった。絹のシュミーズごしに乳首をつまみ、そっと指で転がす。

ローズが悦びに満ちたあえぎ声をもらした。「ああ……いい……」

ジェイムズは指に力を入れ、痛みを感じさせるほど強くつまんだ。ふたたびあえぎ声がもれた。ローズの体から欲望の香りが漂っている。彼は彼女を味わいたかった。指ではなく舌と唇で愛撫したかった。敏感な花芽を唇ではさみ込んで彼女を頂点へ導きたかった。

車輪がわだちにはまって馬車がゆれた拍子に、彼女の体がひざの上で弾み、硬くなった男性自身に尻が当たった。陰嚢が引きしまり、なんとか抑えている欲望がたぎった。馬車のゆれに合わせて腰を突き上げたい。きっと一分もしないうちに、青二才のようにズボンの中で精を放つことだろう。だが、そんなことをすれば、ズボンの前部に染みができて宿屋の客たちに見られてしまう。馬車の中で何をしていたのか一目瞭然だ。

ジェイムズは歯を食いしばって射精をこらえ、ローズに最高の快感を得させる作業に集中した。彼女の体に緊張が走り、彼女の太ももが驚くべき力で彼の太ももをとらえた。彼の手の甲に彼女の爪が食い込む。ジェイムズは耳もとにささやきかけ、耳たぶをかみ、脈打つ首の血管の上にキスをした。

かすかな叫び声をあげながら絶頂に達したローズを、彼は両腕で抱きしめた。彼女の体がゆるんでいく。

しばらくしてローズが体を離してかたわらに座った。彼によりかかりながら彼女が言った。

「わたし、礼儀作法を忘れてしまったわ」

「いいんだよ」ジェイムズは彼女の両手を手で押さえ、彼の太ももに触れようとする動きを押しとどめた。触られなければ夜までがまんできる。

ローズが彼を見上げた。馬車の中は暗いので彼女の表情もよくわからない。それでも混乱しているのは想像がつく。

「またあとで」彼女の手を軽く叩き、その肩に腕をまわす。「少し休んだらどうだい？　到着したら起こしてあげるから」

しばらく黙っていたが、やがて彼女が小さく肩をすくめた。「あなたが望むなら」そう言って、コルセットを持ち上げて胸を隠す。「たしかに少し休んだほうがよさそうね。今日はずっと馬車の中にいたのに、なぜか疲れているの。どうしてかしら？」

ジェイムズは軽く笑い声をたてた。くすぐられたプライドを隠そうともせずに。ローズはスカートを下ろして横座りの姿勢になった。彼はできるだけ彼女に触れないように座り直した。

今夜のことを考えてはいけない。やがて、ローズは眠りについたようだった。

しばらくして馬車がゆっくりと停まったとき、ジェイムズの意識は眠りと覚醒のはざまにあった。ローズが頬を彼の胸に押しあててよりかかっている。その肩に彼はまだ腕をまわしていた。彼女はすやすやと寝息を立てて眠っている。起こしたくないが、このまま馬車に乗っているわけにもいかない。

肉料理の匂いをかすかに感じたとたん、ジェイムズは空腹を覚えた。そういえば、馬車を停めて食事をとってからかなり時間が経っている。まずは部屋を決めて夕食をとり、それからローズとベッドをともにしよう。

思わず微笑みが唇に浮かび、男性自身がふたたび息を吹き返した。ローズがいるおかげでオールトンへの旅路がいっそう楽しくなり、時は飛ぶように過ぎていった。いったんは、向かい側のベンチに置いた革のカバンを手に取って開いたが、ローズがそばにいると思うと仕事をする気になれず、早々にカバンを閉じてしまった。

ずっとスカートをめくり上げていたわけではない。それどころか、ほとんどの時間ふたりは手を握りながら並んで座り、天気やロンドンや、途中で通りかかった名所旧跡について話をしていた。なんということもない会話だった。それでも、彼女といっしょにいるだけでジェイムズは幸せだった。ときどき彼はローズにキスをした。こみ上げる彼女への欲望に耐えていた。夜になってからだ、と自分に言い聞かせながら。だが結局、数回のキスでは収まらなくなって愛撫がはじまったのだった。

馬車の外の砂利を踏みしめる音がして、ジェイムズはハッと意識を取り戻した。若者の声がする。馬丁のようだ。御者が答えている。

「ローズ」彼はささやきかけた。「起きてくれ」

彼女が眠そうな声をあげて身じろぎした。ジェイムズは残念に思いながらも彼女の体を押しやって起こした。目をこすりながらローズがまばたきした。「ここはどこ?」

「宿屋だ。部屋を取らなければならない」

ローズが窓の外を見た。「今夜はここに泊まるの?」

「そうだ。出発したのが三時過ぎだったしね。ロンドンからオールトンまでは丸一日かかる」

宿の外にかけられたランプから黄金色の光が放たれ、彼女の横顔をくっきりと浮き立たせた。さっきまで眠たげだった目がおびえたように大きく見ひらかれている。「馬を替えるために、よくここに立ちよるんだ。天候がよくないときに一、二度泊まったこともある。安全な宿だと保証するよ」

ローズは納得していないようだ。「馬を替えて旅をつづけられないのかしら? 雲ひとつない天気だし」

「いいや、もう時間が遅すぎる。いずれにせよ、明日到着すると召使いたちも思っている」ジェイムズはドアに近づく従僕に手を上げた。〝待て〟という合図だ。「きみが望むなら、別々の部屋を取ってもいい。それともいっしょの部屋がいいかな?」

「いっしょの部屋がいいわ」

部屋をともにしたくないわけではないのだ、とジェイムズは安心した。だが、ローズは両手をひざの上で握りしめて肩をこわばらせ、宿屋をじっと見つめている。

「何か問題があるのかな?」

「いいえ」彼女は深いため息をついた。そして、向かい側のベンチに置いたマントを手に取って体に巻きつけ、頭巾をかぶった。「これで大丈夫」

ジェイムズは問いつめたくなったが、やめた。きっと不意を突かれただけにちがいない。もしかしたら事前に宿屋に泊まることを伝えておくべきだったのだろう。だが、ひとり旅に慣れた彼はそんなことを思いつきもしなかった。出発時間を考えれば当然だと思えたのだ。

今さらどうしようもない。馬車を降りて彼女に手をさしのべ、安心させようと目を向けたが、その美しい顔は頭巾の闇に包まれて見えなかった。ふたりは宿屋の入口に近づいた。ジェイムズは背中に触れようとしたが、彼女はすばやく身を離した。

彼はドアを開けて彼女のあとにつづいて中に入った。グレイディ亭はイングランドの馬車道そばによく見受けられる典型的な郵便宿だ。贅沢なところは少しもないが、主人は愛想がよく部屋は清潔だ。せまい玄関広間にはふたりほど客がたむろしている。廊下の向こうにある食堂からくぐもった声やグラスのぶつかりあう音が聞こえてくる。右にある客用応接間を見ると、両開きの扉が開かれ、数人の客が暖炉の前の安楽椅子に座って酒を飲んでいた。

ローズは彼のかたわらにより添い、少し遅れ気味に歩いている。うつむいて頭を頭巾で隠しながら。ジェイムズは部屋の手配をしていた。天候がいいので、宿屋はあまり混んでいない。そのせいか、いつも泊まる部屋を借りることができた。二階の奥のほうに引っ込んだ部屋だから、人がドアの前を通ることがほとんどない。しかも、彼の大柄な体でもくつろげる大きなベッドがある。たいていの宿屋のベッドは小さかった。

必要な硬貨をポケットから取り出しながら、ジェイムズは今夜がふたりで朝まで過ごす初めての夜だと気づいた。ハニー・ハウスで最初の夜を過ごせたらよかったのに。一週間ローズをわがものにできると早くからわかっていたなら、もっときちんとした計画を立てて早く別荘に到着できていただろう。だが、ローズには衣装が必要だったし、オールトンの仕立て屋を使いたくなかった。せまい田舎の社会では、変わったことがあればすぐにうわさが広まってしまうからだ。彼は別荘の敷地内にとどまるつもりで、村まで出向く気はなかった。

若い男が現れ、ジェイムズのカバンとローズのトランクを手に部屋へと向かった。ふたりはあとをついて行く。召使いがろうそくを灯したり暖炉の火をかき立てたりしているあいだ、ローズは顔を伏せ、落ちつかない様子で窓のそばをうろうろしていた。まだ頭巾をかぶっている。召使いに硬貨を一枚渡すと、ジェイムズはドアに鍵をかけてローズの前まで歩いていった。

「マントを脱ぐのを手伝おうか？」

ローズは窓の前でくるりと向き直った。マントがひるがえる。「あっ、ええ。ありがとう」そうつぶやいて留め金を外し、マントを脱いだ。そして、乱れた髪を片手で整えた。

受け取ったマントをたたんで近くの椅子にかけながら、ジェイムズは目の端でローズを観察していた。背すじをまっすぐにのばしたまま、ひざまずいてトランクの鍵を開けている。そして立ち上がり、手にした深緑色のデイ・ドレスを開いてふった。

「召使いを呼んでアイロンをかけさせようか？」

「いいえ、その必要はないわ。釘にかけておけば、明日の朝にはしわがのびているはずよ」

「お腹はすいていないかい？」

「少しだけ」背を向けたまま、ローズは洗面台近くの壁にある釘にドレスをかけた。

ジェイムズは顔をしかめた。ローズの体を見れば、落ちつきがないのはすぐわかる。「準備ができたら、下へ行って夕食をとろう。簡単な食事だが、なかなか悪くない味だ」

ローズがふり返った。彼を避けるように部屋を見まわしている。「もしよかったら、この部屋で食事ができないかしら？　あのテーブルで――」部屋のすみにある小さな丸テーブルに手を向ける。「大丈夫でしょう？」

「きみが望むなら」ジェイムズはうなずいた。

そして召使いを呼び、二人前の料理を注文した。食事の用意がととのうまで、ローズは用事をつくって忙しくしていた。ブラシと小瓶を化粧台の上に置く。釘にかけたドレスのしわを手でのばす。トランクを閉める。そんな動作の合間に立てる足音だけが沈黙を破った。寝室は決して大きいとは言えないが、ジェイムズには一歩一歩の足音がふたりのあいだを引き離しているような気がした。どうしたら距離を縮められるのだろうか。

夕食のあいだも沈黙はつづいた。ローズは礼儀正しかったが、ほんのわずかに浮かべる微笑みはこわばっていた。まるで、ふたりはひと晩だけ部屋を分かちあうただの顔見知りのようだ、とジェイムズは思った。思い返せば、旅行に同行するよう説得するのは大変だった。最初から気が乗らない様子だったのは確かだ。高い金額を提示してやっと〝イエス〟と言わせたのだった。ぶあつい札束のために来てくれたのかと思うと、胃がずしりと重くなる。

なぜ今回は衝動的に休暇を取ろうと決めたのだろう。よく考えもせずに決断したことは、これまでなかった。いつもはじっくりと検討するのに。この旅は自分勝手な欲望に駆られて決めてしまった。

残ったコーヒーを飲みほす。皿の上のローストビーフは半分も食べていない。これからの一週間への不安で食欲が失《う》せていた。ずっとこのままだろうか。今までふたりはほとんどの時間を娼館の奥深い部屋の中で過ごしてきた。それも性的な行為や雰囲気に満ちた時間だ。ローズの美しい肉体をすみずみまで堪能《たんのう》してキスで確かめ、体を重ねてきた。だが、個人的なこととなるとあまり知らない。ある意味、ふたりは見知らぬ者同士といえた。

「もうすんだのかい？」ジェイムズは何かを言わずにいられなかった。ローズは彼以上に食欲がないらしく、ワイングラスは空けていたが、ローストビーフは数切れしか口にしていない。

「ええ」答えが返ってきた。彼女の顔に浮かんだ苦しげな微笑みに、ジェイムズは顔をしかめそうになったがこらえた。

彼は召使いを呼ばずに自分で皿の載った盆を手に階下へ降りた。ローズに寝支度をする時間をあたえるためだ。宿屋の主人にもうひと部屋頼むべきか。ほんとうに彼女は自分といっしょにいたくないのだろうか。それとも、こんなことは今夜だけだろうか。まさか、旅に出たことを後悔しているのでは？

夜への期待が消え失せ、その代わりに不安がむくむくとわき上がった。また孤独な夜を過ごすのだろうか。明けない長い夜を。すでになじみの経験だが……ローズならそんな孤独をいやしてくれるはずだった。

だが、今夜は無理なようだ。

盆を受付台に戻してからジェイムズは外に出た。夜の空気が冷たく頬をなでる。宿屋は静かで、砂利道に馬車はまったく停まっていない。旅人たちはすでに部屋にいるのだろう。ポケットに手を突っ込んで、芝生わきの木立へと向かう。背後にはあたたかなランタンの光が灯っている。朝になったらローズをロンドンへ戻すべきなのか。くそっ、そんなことはしたくない。互いに楽しみにしていた休暇だ。昨夜ローズがうなずいてから、旅のことばかり考えていた。互いに悦びを求めあい、心地よいひとときを過ごす一週間。お互いの存在を慈しみあえる女性といられると思っていた。そんな幸せが手からすり抜けようとしている。

足を止め、夜空を見上げる。星が答えを告げてくれるかのように。軽やかな風が木の葉をざわめかせた。ため息をつく。朝になったら彼女に問いかけ、その答えが何であろうとも受け入れよう。

ジェイムズはくるりときびすを返して宿屋に戻った。少なくともここまでの馬車の旅は楽しかった。それだけで満足しなければ。八日前とは大ちがいだ。

だが、もしかしたら……。視線が玄関ドアをとらえた。もしかしたら彼が問題なのではないのかもしれない。馬車の中ではローズは楽しげだった。微笑みもキスも自然なものだった。とはいえ、本人しかわからない理由によって宿屋で夜をともにするのを拒んでいるとしたら、ハニー・ハウスでも同じではないだろうか。ああ、どうしたらいい?

ジェイムズは受付台のところで主人と手短に言葉を交わした。手に握った真鍮の鍵に加えて、新しい鍵をポケットに収め、階段を重い足どりで登っていく。ローズが自分を望んでいるなら起きて待っているだろう。そうでなければ——すでに眠っていれば——つらいことだが、ポケットにあるもうひとつの鍵を使おう。

ひと気のない廊下に鍵のまわる音が響いた。息をつめて彼はノブをまわし、中にそっと足を踏み入れた。暖炉の炎だけが部屋を照らし、ちらつく金色の光がローズの輪郭を照らし出している。すでに彼女は大きなベッドに横たわり、羊毛の上掛けの下にいた。

失望に胸を締めつけられて息がつまりそうだ。顔をしかめずにいられない。できるだけ足音を消すように努めながら、化粧台前にあるカバンの前まで行き、手に取ろうとする。

そのとき衣ずれの音がして、ベッドがきしんだ。

「ジェイムズ、どこに行っていたの？」ローズのやさしい声が薄闇の中から響いた。

両手にカバンを持ったまま彼はベッドのほうにふり向いた。黒髪が彼女の肩の上でゆるやかな波を描いている。上掛けを胸の上まで引っぱり上げているが、それより上の肌はむき出しだ。

ガウンもシュミーズも着ていない。上掛けの下は裸だ。

激しい欲望が突き上げた。ごくりと唾《つば》を飲み込み、ベッドに飛び込みたい衝動を抑えつける。今すぐ抱きしめたい。「別に部屋を取った。今夜はひとりで寝ればいい」

「でも……」ローズがシーツをよじった。

「何だい？」ジェイムズはたずねた。かすかな希望がよみがえる。

「あなたはいっしょの部屋がいいのだと思っていたわ」彼女が上掛けを外した。胸から腰まであらわになる。「馬車の中で言っていたでしょう。〝またあとで〟って」

ジェイムズの手からカバンがどさりと音を立てて落ちた。

「脱ぐのを手伝ってあげましょうか？」

「いいや、自分でできる」そう言うと、ジェイムズは上着を脱いだ。

ベスト、クラヴァット、シャツ、ズボン。何もかもが床に落ちたとたん、彼は毛布の下にもぐり込んだ。ローズの広げた腕の中に。まぎれもない歓迎に満ちた彼女のキスが、最後まで残っていた不安を消し去ってくれた。

13

ローズは、開いた馬車のドアから別荘を見て、それからジェイムズの手を見た。むき出しのたくましい手だ。彼はいつも当然のように手袋をはめているたぐいの男ではない。

彼の肩ごしにふたたび別荘へ視線を移す。蜂蜜《はちみつ》色に輝いた石造りの外観を見ればハニー・ハウスという名がふさわしいことがわかる。よく手入れされた低い茂みが一階の三つの窓の下をふちどっている。二階の窓の上に触れそうなほど低い屋根からは、四つの煙突がのびている。簡素な形をした、風変わりで魅力的で優雅な屋敷だ。パクストン・マナーほど大きくはないが、田舎の紳士の屋敷としてふさわしい家だ。あるいは、ジェイムズのように、ときおり田舎で過ごしたいと願うロンドンの紳士にぴったりの家ともいえる。

ローズはこの家がとても気に入った。けれど、馬車が玄関前で停まった瞬間から心に宿った不安がやわらぐことはなかった。

「ローズ?」

深く息をつくと、手袋をはめた手で彼の手を握って馬車から降りた。ふたりが歩きはじめた瞬間、玄関ドアが開いた。

「ミスター・アーチャー、お帰りなさいませ」灰色の髪をして丸まると太った年配の女性が歓迎の言葉を口にした。

「ローズ、こちらは家政婦のミセス・ウェッブだ。ミセス・ウェッブ、こちらはミス・ローズだ。これから一週間、客としてこちらに滞在される」

ローズはあいさつの言葉をつぶやいた。ミセス・ウェッブの顔に浮かぶ微笑みが消えるのではないかと身がまえながら。宿屋で感じた不安がみるみるよみがえってきた。昨夜は、客たちの目がこわかった。自分とジェイムズが夫婦でないと気づかれているのではないか。背中に〝娼婦〟と書いてあるかのように何もかもばれているのでは……。今、ジェイムズの手を握っていることが恥ずかしかったが、心強さをくれる彼の手が離せなかった。けれど、ミセス・ウェッブがふたりの手から目をそらしているような気がした。

まるで自分がただの客ではないとジェイムズから宣言されているようで、落ちつかない。

「ハニー・ハウスへようこそ、ミス・ローズ。ミスター・ウェッブがカバンをお持ちします」内側からドアを叩く音がした。ミセス・ウェッブがローズににこやかな微笑みを見せてからドアを開いた。「こちらがミスター・ウェッブです」

妻とは逆に細身ながらがっしりとした体形のミスター・ウェッブがカバンやトランクを運びながら小さな玄関広間に入っていく。ほんの少し顔を向け、ぶっきらぼうな声で「ようこそ、お嬢さん」と言うと、彼は階段を上がっていった。

「よろしければ、トランクの中身を開けて整理いたしますが」ミセス・ウェッブが期待に満ちた目でローズを見た。

ローズは断ろうと口を開きかけたが、ジェイムズが先に答えた。「今はいい。だが、あとでミス・ローズが手伝いを必要とするかもしれない」

ミセス・ウェッブの視線がふたりのつないだ手に一瞬留まった。「承知いたしました。おふたりとも長旅でお疲れのことでしょう。手伝いが必要になりましたら、お呼びください。すぐにまいりますので。ああ、それから今朝、郵便物が到着いたしましたよ、ミスター・アーチャー。机の上に置いてあります」

「デッカーはいつもどおりきちょうめんだな」肩ごしにふり返ってジェイムズが階段に手を向けた。「行こうか?」

微笑むしかなかった。家に入って五分も経たないのに、ジェイムズはもうベッドにわたしを連れて行きたいのだわ。家政婦に見られているというのに。そう、これはジェイムズの休暇であってわたしの休暇ではない。ローズは二階へ向かいながら考えた。好きなときにわたしを自由にする権利をこの人は買ったのだから、いつでも応じなければならない。

階段を登りきるとジェイムズは短い廊下を進んでいった。家の内部は外見にふさわしいしつらえだった。こざっぱりとして、派手派手しいところがない。小さな風景画がふたつ壁にかけられ、足もとには茶色の模様が入った絨毯が敷かれている。この家の所有者が、気まぐれに二千ポンドをぽんと出せるような大金持ちとは誰にもわからないだろう。

ミスター・ウェッブが左側の部屋から姿を現した。すでに荷物を持っていない。「夕食はいつものお時間でよろしいですか、ミスター・アーチャー？」

「それでいい、ウェッブ」ジェイムズは召使いが出て行ったばかりの部屋のドアを開けた。

ローズは彼のあとにつづいて部屋に入り、足を止めた。明るい黄色とあざやかな白でまとめられた寝室だ。家具は女らしい雰囲気のものでそろえてある。

不思議に思ったローズはジェイムズを見た。明らかに彼の寝室ではない。

「気に入ってくれたかな？　よければ、滞在しているあいだ、この部屋はきみのものだ」

「わたしの部屋？」予想もしていなかった。「あなたといっしょの部屋でなくていいの？」

「もちろんいっしょの部屋ならうれしいよ。だが、きみには別の部屋を用意したほうがいいだろうと思ってね。いろいろな持ち物を置くゆとりもあるだろう」そう言って、彼はトランクに手を向けた。「それとも、私といっしょのほうがいいかな？」

「でも、召使いの目があるでしょう。あの人たちに……思われてしまうわ……」不作法で恥さらしだと。「客があなたといっしょの部屋では変だと」

「ウェッブ夫婦のことなら心配ない。きみがどうしたいか次第だ」

ローズはあたりを見まわした。どうしたらいいのだろう。選択肢がないほうがよかった。ジェイムズが女性を別荘に連れ込むのに、召使いたちは慣れているのだろうか。

この人を誤解していたのかしら。わたしのような女とともに過ごすのには慣れていない人だと確信していたけれど……。でも、きっとただ思いやりを示してくれただけだわ。

「何か問題でもあるのかな、ローズ？」

「いいえ。すてきなお部屋だわ。これまでのお客様もきっと気に入ったことでしょうね」

「これまでの客だって？　ローズ、ハニー・ハウスでもてなした唯一の客といったらレベッカだけだ」

「妹さん？」

「そうだ」彼が眉をひそめたのを見て、ローズはほかに女性がいなかったのだとホッとした。

「ローズ、いったい何を気にしている？」

彼女は体をこわばらせた。「何も気にしていないわ」

ジェイムズがため息をつき、さらに眉をひそめた。「お願いだから隠さないでほしい。何が気になるんだ？　そんなことはない、なんて言わないでくれ。私もばかではない。きみは明らかに不安を感じているね」

どう説明したらいいのだろう。ローズにはわからなかった。いろいろな原因がからみあって簡単には言えなかった。娼館の外で彼と長い時間をともに過ごすことがどれだけ今までとちがうか、予想もしていなかった。マダム・ルビコンの館では外界から守られていたけれど、ここでは彼の期待と外界の礼儀とがぶつかりあってしまうのだ。

それでも、いくばくかの真実を伝えないわけにはいかないだろう。「わたし、旅行をしたことがないの……男性と」〝客〟という言葉を避けて答える。「まるきり新しい体験だわ」

「私を信じているんだろう、ローズ？」ジェイムズは、今も握りしめている彼女の手をそっとなでた。

「ええ」ごく自然に答えが口をついて出た。

「きみに快適に滞在してもらうのが私の最大の望みなんだよ。私の家を自分の家だと思ってごらん。だが、一週間経たないうちに帰りたくなったら、すぐにそう言ってくれ。きみをロンドンまで無事送り届けるから。約束する」

「ありがとう」ローズはジェイムズのやさしさに驚いた。まちがいなく彼は約束を守ってくれるだろう。信頼を絵に描いたような男なのだから。

「それから謝らなければならないことがある。宿屋に泊まることを事前に伝えなかったのは配慮に欠けていた。これからは何でも前もって知らせるよ」

彼の真剣な声に打たれてローズはうなずいた。

ジェイムズがしばらく彼女を見つめた。「少しは気が楽になったかな？」

ローズは無言でうなずいたが、はっきりと口で伝えるべきだと思った。「ええ」

「よかった」彼の顔に残っていた不安そうな表情がやっと消えた。「ところで部屋のことだが、ここにするかい？　それとも私と同じ部屋にするかい？」

ローズは寝室をふたたび見まわした。自分の部屋と呼べる場所があるのはいい。たとえ一週間だけでも。「ここにします。ありがとう、ジェイムズ」

「どういたしまして。いずれにせよ私の部屋はすぐ近くだ。荷をほどいたら少し休むといい。ミセス・ウェッブを呼ぼうか？」

「いいえ、ひとりでやります」

「わかった。私に用があったら書斎にいるから。デッカーから最初の書類が届いたのでね。ロンドンから逃げられても仕事からは逃げられない。だが、これから一週間ずっと机の前で過ごすわけじゃない。郵便が届いてから二時間ぐらい仕事をするだけだ。本来きみと過ごすためにここへ来たのだからね」

ジェイムズが羽のように軽やかなキスをした。

別荘に到着してから初めてローズの唇に真の微笑みが浮かんだ。やさしい気持ちを抱いたまま、彼女はドアの外へ出て行くジェイムズの広い背中を見つめていた。

窓の外を見ると夕闇がそろそろと訪れていた。形式張らず居心地のいい食堂はこの別荘にふさわしかった。テーブルは六人用の大きさで、ジェイムズとふたりで座っていても落ちついた気分でいられる。

「砂糖かレモンはいかがですか？」

「いいえ、いりません」ローズは、紅茶をそそいでいるミセス・ウェッブにつぶやいた。

ローズは荷をほどいて新しいデイ・ドレスに着替えたあとすぐにジェイムズを探しに部屋を出た。ミセス・ウェッブにたずねると、にこやかに書斎の場所を教えてくれた。書斎は家の奥のほうに位置していた。ジェイムズは机の前に座って書類の山と格闘していた。

ローズは邪魔をするまいと思い、様子をうかがっていた。彼は目を上げてうれしそうな顔で彼女を出迎えたけれど、仕事に気を取られているようだ。「自分の家だと思ってくつろいでくれ」という彼の言葉にしたがって書斎を出る。居間に立ち入る資格が自分にはないように思えたが、寝室に戻る気にもなれない。結局、裏のテラスに行って錬鉄製のベンチに座った。暮れゆく夕日をながめ、予想外のあたたかさを味わった。

とはいえ、ローズはベンチに長居をしなかった。ジェイムズの指示だろう。田舎らしく夕食は五時前に終わった。数分前にミセス・ウェッブがテーブルを片づけたけれど、まだ外は真っ暗ではない。

簡素だが心のこもった夕食だった。パンは焼きたてであたたかく、鶏肉もやわらかく煮こまれていた。ジェイムズはすっかりくつろいだ様子だ。いつものようにあまり口数は多くなかったが、ふたりのあいだに沈黙が腰を据えているわけでもなく、話題は村、天気、ハニー・ハウス――三年前に購入したそうだ――へとなめらかに移り変わっていった。

こんなふうに召使いに付き添われ、食堂のテーブルを囲んで誰かと食事をするのは、ローズにとって久しぶりのことだった。パクストン・マナーでは家政婦と厨房で食事をしていた。娼館では自分の部屋の居間でひとり食事をとることが多い——ときおりティモシーがいることもあったが。ジェイムズと食事をするのにもすぐに慣れるだろう。

ローズはカップを口もとに運んで紅茶をすすった。ジェイムズはポットから自分のカップに琥珀色の液体をそそいでいる。彼は彼女の視線を受け止めて微笑むと、コーヒーをひとくち飲んだ。これまで彼がずっと緊張していたわけではないのはわかっている。けれど、今夜はちがう。こわばった様子は微塵も見られない。完全に気を許しているようだ。

ジェイムズがカップを受け皿の上に置いた。「馬車にずっとゆられて今日は疲れただろう。早く休むことにしないかい？」

「ええ」ただの言い訳だろう。彼の顔には疲れはまったく見えず、代わりにそこにあるのは、あたたかなぬくもりをたたえたまなざしと、期待に満ちた輝く瞳だった。

ローズがナプキンをテーブルに置くと、ジェイムズが立ち上がって彼女の椅子を引いて立ち上がる手助けをした。後片づけをするミセス・ウェッブをひとり残し、ふたりは手に手を取って食堂を出て行った。

二階へ向かうあいだ、ローズの心に新たな不安が宿った。過去の経験にしたがって行動しようとしても、ここではどうしたらいいのかわからない。客としてふるまうのはまったく新しい経験だった。わたしの部屋にいたらいいのかしら。それとも彼の部屋へ行くの？　ジェイムズがベッドをともにしたがっているのはわかっていた。召使いの目から隠れてそっと彼の寝室に忍び込むべきなのか。それとも、ウェッブ夫婦のことを気にせず直接彼の部屋に連れて行かれるのだろうか。

不安がちくりと胸を刺す。あれこれ思い悩んでいると、ジェイムズが彼女の寝室のドアまで導いて、そこで足を止めた。

「私の寝室は廊下をはさんで向かい側だ」ローズにだけ聞こえるよう低く親密な声で彼がささやいた。

「そうなの？」彼女はじらすような口調で言葉を返した。

「そうだ」微笑みながらジェイムズが答える。

ローズは片眉をつり上げて見せた。「教えてくれてよかったわ」

はにかんだような彼の表情にローズの胸は熱くなった。彼女の手を取ると、ジェイムズは手の甲に軽くキスをした。

「いったん別れるが……」彼が一歩近づいた。あまりに近いせいであたたかな吐息がローズの耳をかすめる。「すぐに会いたい」

なめらかな低音が体じゅうに響きわたるような気がして、ローズのひざから力が抜けた。期待に体がふるえてくる。手を離すと、ジェイムズがくるりと背を向けた。

彼の寝室のドアが閉まる音が廊下に響き、ローズはわれに返った。

自分の寝室に入る。暖炉に燃えさかる炎が部屋をぼんやりと照らしている。彼女は化粧台の上に置かれたろうそくに火を灯した。胸もとに手を当てた瞬間、ハッとした。いつものイブニング・ドレスではなくて、ジェイムズが買ってくれたドレスは、ボタンが背中側に並んでいる。自分でボタンを外そうとしたけれど、うまくいかなかった。ジェイムズの部屋へ行こうか。

そのとき、鋭いノックの音がした。

ジェイムズかしら。いいえ、あの人はわたしのほうが来ると思っているはずだわ。

おそるおそるドアを開けると、そこにいたのはミセス・ウェッブだった。

「申し訳ございません、ミス・ローズ。食堂を出られる前におうかがいすべきだったのですが、何かお手伝いすることはございませんか？」

「ありがとう。じゃあ、ドレスのボタンを外してくれるかしら。あとは自分でできます」

家政婦はすぐに頼みを聞き、部屋から出て行った。

それから先は慣れた手順だった。靴、コルセット、シュミーズ、ストッキングと脱いだあと、髪からピンを引き抜く。そして、ほんの少し香水をつけて絹のガウンをまとい、共布のベルトをウエストに巻いた。

すばやく鏡で確かめる。これでいいわ。黒髪がウェーブを描いて肩に垂れ、薄い絹のガウンが体の線をあらわにしている。ジェイムズが気に入るはずだ。

けれど、ドアから出る代わりに、ローズはためらいを感じてその場に立ちすくんだ。彼の望みはわかっている。でも……。

ため息をついてベッドの端に腰をかけた。ばかみたいだわ。彼がほしくて体がうずいているのに。それでも、奇妙な感覚が行動を押しとどめた。

ただ彼の部屋へ行けばいいのよ。男性の究極の欲望を満たすための手順にしたがえばいい。けれど、いつものように体が動かない。

思わず顔をしかめ、ベッドから離れようとする。だが……。

ローズはうなだれた。お金さえ受け取っていなければ。あの札束が頭をちらついて離れない。ああ、ダッシュの借金がなかったらいいのに。お金のからまない形でジェイムズと旅に出られたならよかったのに。そうすれば、わたしがいるだけで喜んでくれる男性と七日間過ごす幸せを心から味わえただろう。何の責任も感じずにすんだはずだ。

けれど、彼の申し出を受けてしまった。札束に伴う責任感を無視することはできない。純粋な喜びから彼の腕の中に飛び込めないのだ。

ジェイムズといっしょにいるのがいやなのではない。むしろ喜んでいる。正直に認めれば、彼に対する気持ちは好きという以上のものだ。でも、彼の欲望のためにわたしはここにいる。

ローズはベッドから立ち上がり、ろうそくの火を消した。意を決してドアを開け、廊下に人がいないのを確かめると、すばやく向かい側に行った。

そして、そこで足を止めた。拳がドアの前で宙に浮いた。考え直してノブをまわす。音もなくドアが開いた。ノブから手を離し、静かにドアを閉めて周囲を見まわす。

ジェイムズらしい部屋だわ。大きなベッドを覆う上掛けも窓を閉ざすカーテンも紺色だ。大きな家具。どれも男らしさに満ちている。ローズは深く息をつき、かすかに漂うジェイムズの清潔な香りをかいだ。少しずつ脈拍が遅くなり、落ちついてくる。

ジェイムズは部屋の反対側にある洗面台の前に立っていた。上半身は裸で、下半身はズボンをはいている。顔をタオルで拭《ふ》いているせいで、背中の筋肉が動いている。そのとき、オリーブグリーン色の目が鏡に映るローズの姿をとらえた。彼が微笑んだ。「よく来てくれたね」

「こんばんは、ジェイムズ」

洗面台から向き直った彼がタオルを洗面器のわきに置いた。栗色の髪が濡れてこめかみに張りついている。裸足《はだし》のまま彼はローズのほうへ近づき、ベッドのわきで足を止めた。

ズボンの前がふくらんで、生地を突き破らんばかりの勢いだ。

「こっちに来ないか？　それともひと晩じゅうドアの前にいるつもりかい？　きみは私を見たいのかな？」ジェイムズがおどけた調子でたずねた。

予想外の言葉にローズは笑い出した。これでは数日前の夜と立場が逆ではないか。あのときは彼が寝室の奥に入るのをためらったのだった。「どうしてもと言うなら……」最後まで言いきらずに彼女は、思わせぶりに片眉をつり上げた。

彼の目がかすかに光り、一瞬、顔から表情が消えた。まあ、頬を赤くしているわ！　ためらいが消え、ローズはとうとうドアから離れて彼のほうへ歩いていった。「ごめんなさい。ちょっといじめてみたくなったの」もっとも、彼が男性自身を手にしている姿を想像すると、体がぞくぞくして太もものあいだが熱くなってくる。

ジェイムズの前で止まり、顔を上げて彼の視線を受け止める。かすかな微笑みを浮かべて彼が答えを求めている。しばらくのあいだ、ふたりともじっと動かなかった。

「これが私のベッドだ」まるで目新しいことでも伝えるかのようにジェイムズが頭を向けた。

「あら、そうなの？」ローズは興味深そうな顔をつくった。

彼の唇が笑みの形をつくった。「そうだ」

大きな手が彼女のウエストをつかみ、その体を持ち上げた。気がつくとローズはベッドの真ん中に仰向けに寝かされていた。

彼女は乱れた髪を顔からかき上げ、ジェイムズがひじを突いてかたわらに横たわるのをながめた。

V字を描く絹のガウンの深いえりもとにジェイムズが指で触れた。指先が乳房のふくらみをたどっていくにつれて、ローズの心臓が激しい鼓動を打ちはじめた。

「きみは言葉では言い表せないほど美しい」

ローズは息をのんだ。「そんなものがこの世に存在するの？」彼の熱い視線を受け止めながら息も絶え絶えにたずねる。

「ああ。きみを見ればわかる」

うやうやしさと確信に満ちた声、まなざし、手の動き……。

「キスして」いつの間にかローズはささやいていた。ジェイムズへの欲望が痛いほど体じゅうに満ちあふれ、ふるえが止まらない。

彼の唇が唇をとらえ、肌と肌がやさしく触れあう。彼の首に腕をまわしてローズは背中をのけぞらせた。ジェイムズがもらす低い声が体に伝わってくる。彼の重みを感じながら彼女はせがむように両脚を広げた。彼の舌に舌をとらえられた瞬間、ローズはわれを忘れた。

14

けだるさと眠気に包まれたままローズはジェイムズの広い肩に鼻をすりよせ、ぬくもりを味わっていた。たくましい体が放つ熱気にくらべれば、上掛けのあたたかさなどたいしたことがない。カーテンがわずかに開いていたが外は暗く、寝室の中は薄闇に満たされ、空気はひんやりと湿っていた。雨が窓に激しく当たり、ときおり強い風が吹きつけて窓ガラスがガタガタと音を立てる。

ジェイムズが身じろぎして彼女のウエストに両腕をまわした。肌と肌の触れあいが気持ちよく、思わず片脚を彼の脚にからみつかせてしまう。ジェイムズがローズを自分の上に乗せた。硬くなった男性自身が太ももの上部に当たり、彼女は欲望が渦巻くのを感じた。感覚が目覚めてきた。彼の顔を見下ろすと、まだ目を閉じてくつろいだ表情を見せている。たくましいのに、繊細なやさしさで触れてくれる彼にすべてをあずけずにはいられない。危険な誘惑だ。

彼の唇に微笑みが浮かび、わずかに目が開いた。「おはよう」かすれた声でそう言われてローズはうれしくなった。

「おはよう」

彼の唇に軽くキスをする。抱きしめる太い腕に力がこもった。満足そうな低い声が彼の唇かられた。唇の合わせ目を舌先でなぞられてローズは自ら唇を開いた。舌と舌が退廃的にからみあうゆっくりとしたキスだ。それ以上求めない、お互いを味わうだけのキス。

さまよう彼の手がローズの背中をたどってお尻で止まり、指先が境目をなぞる。そのあいだも彼はキスをつづけた。眠りによってあたたまった彼の肌。ゆっくりとけだるげな動き。それでいて意図は確かだ。ジェイムズとともに目覚めるのは、なんてすてきな経験だろう。

そのときローズはハッとした。引きはがすように唇を離して時計を見る。昨日ジェイムズはここで過ごす計画について語った。彼のように忙しい男性は一日たりとも仕事をおろそかにしてはならないはずだ。

「ずいぶん遅い時間だわ。あなたのお邪魔をしてはいけないわね。もう朝の郵便が到着しているころよ」

「郵便なんかくそくらえだ」彼がうなるような声で言った。そして、彼女のお尻をぎゅっとつかんで体を持ち上げた。女の中心が熱い男性自身にこすりつけられる。みだらな微笑みが彼の唇に浮かんだ。「一日じゅうきみとベッドにいたい」

「一日じゅう？」ローズは肩ごしに閉じたドアに目をやった。「でもウェッブ夫婦のことはどうするの？」

「どうするって？」

「ふたりに、わたしがあなたといっしょだと気づかれてしまうわ」

「それの何が悪い。きみは私の客としてここにいるんだ。ウェッブ夫婦は私たちが食事だけともにしているとは思っていないよ」ジェイムズはやさしく彼女の背中をなでた。「彼らの意見はどうでもいいし、そもそもふたりとも何も気にしていないと思う」

そのとおりだわ。でも……。誰もが寝静まった夜にふたりでベッドをともにするのと、真っ昼間にベッドをともにするのとはわけがちがう。妻なら問題ないだろう。けれど、ローズは付添人《シャペロン》もいない未婚の若い女性としてここに来た。まともなレディとは思われていないはずだ。そんなふうに見られる権利など、とうの昔に失ってしまった。それでも、あからさまにふるまいたくはなかった。今度ミセス・ウェッブと顔を合わせたとき、きっとそこには隠しきれない批判的なまなざしが見えるだろう。

「いっしょにベッドで過ごしたくないのかい？」ジェイムズがそっと彼女の髪に触れた。

ハンサムな顔に傷ついた表情が浮かび、ローズは心が痛んだ。わたしのわがままでこの人のせっかくの休日を台無しにするわけにはいかないわ。それに、わたしも彼といっしょに一日じゅう過ごしたい。彼の腕の中で……。

悩むのはやめよう。

ローズはジェイムズの唇に唇を押しあてた。「もちろんいっしょに過ごしたいわ」

ローズを腕に抱いているうちに時はみるみる過ぎていった。ほとんど言葉は交わさなかった。そんな必要はなかったからだ。やさしい微笑みと、めくるめくキスと、誘惑に満ちた触れあいがあれば、それでじゅうぶんだった。彼女を抱きしめているだけで欲望がこみ上げてくる。だが、ジェイムズは卑しい本能に身をまかせなかった。ただいっしょにいるだけで幸せだった。一日じゅうベッドで女性と過ごすような享楽的なことをするのは生まれて初めてだ。ローズ以外のすべてを忘れている。こんな習慣を身につけてはならないのだろうが、雨の日を過ごすには最高の方法だ。

彼の提案に対する最初の反応から考えて、ローズもまたこうした習慣になじんでいないようだった。不思議な女性だ。レディとしてのタブーをまったく気にしないところがある一方で、娼婦であるにもかかわらず礼儀を忘れない。

彼もまた礼儀を忘れない人間だが、今ふたりはハニー・ハウスにいる。この別荘を買って以来雇っているウェッブ夫婦は、余計なことを口にしない。ほんの日常的なことですら世間にうわさ話を広めたりしないだろう、とジェイムズは信頼していた。ここは彼が唯一気ままに暮らせる場所だった。

テーブルの上にある銀の盆を見る。明日の朝まで裸のローズとともにベッドで過ごしたいと思っていたが、ふと思いついて朝食を運ばせたのだ。先ほどジェイムズは、ズボンとシャツを身につけると廊下に出てドアを閉めた。そしてミセス・ウェッブに朝食を申しつけ、ふたたび廊下で受け取った。こうして、裸の美女とベッドで朝食をとるという贅沢を味わえたのだった。ローズがわずかに身じろぎし、ふくらはぎをこすりつけてきた。彼の体により添ってウエストに腕をまわしている。彼のために生まれたような女。窓に打ちつける雨はすでに収まっていた。暖炉の火をかき立てなければ……。

いや、あとにしよう。今日は何もかもあとでいい。このままずっとベッドにいたい。

「さあ、キスしておくれ」

ローズが背中をのばして片ひじをついた。張りのある乳房が彼のわき腹に当たった。上掛けがずり落ちて、繊細な曲線を描く白い肩があらわになった。「一回でいいの?」

「いや、それ以上だ」

キスをした瞬間ジェイムズの体が熱くなり、なんとか抑えていた興奮が一気に燃え上がった。彼はローズの体を自分の上に乗せた。

彼女は彼の下唇を軽くかみ、彼の腰にまたがった。ジェイムズは彼女のウエストをつかんだ。数センチ動かすだけでこのあたたかな体をつらぬくことができる。

ローズは彼の手首からひじへと指先を走らせた。軽やかなタッチのせいでジェイムズは鳥肌が立つような快感を覚えた。魅力的な乳房が彼の唇に触れそうで触れない程度に体をかがめて彼女が上腕にそっと触った。

「とてもあなたらしい場所だわ」そうつぶやきながら上腕を愛撫する。激しく吸ってローズに身をよじらせたい。

「そうだな。すまない」もう少し顔を上げれば乳首が唇に届きそうだ。

「どうして謝るの？　あなたの筋肉が大好きよ」彼女はすばやくキスをして彼のあごに唇を当てた。「ほかの場所もみんな大好きだわ」

彼女は線を描くように彼の胸まで唇でたどっていくと、上掛けを外した。ひんやりとした空気に包まれても、ジェイムズは寒さを感じなかった。つのる期待に息が弾む。欲望が全身をつらぬいた。彼女の唇の行き先はわかっている。夢の中で何度も思い描いた光景が脳裏に浮かぶ。ローズは彼のものを口に含もうとしているのだ。これまで頼んだこともほのめかしたこともない。ただ夢見ただけだ。それが今、現実に起ころうとしている。

体が小刻みにふるえてくる。ジェイムズはぎゅっと拳を握りしめ、彼女の頭をつかんで己へと導きたい衝動をこらえた。彼女の舌がへそをなめ、期待を高める。舌を使ったキスで彼女は下腹部の毛をたどり、硬くなった男のものへと向かっている。

小さな手で、そそり立つ男性自身の根元をしっかりと握りしめた。彼女が目を閉じた。体じゅうで欲望と期待が荒れ狂っている。ふっくらと赤い唇を開いて顔を近づける彼女の姿を、ジェイムズは見つめていた。たちまち熱く濡れた感触が亀頭を包み込み、彼は歓喜のうめき声をかろうじてのみ込んだ。開いた彼の脚のあいだにかがみこんだローズが彼のものを口に含んで上下させた。その唇はこのうえなくやわらかで、口の中は天国のようだ。乱れた彼女の黒髪が、彼の内ももをくすぐっている。

まるで彼を頂点へ導こうとするように彼女は男性自身を口の中に引き込んでは口から出す。それを何度もくり返した。歯を食いしばりながらジェイムズは精を放ちたいという本能的な欲望を抑えつけた。この快感をもっと味わいたい一心で。

ローズは舌をしならせて亀頭を弾き、先端からもれたしずくをなめとった。なんという技だろう。

ああ、こんなふうに吸われるのは何年ぶりだろうか。かなり昔、ケンブリッジで休暇を過ごした帰り道に立ちよった娼館で経験して以来だ。だがあのときは、口に含まれたこと自体に驚いてすぐさま頂点に達してしまった。

亀頭をなめられているうちに陰嚢が引きつってきた。ジェイムズはうめき声をあげた。体じゅうの筋肉に力がこもり、体がふるえだす。彼の心を読んだかのように、ローズが彼自身の根元から手を離して陰嚢を握った。やさしく、それでいてしっかりとした手の動きに彼は満足感を覚えた。

ローズが唇を離した。と思うや、男性自身の下側の血管に沿って唇をはわせていく。じらすようにうごめく舌。次の瞬間ふたたび彼の視線をとらえると、彼女は亀頭を唇で包み込み、彼のものを口の中へ深々と導いた。

だが、今度はジェイムズもわれを忘れなかった。自分が主導権を握って激しいキスをしているとき、彼女に考えるゆとりをあたえなかった。だが今は……。

見るからにローズは彼を快感に導こうと集中している。それも度が過ぎるほど。指先の動きがたくみすぎる。どの技も……明らかに豊かな経験に裏打ちされている。ジェイムズは拳をゆるめて彼女のほうに手をさしのべようとした。だが、彼女が激しく吸って陰嚢のすぐ後ろを押した。そこは彼自身知らなかった快楽のポイントで、彼はどうしようもなく頂点へと駆り立てられた。

そして、激しい稲妻のような絶頂につらぬかれた。筋肉が引きつって体がふるえている。彼女を引き離すことなど、とうていできない。

ローズの唇の力がやわらぎ、やがて彼女はやさしく亀頭をなめた。敏感になった皮膚をなだめるような繊細な愛撫だ。男性自身から唇を離すと、彼女はすっと指先で口の端をぬぐった。勝利を実感しているのだろう。薄青の目が輝いている。

ジェイムズはすばやくベッドを降りて立ち上がった。奇妙ないらだちを感じながら、洗面台の前まで行くと、タオルを洗面器の水に浸した。

絶対にローズの最初の男にはなれない。そんなことを気にすべきではなかったが、どうしても忘れられなかった。そして、彼女がどうやってあんなたくみな技を身につけたか考えたくなかった。思い浮かべるだけで心が痛い。

「ジェイムズ、わたし、何か悪いことをした？」

彼はタオルを絞って脚のあいだをぬぐった。「もちろんそんなことはない。ただ〝実践を積めばうまくなる〟ということわざが真実だったというだけだ」

タオルを落とすと、彼は洗面台から向き直ってローズを見た。彼女はベッドの真ん中でひざまずいている。うなだれて上掛けで裸の胸を隠しながら。

沈黙が重くのしかかった。ジェイムズはすばやくズボンとシャツを身につけ、クラヴァットを簡単に結び、ベストと上着をさっとはおった。そのあいだも、ローズの視線を感じずにはいられなかった。傷ついた美しい目。だが、彼はどうしても無礼な自分の態度を謝る気になれなかった。

「どこへ行くの？」ローズがたずねた。ためらった声だ。いつもより唇がふっくらとして赤い。乱れた黒髪がほっそりとした肩に垂れている。堕落した女そのものの姿だ。どんな男でも抱きたくなる魔性の女。「今日は一日じゅうベッドにいたいのかと思っていたわ」

上着のボタンを留めてから彼は化粧台の鏡の前で立ち止まり、髪にくしを入れた。「朝の郵便に目を通さなければならない」

「でも、もう午後よ」

あごにうっすらと髭がのびてきているが、そるのは後まわしだ。とにかくこの部屋から出なければ。「だから、机の上で仕事が待っている」

鋭い音を廊下に響かせ、ジェイムズはドアを閉めて出て行った。

二時間後、机の上に積み重なった書類の山はまったく片づいていなかった。何も感じない心を抱えて仕事に専念できるはずだったのに。だが、心はいらだちと落胆でいっぱいで、真っ二つに折りかねないほどペンをぎゅっと握りしめていた。

軽くドアを叩く音がした。「何だ?」彼はそう答えると深く息をつき、つっけんどんな口調を抑えて改めて声をかけた。「お入り」

ミセス・ウェッブがコーヒーポットを携えて書斎に入ってきた。「ミスター・アーチャー」家政婦はカップにコーヒーをそそぎ入れ、持ってきたポットを机の上に置き、空のポットを手に取った。「今、ミス・ローズのお部屋にお茶をお持ちしたところです」一瞬、家政婦は顔をしかめて窓の外を見た。窓ガラスが雨粒に覆われて外の景色がぼやけて見える。昼前にいったん小やみになった雨がふたたび勢いを取り戻していた。「いやな天気でございますね。ベッドから出たくなくなるのも当然ですよ」

ローズも彼のベッドを離れ、出て行ったのだろう。ミセス・ウェッブが彼女の部屋へ紅茶を持っていったと言うのなら。いつ彼の部屋を離れたのか。彼が出て行った直後だろうか。それとも彼が戻ってくるのをしばらく待っていたのだろうか。

ミセス・ウェッブが顔を向けた。「何かお持ちしましょうか? スコーンならございます」

胃が重く、食欲がまったくわかない。「いや、いい」

「夕食はいつものお時間でよろしゅうございますか？」

ほかに答えようもなくジェイムズはうなずいた。

「おふたりでお食事をするのは気分転換によろしいですね。お相手がいれば食事も楽しくなりますから」家政婦が微笑んだ。彼に食事相手がいるのを何より喜んでいるかのように。

「そうだな」心ここにあらずの状態で彼は答えた。きっと今夜はひとりで食事をとることになるだろう。慣れたこととはいえ、ローズがそばにいないことがさびしくて仕方ない。自分から招いた事態だというのに。

「どうぞお仕事をおつづけください」ミセス・ウェッブはそう言って書斎を出た。

ドアが閉まった。

猛烈な勢いで恥ずかしさがこみ上げてきた。自分は紳士だと自認して、ローズに〝信頼してほしい〟と頼んだ。それなのになんということをしでかしたのだ！

これまで人に残酷な態度を取ったことはなかった。あんな言葉を他人に投げつけたこともない。アメリアにならば、あんな態度を取っても当然かもしれない。だが、自分は妻には何も言わず、反撃もしなかった。自分を傷つける妻に仕返しをしたことはない。だがローズに対して――心をよせているただひとりの女に対して――とんでもないことをしてしまった。彼女のおかげで男としての自信を取り戻し、心をいやされたというのに。

ローズの心をずたずたに切り裂いてしまった。いちばん傷つける言葉を投げつけて八つ当たりしたのだ。

ペンが音を立てて机に転がった。ジェイムズは両手で顔を覆った。どうしてあんなことを？傷つけられる側の気持ちをよく理解しているはずの自分が……。

ローズに怒りを感じるのは正しくない。ふたりは娼館で出会ったのだ。何も今日初めて彼女の職業に気づいたわけではない。自分の前にも男はいたし、自分のあとにも男は現れるだろう。

そう思うと、どうしても心が落ちつかなくなる。

受け入れるしかない事実だ。受け入れられなければ、ふたりの休暇に意味はなくなる。ローズといっしょに過ごしたいと思っているのは何より自分ではないか！　ふたりで散歩をし、ともに食事をとり、この腕の中で彼女を眠らせる。朝、目覚めたとたん目にしたいのは、彼女の美しい顔だった。

あの残酷な言葉とともに自分はすべてをめちゃめちゃにしてしまったのか。もういいかげん大人にならなければ。だが、ローズのこととなると、嫉妬の炎がめらめらと燃え上がってしまう。これまでは抑えてきた感情だった。

だが、今日は抑えられなかった。あんな技は相当な経験がなければ身につくものではない。ローズは彼が知らない快楽の知識を持っているのだ。心の奥底で彼は最初で最後の男でありたいと思っていた。こんな欲求を感じたのは生まれて初めてだ。ああ、妻の最初の男でないという事実には何も感じないというのに。

休日をぶち壊すのか。つづけるのか。つづけるならローズのすべてを受け入れなければ。ジェイムズは顔をしかめた。いちばん重要なことは何か。以前にローズがほかの男とベッドをともにしたという事実か。それとも、今このひととき彼女とともに過ごすことか。

答えは考えるまでもなかった。

ローズは空のティーカップをベッドサイド・テーブルの上にある受け皿に置くと、ふたたび横たわり、上掛けを肩まで引き上げた。かき立てられた暖炉の火が部屋をあたためているが、芯《しん》から凍えていた。あたたかな紅茶を飲んでも体はあたたまらない。

この部屋を提供されていてよかった。さもなければ、どうしたらいいのかわからなかっただろう。彼のぬくもりが残る大きなベッドにいるのはつらすぎた。そして、ローズは自分が汚れていると感じていた。

使い古しの娼婦。

ジェイムズが隠しきれなかった嫌悪感を思い出すと、涙をこらえていられるのが不思議だ。薄い絹のガウンだけをはおってローズは自分の部屋に戻った。そして、それきり外へ出なかった。唯一の訪問者は、ジェイムズではなくミセス・ウェッブだった。家政婦はローズが昨晩ここで眠らなかったのを承知していた。なぜなら、昨日脱いだドレスがきちんと整えられていたからだ。けれど、家政婦の顔にはとがめるような表情は微塵もなかった。親切さにあふれる態度でミセス・ウェッブは部屋を片づけ、何か食べさせようと心を砕いてくれた。

ひとりになった今、ローズは無駄に居座る迷惑な客になったような気がした。〝出て行け〟とジェイムズは言うだろうか。それとも、わたしのほうから察して出て行くべきなのかしら。出て行くべきなのだろう。そう思うと涙があふれそうになる。

いずれにせよ、すでに宵闇が迫っていた。馬車を呼ぶには遅すぎる。明日、もしもジェイムズが厳しい目でわたしを見たら、出て行こう。

そのためには彼に会わなくてはならない。あの嫌悪の表情にはきっと耐えられないわ。そう思うだけで体がふるえてくる。

あの人は残酷な態度を示したわけではない。暴力をふるったわけでもない。ただ事実を口にしただけだ。娼婦になるという道を選んだ自分がいけないのだわ。

ローズは上掛けをぎゅっとつかんだ。ティモシーの心配は当然だった。友人は身の安全だけでなく、心の安全も気づかってくれたのだ。ジェイムズから距離を置いていたら、これほど傷つくことはなかっただろう。ふつうの客だと思っていたら……。

その代わりに、ふたりでうまく過ごせると信じてしまった。自分をだましてしまったのだ。最初からジェイムズは、これまでのどんな客ともちがっていた。だから、長年かけて築き上げてきた防御の壁をやすやすと乗り越えてしまったのだ。

けれど、自分の愚かさを呪っても仕方がない。明日、帰ろう。でも……。

胸がひどく痛み、息ができなくなった。目をぎゅっと閉じて、ひたすら耐える。ローズは疲れ果て、いつの間にか眠りに落ちていた。

かすかに何かが顔に触れた。目を開ける前からジェイムズだと気づいていた。こんなふうに触る人はほかにはいない。胸がドキドキしてくる。しばらくしてからローズは目を開けた。

部屋はほとんど闇同然だった。暖炉の火だけがほの暗く光り、ベッドわきに座るジェイムズの横顔を照らし出していた。「いっしょに夕食をとってくれるかな？」

どうしていいのかわからないままローズはうなずいた。

上掛けをはがされて、冷たい空気にさらされた。次の瞬間、たくましい腕が彼女を抱き上げた。ローズは腕を彼の首にからませ、頬を彼の肩にもたせかけたまま、ぬくもりを味わった。

そのときハッと気づいた。ジェイムズがドアを蹴《け》って開けようとしている。

ローズは驚いて顔を上げた。「待って。着替えなければ」

「その必要はない」

ドアが開いた。廊下の明かりがまぶしい。「こんな薄いガウン姿で食堂には行けないわ」

「落ちついて」彼がささやいた。「下には降りないから」

その言葉のとおり、ジェイムズは廊下を渡って自分の寝室のドアを蹴り開けた。

二本のろうそくの灯る燭台が小さな丸テーブルの上で輝いている。白いテーブルクロスがまぶしい。カバーをかけたふたつの皿とワイングラスと茶器が置かれている。カーテンは閉じられ、部屋の中はあたたかかった。ミセス・ウェッブが部屋の準備をしたにちがいない。

ジェイムズはやさしく彼女を立たせて椅子へ導いた。「さあ座って、ローズ」

やさしい言葉をかけられてローズは彼の顔を見た。どうしたのだろう。けれど、彼の表情を見ても心の内は読み取りがたかった。

ベルトを締め直し、ガウンのえりもとを整える。それから、礼儀正しく「ありがとう」と言って椅子に座った。

ジェイムズが皿のカバーを取った。豚肉の料理だ。ゆでたジャガイモが添えられている。ワインの瓶もある。栓を抜いて中身をそそぐと、豊かなボルドーワインの香りが漂った。

「料理を気に入ってくれるといいが」こわばった体を見ると、昨夜食事をともにした男性とは別人のようだ。

「おいしそうだわ。ミセス・ウェッブはすばらしい料理人なのね」

「いや、ちがう」そう言ってジェイムズはナプキンをひざに広げた。「ミスター・ウェッブが料理人だ。ミセス・ウェッブのほうはそのほかの仕事を担当している」

だから、昨日到着して以来ミスター・ウェッブの姿を見かけないのだろう。なんだか昨日着いた気がしない。何日も前のことのようだ。

ジェイムズにしたがってローズも食べはじめた。ふた口ほど食べたとき、彼がナイフとフォークを置いて真剣なまなざしを向けてきた。思わず背すじをのばしてしまう。

「今日の午後、きみにひどいことを言ってしまった……」彼は視線を落として深く息をついてから彼女の目を見た。「あんな残酷な言葉を口にするなんて、きみにさげすまれても当然だと思う。自分で自分が許せない」

真実を言っただけなのになぜジェイムズは謝るのだろう。ローズは驚いた。今夜こんな謝罪を受けるとは思いもよらなかった。でも、彼らしいといえば彼らしい。これまで出会ったうちで、ジェイムズは最もまじめな男性だった。心の底から正直でやさしいのだ。

「お願いだ。許してくれ、ローズ。私の謝罪を受け入れてくれるかい?」

鼓動が激しく打っている。彼女はうなずくことしかできなかった。

「ただ……」ジェイムズは眉根をよせ、声を落とした。「ときどきつらくなるんだ。決してきみの最初の男になれないと思うと。だが、二度と八つ当たりしない。約束する」

ジェイムズが最初の男性だったら、とローズはどれだけ願ったことだろう。最初に触れてキスをして愛を交わしたのがジェイムズだったら……。これまで出会った男たちはひとりたりとも彼女の心をふるわせはしなかった。「あなたは、わたしが初めていっしょにいたいと思った男性よ」ローズは告白した。

ジェイムズの緊張した表情がやわらいだ。まなざしがやさしくなり、あたたかな光をたたえている。「ありがとう」彼がうやうやしい態度でささやいた。まるで貴重な宝を手渡されたかのように。

胸がつまって言葉にならない。ローズは微笑んで立ち上がると、彼の手を握りしめた。ジェイムズは手首を返して指と指をからめた。ふたりは何も言わずにしばらくそのまま手を握りあっていた。

やがて、薪がはぜる音がして沈黙を破った。

「冷めないうちに食事をすませようか？」彼が言った。

ローズはうなずいて手を離した。夕食が終わるとジェイムズが近づいてきた。そして、たくましい腕でさっと彼女を抱き上げてベッドへと運んで行った。

15

昨日の雨模様とは打って変わって、食堂の窓から明るい日ざしが差し込んでいる。午前も半ばを過ぎていた。ジェイムズはわくわくしていた。昨日はかなりの時間を机の前で過ごしたが、今日はちがう。ローズとともに休暇を楽しむつもりだ。

右側に座る美しいローズに目をやる。小枝模様のディ・ドレスに身を包み、髪をつつましやかなシニョンにしてえりもとでまとめている。フォークを置いてティーカップに手をのばした彼女は、ひとくち紅茶をすすると微笑みを浮かべた。

昨日彼が口にした思いやりのない言葉をローズは許してくれた。一生感謝してもしたりないぐらいだ。そして昨夜、彼は感謝の気持ちを態度で表した。彼女の体のすみずみまでキスをして、魅力的な場所をこれ以上ないほどにやさしく愛撫したのだ。ローズは体じゅうに悦びをあふれさせ、美しく輝いていた。

だから、深い眠りについたローズが目覚めると朝の十時過ぎだったことも驚きではなかった。また二階へ戻って体で感謝を示しても悪くはない。だが、今日はふたりで外に出たかった。

ローズがカップを受け皿に置いた。

「乗馬はできるかな?」彼はたずねた。

「馬には乗れるけれど、あまりうまくはないわ」

「心配無用だ。レベッカのためにおとなしい牝馬《ひんば》を飼っているから。言うことをよく聞くよ。よければ、池まで馬で行かないか? サーペンタイン湖と同じというわけではないが、うちの池にもガチョウがいる」

「ガチョウを餌にして誘っているの?」ローズが片眉をそっと上げてたずねた。

「一日きみと過ごせるなら、ガチョウだって何だって餌にするさ」

ローズがあげた笑い声が食堂に響いた。「そんな餌は全然必要ないのよ。いっしょに馬を走らせたいなら、ただそう言ってくれればいいのだから」

楽しい気分に水を差された気がした。ハニー・ハウスに彼女を誘ったとき、好きなようにふるまってくれと頼んでいたのに。だがこの二日間、はっきりと口にしていなかった。「いやなら断ってくれていいんだよ。わかっているね、ローズ。好きなように行動していいんだ」自分の意思に彼女が無理に従っていると思いたくなかったし、従わせたくもなかった。

一瞬、ローズの魅力的な微笑みがこわばった。ずっと顔を見ていなければ気づかなかっただろう。

「もちろんわかっているわ、ジェイムズ」

彼は手をのばして彼女の手の上に載せた。「ここに招待したのは、私のわがままにつきあってもらうためじゃない。きみは断りたければ断っていいし、自分の気持ちを正直に言ってくれていいんだ。必要なら私に〝地獄へ行け〟と言ってもいいんだよ」ああ、昨日の午後のことを考えると、ローズに〝地獄へ行け〟と言われても当然だった。ジェイムズは彼女の手をぎゅっと握りしめた。「お願いだから正直になってくれ。そうしてくれれば何よりうれしい。きみに無理強いしているのではないかと心配せずにいられないんだ」

「でも、ただの乗馬――」

「ローズ」彼はさえぎった。「そういうことじゃないんだ」彼の説得にもかかわらず、彼女は視線を落として、使わなかったスプーンを皿の横に置いた。「どうして私に対して正直にものを言うのがそんなに難しいんだい？」

ローズは握られた手を引っ込めはしなかったが、彼が離したらすぐさま戻すだろう。彼女の手は緊張していた。

「わたしに言えるのは、そんな自由をあたえられるのに慣れていないということだけだわ」

か細い彼女の声を耳にして、ジェイムズの心は痛んだ。「ならば、慣れてくれ」やさしく言って聞かせる。「私といっしょのときは、何をしても何を言ってもいいのだよ」〝私といっしょのときは〟――そんな限定は必要ないはずだ。あらゆる女性が誰かに支配されるべきではないのだから。

「ありがとう」ささやくローズの視線が一瞬、彼の視線と交錯した。

「感謝してくれるのはありがたいが、その必要はない」

彼女の唇にかすかな微笑みがよぎった。「必要ないですって？」

「ああ。まったくね。ところで――」指を指にからめる。「乗馬だが。行くかい？　それともやめておく？」

ローズが窓に目を向けた。よく晴れた美しい朝の風景が見える。彼女の唇に心からの微笑みが浮かんだ。彼女を理解しているからこそ、ジェイムズにはちがいがわかった。

「行ってみたいわ」

「よかった。もう食事はすんだかな？」うなずきが返ってきたので彼は立ち上がり、彼女に手を貸して立たせた。「そのドレスはすてきだが乗馬向きではないな。着替えよう」

ジェイムズは玄関広間でミスター・ウェッブを呼び止めて、馬に鞍《くら》を載せるよう頼んだ。ウェッブはただうなずいて玄関から出て行った。召使いの姿を見てもローズは動揺を見せなかった。ここでの暮らしに慣れてきた証であればいいのだが、とジェイムズは思った。

ふたりは二階に上がり、それぞれの寝室に入った。ジェイムズはほどなくして乗馬用のズボンとブーツを身につけ、しばらく廊下でローズを待った。十分以上経ってから彼女が現れた。青色のすばらしい乗馬用ドレスが彼女の細いウエストと官能的な腰つきを際立たせている。

ローズが手袋をはめた手をさしのべ、ふたりは家の隣にある小さな厩舎《きゅうしゃ》へ向かった。中にはいると、通路に立っていた一頭の牝馬が灰色の頭をふたりのほうに向けた。すでに片鞍（両脚を左側に垂らして乗る女性用の鞍）が載せられ、手綱が仕切りの鉄棒に結わえられている。その馬の向こうにいるたくましい鹿毛《かげ》の雄馬にウェッブが鞍を載せている。ジェイムズは牝馬の手綱を取り、外へ連れ出した。

「この馬の名はパンジーだ。レベッカが名づけたんだよ」彼は説明した。

「かわいい名前だわ」ローズは牝馬の鼻をなでた。

「パンジーは妹のいちばん好きな花でね。さあ、乗るのを手伝おう」ジェイムズは両手で彼女のウエストを抱き上げて軽々と馬に乗せ、手綱を手渡した。「おとなしいし、言うことをよく聞く。少し引けばすぐに止まるよ」

ウェッブから雄馬を引き渡されると、ジェイムズはひらりと鞍に乗った。彼とローズは土の道を通って右に曲がり、草地に馬を進ませた。この先に池がある。ローズの様子を確かめながらジェイムズはゆるやかな駆け足で馬を走らせていく。だが心配は無用だった。彼女はうまく馬を乗りこなしている。

しばらくしてふたりは速度をゆるめて馬を歩かせた。

ローズが牝馬の首をやさしく叩いた。「この馬はほんとうに美しいわ」

「きみのほうが美しい」

彼女はうなだれ、つつましやかに「ありがとう」とつぶやいた。降りそそぐ日ざしの下で彼女の姿を見るのは初めてだ、とジェイムズは気がついた。行きの旅路は曇っていた。ああ、光に包まれたローズは神々しいほど美しい。頬がピンク色に染まり、長いまつげが目をふちどり、瞳が青みがかった水晶のように輝いている。黄金色の太陽の光が、濃いチョコレート色をした幾筋かのほつれ毛をきらめかせている。真夜中のような漆黒の髪だと思っていたが、つややかな焦げ茶色も混じっているらしい。

ジェイムズは草地を見わたした。昨日の雨で草がみずみずしい緑色に染まっている。小さな木立の向こうに池がわずかに見える。今日のような日には水が冷たすぎるだろうが、夏になれば水温も上がる。暑く晴れた日に涼しさを求めてよく泳いだものだ。

ハニー・ハウスは、ロンドンの喧噪《けんそう》からの逃げ場所だった。数日でも都合がつけば、いつも訪れていた。ここはおだやかな静けさに満ちている。だが、ときには静かすぎた。結局どこにいようとも、ジェイムズは孤独から完全に逃れることができなかった。

とはいえ今はローズに感謝したい気持ちでいっぱいだった。彼女がそばにいるだけで、孤独が消える。

また馬を走らせようか、とローズにたずねかけたそのとき、ジェイムズはハッと口をつぐんだ。ずっと前方を見ている彼女の目の焦点が定まっていない。幸せそうな表情は消え、その代わり、かすかに眉根をよせている。

「何か気にかかることでもあるのかい？」

「ジェイムズ、あなた、結婚しているの？」

手綱を握る彼の手に力がこもった。「ああ」

彼女がうなずいた。「そうだと思っていたわ」その声には責める響きも不快感も嫉妬もなかった。ただあきらめと納得だけがあった。

「どうしてそんなことをきく？」たずねずにはいられなかった。これまでアメリアのことを口にしたことはなかったはずだ。

「あなたには、不幸な結婚をした男性の雰囲気があるから」ずいぶん控えめな言い方だな、と彼は顔をしかめながら思った。「別居しているの？」

「そこまで幸運ではない。レベッカが結婚したら別居できるかもしれないがね。今のところ……」ジェイムズは草地に目をやった。別居できるかどうかもわからない。レベッカの選ぶ相手次第だ。別居を申し出たら妻はレベッカに八つ当たりするかもしれない。妹が力のある貴族と結婚できたら、アメリアの毒牙《どくが》にかからずにすむだろう。そうでなければ、妻は妹の評判をめちゃくちゃにするにちがいない。うわさ話がひとつでも広まれば、レベッカは社交界から締め出されてしまう。

「どうして妹さんの結婚と関係があるの？」

「なぜならアメリアは……」ジェイムズは〝妻〟と口にできず言いよどんだ。「子爵の娘でね。莫大な財産を築いた私の父は何でも手に入れられたが、爵位だけはだめだった。だから、一族に爵位をと切望している。私は男だから結婚で爵位は得られない。私はただの手段さ。それでも、レベッカのためを思って便宜結婚に同意した。妹は社交界に入って貴族と結婚したがっている。だから、私はアメリアと結婚した。最初から幸せな結婚になるとは思っていなかった。ただ、アメリアがレベッカのデビューを後押しし、結婚相手探しの手伝いをしてくれるという約束を果たしてくれることだけを望んでいる」

「結婚して何年になるの？」ローズがやさしい口調でたずねた。

「三年だ」ため息をつきながらジェイムズは答えた。長い月日だった。

「奥様はあなたのことをあまり好きではないようね」

彼は鼻先で笑った。「むしろ憎んでいる。姿も見たくないらしい。もっとも、社交上の集まりには付いてくるよう言い張っているが。外見だけは取りつくろいたいのだろう。貴族のお仲間たちには、無理やり結婚させられたことは知られたくないにちがいない。平民の商人の息子と結婚しただけでも恥ずかしいのに、借金の形に父親から強制されたと知られたら……」彼は首をふった。「だから、彼女を不快にさせないよう努力している。彼女のルールに従って生活し、彼女の愛人たちに対する意見は口にせず、毎年顔に笑顔を張りつけて社交界の催しに付き添っている」

彼はローズの顔を見て驚いた。そこに浮かんでいたのは同情ではなく、せつなげな表情だったからだ。

「あなたの奥様は愚か者だわ。あなたのような夫を大切にしないなんて」

ジェイムズはぎゅっと目を閉じた。

「ごめんなさい」後悔しているような静かな言葉だった。

目を閉じたまま彼は馬の足を止めた。鞍頭に手を置いて落ちつこうとする。

やさしい手が彼のひざに触れた。「いやな思いをしてきたのでしょうね」

「きみにはわからないことだよ」ジェイムズは唾を飲み込み、こみ上げる涙を抑えた。なんて情けないんだ、おまえは。だから、妻に愛されなかったのか。不幸な結婚に耐えている男ならたくさんいる。だが最初からアメリアは彼の弱点に気づいてそこを突いてきた。辛辣な言葉で正確な攻撃を仕掛け、男としての自信と魂を傷つけた。これ以上ないほどに。「彼女がきみのことを知ったら……レベッカの支援を拒否するだろう」

「でも、奥様には何人も愛人がいるのでしょう。どうしてあなたを非難できるの？」

「私にはそんな自由を許さないからだ。恥ずかしいのだろう。彼女以外の女をほしがってなどいない。彼女を妻にできて幸運だ。私にそういうふりをさせたいのだよ。そもそも、私から彼女に頼み込まなければならなかったんだ」抑える間もなく言葉が口をついて出た。「私は必死で自分の妻に頼んだんだ。ベッドに入れてくれ、と。とうとう彼女が抵抗をやめたときも……その目には嫌悪感があふれていた。それで私は心が切り裂かれたように感じて、最後までいけなかった」人生で最も屈辱的な夜だった。それでもあなた、男なの——アメリアの声が今も耳に響いて背すじが冷たくなる。「それから何カ月も罵倒《ばとう》された」

彼は腕をかたわらに下ろし、ローズの手を探り当てて握りしめた。彼女に触れて力づけてほしかった。これまで、ジェイムズは結婚の真相を誰にも打ち明けたことがなかった。男としての誇りを妻に奪われたことを恥じていたのだ。妻の攻撃に彼は耐えるしかなかった。

ローズなら信頼できるとわかっていた。だからこそ真実を打ち明けた。まぎれもない真実を。彼女ならばかにしないだろう。

ローズは何も言わなかった。ただじっと手を握りしめてくれていた。やがて、ジェイムズは落ちつきを取り戻した。

馬が身じろぎしてジェイムズはハッとした。立ち止まったままだった。彼はローズの手を軽く握ってから離した。「暗くなる前に池に行こう」

うなずきが返ってきた。ふたりは野原を走り、小さな木立を抜けて池にたどり着いた。ガチョウが水面をすべるように泳いでいる。地面に降り立ったジェイムズはローズに手を貸して馬から降ろし、二頭の馬を近くの木につないだ。

彼は上着を脱ぐと、草深い岸辺にある倒木の上に広げ、彼女に座るよう手招きした。

「きみの質問には全部答えたから、きみも答えてくれるかな？　ひとつだけ質問するから」隣に腰をかけて彼はたずねた。

ローズが肩をこわばらせた。まるで何をきかれるかわかっているかのように。彼は待った。

彼女には答えない自由がある。だが、十日もともに過ごしているのに彼はローズのことをほとんど知らない。美しい肉体には自由に触れさせてくれるのに、自分のことは隠している。ジェイムズは心の底からローズという女性を知りたかった。

「いいわ。質問してちょうだい」

「なぜマダム・ルビコンの館で働いているんだい？」

「お金のためよ。ほかに理由なんてないわ」ローズは地面に生えた草を一本ちぎって指にからめた。それ以上教えてもらえないのか、と彼が思った次の瞬間、彼女が肩をすくめ、いかにも気軽な調子で口を開いた。「女が人生で選べる道は少ないの。結婚は選べなかったわ。わたしの必要を満たしてくれるほど裕福な男性の知りあいはいなかったから。母はわたしが子どものころに亡くなって、その五年後、父も亡くなったの。多額の借金を残してね。それに弟もいたわ。ダッシュというの。今、十八歳だけれど、父が死んだときはイートン校に入るところだったわ。わたし、父が賭博で財産を失ったばかりか借金まで残したことを、どうしても弟に言えなかったの」

「どうして？」

ローズがすばやく顔を上げた。驚いた顔でジェイムズを見ている。「ダッシュが父を尊敬していたからよ。地所を借金の形にするような無責任な父親だったなんて言えなかったわ。十三歳の少年に父親の死を告げるだけでもつらかったのに。それ以上は酷というものだわ」

まるで彼女がこの世でひとりぼっちであるかのような口ぶりだ。すべての重荷が彼女の細い肩にのしかかったのだろう。だが、ほかに面倒を見てくれる人はいなかったのか。「助けてくれる家族や親戚《しんせき》はいなかったのかい？」

「ええ。ダッシュとわたしだけなの」

父親が地所を持っていたとなれば、ローズは良家の出身ということだ。「だがお父上が亡くなったとき弟さんが十三歳だったとすれば、後見人が指名されていて、弟さんが成年になるまで地所の管理をしてくれるはずではないのか？」

「法的にはおじがわたしたちの後見人よ。でも、おじはアメリカに住んでいるの。いずれにせよあまり好きな人ではないわ」ローズが鼻にしわをよせた。「地所が残っていたとしても、おじの手にかかったら利益をしぼり取られていたでしょうね」

「マダム・ルビコンの館で働くようになって何年になる？」

ローズは新しい草を摘んで、手にからめた。「四年よ」目を合わせようとしない。

ジェイムズが支払った金額からすると、たとえ月に七日としてもひと財産築けただろう。

「まだ働く必要があるのかい？」

ローズがうなずいた。「借金は返せたわ。今は父が賭博で失った財産を取り戻そうとしているところ。でも、田舎の屋敷が……」ため息をもらす。「父は収入を得られるような財産をすべて賭博で失ったの。だから、地所から利益は得られないわ。それに、ダッシュにもお金がかかるし。次の学期になったらあの子も大学に戻ってくれると思っているの」

　ジェイムズは片眉をつり上げた。「弟さんは大学をやめたのか？　それとも退学させられたのか？」

「いいえ、退学じゃないわ。あの子はしばらくロンドンで暮らすと決めてしまったの」

「きみはそれを許したのか？」

「わたしはあの子の母親でも父親でもないわ。弟は好きなように生きているの。まだ若いし。あなたにも想像がつくでしょう。若い紳士にとってロンドンがどれほど魅力的か。ただ、レース用の二輪馬車を買うようなまねはしてほしくなかったけれど……」そこで言葉を切り、あきらめたように肩をすくめる。「どうしようもないわ。やってしまったことは」

　ジェイムズはがく然とした。「きみは弟さんを甘やかしている」

　侮辱と受け止めたのか、ローズが毅然とした姿勢を見せた。「そんなことないわ」

「いや、甘やかしている」

「いいえ。わたしはただ弟が本来得られるはずの機会を提供してあげているだけよ。弟に父親の過ちの尻ぬぐいをさせるわけにはいかないもの」

「ならば、きみがひとりで重荷を背負うのは正しいことだと言うのか？」

「わたしは姉よ。あの子の唯一の家族なの。弟の面倒を見るのはわたしの責任だわ」

「面倒を見るのと甘やかすのとはちがう」ダッシュが姉のローズに似ているなら、きっとハンサムだろう。その種の若者をジェイムズは舞踏会でいやになるほど目にしてきた。一族の資産を当てにしてロンドンで遊びまわる若い男たち。たいてい何の責任感も持ちあわせていない。

「きっと弟さんにきみの仕事のことは伝えていないのだろうね」

「もちろん言っていないわ」とんでもないとでも言いたげにローズが笑った。「学校に行くようになってから、弟はめったに家に帰らないの。実際もう何年も帰って来ていないわ。いつか弟が屋敷の管理ができるような歳になるまでに、資産を増やしておきたいの。あの子には知られずに」

「どうして弟さんに隠しつづけるんだ？　もう十八歳なんだろう。責任を担っていい年齢だ」

ローズはすばやく首をふった。まなざしに不安が宿っている。取りつくろっていた虚勢が消えた。「そんなことできないわ。父が亡くなって以降どうやってしのいできたか、きかれてしまうもの」彼から目をそらしたローズは顔を伏せ、背を丸めた。「……弟には絶対に知られたくないの」

恥ずかしさに満ちた声を聞いて、ジェイムズは心が切り裂かれる思いだった。ああ、ローズを叱《しか》りつけるなんて、なんと愚かなことをしてしまったのだろう。アメリアと結婚すべきではなかったと、ローズは言ったりしなかった。ただ無言のまま静かに理解してくれた。それもこれも、誰かのために自分を犠牲にすることを知っている女性だからだ。

ジェイムズは彼女を抱きよせて頭のてっぺんにキスをした。ローズの体がふるえた。「わかっているよ。ときには誰かのために自分の望みを捨てなければならないことがあるのは」

彼はローズをぎゅっと抱きしめた。やがて、彼女の体から緊張が抜けていった。彼女は彼によりかかり、頬を彼の胸に押しあてた。

マダム・ルビコンの館に初めて足を踏み入れたとき、ローズはどんなに心細かっただろう。良家の若い娘が身を売る決心をしたのだ。だが、自分は買う側にいた。マダムの机に札束を置いたのだ。ほかの多くの男と同じように。だが、あの館に行く前にローズが男の手に触れられていなければいいが、と思わずにいられなかった。

いや、すでに触れられていたのか。

ジェイムズは眉をひそめた。数が合わない。

五引く四はゼロではない。

「ローズ、マダム・ルビコンの館で働きはじめたのが四年前なら、弟さんがイートン校に入学した初年度の費用はどうしたんだ？」

緊張がよみがえり、よりかかった彼女の体がこわばった。ローズは体を離してスカートを直した。

ジェイムズはあえて問いつめはしなかった。しばらくしてローズがあきらめたようにため息をつき、ひざに両手を置いた。

「ずっとあの館で働いていたわけではないの」いかにも話しにくそうだ。「初めてロンドンに来たとき、庇護者を探すつもりだったのよ」

「それで？」

「今日は、あなた、とても好奇心が強いのね」彼女はジェイムズの返事を待たなかった。「そう、庇護者は見つかったわ。ふたり。最初の庇護者は長くつづかなかった。奥様がいると教えてくれなかったから。ふたり目は……あの人のせいでマダムの館に行くことになったの」手もとに目を落としてローズは手袋の裏のボタンをなでた。唇の両端がわずかに引きつっている。

「あわてて選ぶべきではなかったのよ。でもビルトモア卿とは数週間しか過ごさなかったし、わたしのほうから別れたから、いただいたのは少しの装飾品だけだったわ。でも、イートン校の校長から授業料の督促状が届いたり、債権者から手紙が来たりして。家までやって来た人もいたわ。時間の余裕はなかった。あの人は紳士に思えたわ。でも……」

それ以上言う必要はなかった。ローズは見るからに体を硬くして、眉根をよせた。体がふるえている。

「一年いっしょにいたんだね？」

ローズはこくんとうなずいた。

「その男のせいでマダム・ルビコンの館を離れたくない。そういうわけか？」彼女が娼館の部屋を離れたくなさそうな様子だったのも、今なら納得がいく。

唇をかみしめながらローズはふたたびうなずいた。美しい顔に不安があふれている。「あの人はわたしを決して離さないと言ったの。だから、夜中に着の身着のままで逃げ出してマダムの館に行って契約を交わしたわ。マダムは雇い人をひとり手に入れて、わたしはあそこで安全を手にしたの。必要なら客を選べるという条件で」

「その男の名前を教えてくれ」ジェイムズは激しい口調もあらわにたずねた。

「なぜ？」

「殴られた側がどんな気持ちになるかそいつに教えてやる」

ローズが首をふった。「だめよ。もうわたしのことなど忘れているわ。今さら思い出させたくない」

こみ上げる怒りを抑えるのにかなりの意志の力が必要だった。ローズをこわがらせたくはないのに。自分を恐怖の目で見つめる彼女の姿は見たくない。「なぜそんな目に遭うのか、そいつにわかるはずがない。重要なのは暴力をそいつの体にたたき込むことだ」

「お願い、やめて、ジェイムズ」ローズが彼の腕にすがりついて懇願した。「そんなふうに思ってくれるのはうれしいけれど、もう終わったことなの。あの人の素性がわかっても何もいいことはないわ」

「そいつはきみに暴力をふるった」

「でも、もう二度とわたしに暴力をふるえないわ。マダム・ルビコンが彼をよせつけないと約束してくれたの。あそこにいればわたしは安全よ」

急にローズの手を離すと、ジェイムズはさっと立ち上がった。何もできないいらだちが心に渦巻いている。「娼館のマダムに守られるなんてばかげている。ああ、きみはあそこにいるべきじゃないんだ、ローズ」拳を握りしめて息を荒らげながら彼女を見つめる。

ローズはうなだれて自分自身を抱きしめた。

こわがっているのだ。そう気づいた瞬間、ジェイムズの怒りは消えた。

なんてことだ！　ローズに向かって怒鳴ってしまった。自分はいったいどうしたのだ？

ジェイムズはひざまずいた。触れようと手をのばしたとき、ローズが一瞬たじろいだのを見て、彼は心が引き裂かれる思いを味わった。「きみにはもっといい人生がふさわしい」ささやく彼の声はふるえていた。「きみを傷つけた男がのうのうと暮らしているかと思うと、心が張り裂けそうだ」ジェイムズは深く息をついて落ちつきを取り戻し、手のふるえを押さえた。どうか、どうか許してくれ。「すまない、ローズ。きみに怒鳴ったりして。きみは何も悪いことなどしていないというのに」そう言って彼女のそばに腰を下ろし、つぶやいた。「こっちにおいで」

ローズはまだうつむいていたが、ジェイムズに近づいてその胸に顔をうずめた。

彼の心に安堵感があふれた。まだ信頼を失っていなかった。

そのままふたりは黙って座っていた。やがて、ガチョウが池の反対側へと移動し、近くの木立の影が長くのびていった。ジェイムズはローズの頭のてっぺんに唇を押しあてた。

「私たちは奇妙な組みあわせだね。そう思わないかい？」

胸に押しあてられた彼女の顔が微笑んでいるのがわかる。「ほんとうにそうね」

「そろそろ戻ろうか？　ウェッブが夕食を用意しているころだ」

「わかったわ」ローズが答え、彼を見上げた。

たった一度だけの甘いキス。二度目のキスをすれば、ふたりは夕暮れまでにハニー・ハウスへ戻れなくなる。魅力的な赤い唇から唇を離してジェイムズは彼女を立ち上がらせた。手袋をはめた小さな手を片手で握り、もう一方の手で上着を持ちながら、彼は彼女とともに馬のほうへ足を向けた。

16

ショールを肩にかきよせて、ローズは錬鉄製のベンチから立ち上がった。ここは裏庭のテラス。危ぶんでいたように曇り空は晴れず、ベンチに座って数分後には霧雨が降ってきた。昨日の太陽はたった一日しかもたなかった。イングランドの春らしい天候だ。それでも、昨日の午後ジェイムズとともに池のほとりで過ごせたのは幸いだった。今日は一日じゅう家の中に閉じこめられるだろう。とはいえ、それで困るわけでもない。こういう日にはこういう日なりの過ごし方がある。

ローズは裏口のドアを開けて家の中に入ると、厨房わきにいたミスター・ウェッブにうなずいてあいさつし、書斎へと向かった。はっきり口にしたわけではないけれど、ジェイムズが結婚以来ひとりも女性とつきあったことがないのはわかっていた。すばらしい休暇を過ごさせてあげなくては。ローズは決意を新たにした。あの人にはその資格がある。本人の言葉を聞くかぎり、彼は仕事以外のことをほとんど何もしてこなかったようだ。ふたりで過ごした初めての夜、毎日起きている時間は事務所で過ごすのが常だと言っていた。あのときは、おかしなことを言う人だと思ったが、今になってみれば自宅より事務所を好むわけがよくわかる。

ときには誰かのために自分の望みを捨てなければならないことがある、とも言っていた。ジェイムズはほかの人のために自分を犠牲にする人だ。そういう思いを、ローズは身に染みて理解していた。そして、また彼はそんな態度を見せてくれたばかりだった。

昨夜、静かな夕食のあと、彼は自分の寝室にローズを連れて行ったが、ただキスをしただけだった。それ以上のことを求めようとしなかった。今朝もまたジェイムズは自制していた。欲望を感じているのは明らかだった。彼がキスで起こしてくれたとき、屹立《きつりつ》したものを太ももに感じたのだ。けれど、ローズが彼の肌に触れた瞬間、ジェイムズは身を引いた。体が熱くほてっているにもかかわらず。彼女の額に一回だけキスをしたジェイムズは、すばやくベッドから降りて「もうすぐ朝食だ」と口にしたのだった。

あの人のすてきなところのひとつだわ。わたしのために欲望を抑えてくれたのだ。昨日の午後出かけてから、ローズは無防備になったような気がしていた。心地よい気分ではない。ジェイムズに秘密を明かすのは簡単なことではなかった。実際、これまでで最高に難しいことだったといえる。けれども、彼を信頼してすべての質問に答え、自分をさらけ出した。そして代わりに得たのは共感そのものだった。

たしかに、手を握って理解を示してくれただけではない。ダッシュについてジェイムズには彼なりの意見があるし、ローズにしてもウィートリー卿のことは伝えられなかった。もしも名前を教えたら、ジェイムズはウィートリー卿を絞め殺しかねないからだ。それでも、ジェイムズの反応はうれしかった。守ってくれる人がいる幸せを感じずにはいられない。

昨夜ジェイムズは、彼女が安らぎを必要としていると感じとってくれたのだ。忍耐と意志の力によって。彼は己の欲望を抑え、ローズのほうから近づいてくるのを待っている。

ローズは彼にわが身を捧げたかった。朝食のあいだ胸もとに釘付けだった彼の視線を思い出しても、ジェイムズが彼女をほしがっているのは明らかだった。

微笑みながらローズはオーク製のドアを軽く叩いた。


ジェイムズはデッカーから送られた書類に目を通し、返事を書いていた。

ドアをノックする音に彼は答えた。「お入り」

戸口に現れたのはミセス・ウェッブではなくローズだった。クリーム色のショールをはおっている。別れてから十分も経っていない。仕事を中断されてもまったく気にはならないが、池で話しあったあとの動揺した様子を見ていたので、突然のことに彼は不安を覚えた。

「何か用事でもあるのかい？」

「ええ。今日はお天気がよくないわ」顔を窓に向ける。「少し休憩したいのではないかと思って来たの」

先ほどまでの無口な気配はすっかり消え失せ、傷つきやすさを秘めた微笑みも今は自信に満ちている。昨日の夕食時にはもろく壊れそうな様子だったのに、今目の前にいるのは落ちついたひとりの女性だった。

急な変化に驚いたジェイムズはハッと口を開けてからすばやく閉じた。薄青の目にじらすような輝きが浮かんでいる。何かたくらんでいるようだ。だが、彼は勘ちがいしないよう慎重に対応した。「どういう休憩かな?」軽い口調でたずね返す。

ローズは答える代わりにドアを閉めて鍵をかけた。

ジェイムズの期待が高まった。ペンを手から落とし、デッカーへの手紙のこともすっかり心から消えた。ローズがカシミアのショールを肩から外し、床に落とした。意味ありげに腰をゆらしながら近づいてくる。それでも……ふたりは書斎にいる。「ここで、か?」

彼女は机をまわってきた。端を指でなぞりながら。男性自身がびくんと反応した。今朝、一瞬かすめたあのたくみな指の感触を思い起こさずにはいられない。あのときは無理やりベッドから起き上がって逃れたのだった。

「ええ、ここで」ローズが片方の眉をつり上げた。「だめ?」

「そんなことはない」ジェイムズはすばやく答えた。ローズが望むなら何でもしたい。立ち上がろうとすると、彼女が椅子のひじ掛けに手を置いてはばんだ。「このままでいいのか?」

ジェイムズは息をのむと同時に、抑えのきかなくなりそうな欲望に身をふるわせた。ああ、どうかイエスと言ってくれ、ローズ。

彼女が魅力的に微笑んだ。「もちろん」そう言って彼の開いた脚のあいだに体を入れてあごに手をのばした。「昨夜はありがとう」一瞬、真剣な表情が彼女の顔に浮かんだ。「あなたが思っているよりずっと心に染みたわ」そう言うと、指先で彼の上着をなでて、耳もとにささやいた。「でも、あなたがほしかった」

ジェイムズは低いうめき声をあげた。ローズがズボンの前垂れごしに硬くなった男のものを手のひらで包んだからだ。「ああ、ローズ。私もきみがほしかった」

「このままつづけたい？」

ジェイムズは腰を浮かせて彼女の手のひらに彼自身を押しあてた。「きみに答えを握られているよ」

「そうね」

ローズを抱きよせて一方のひざの上に載せると、彼女の楽しげな笑い声が弾けた。ふたりは激しく唇を求めあった。抑えつけていた欲望が血潮となって彼の体のすみずみまでほとばしった。まるで最後に彼女を抱いたのがたった二十四時間前ではなく、数年前だったかのように。あわただしくふたりは最小限の部分だけあらわにした。ズボンの前部を開き、スカートをまくり上げる。熱く濡れた場所はすぐ近くにあるのに遠く離れているような気がした。欲求不満がつのった。くそっ、椅子のせいだ。ひじ掛けが邪魔をしてローズをまたがらせることができない。

ジェイムズは唇を引き離した。「ちょっと待ってくれ」ぶっきらぼうにつぶやく。ローズを両腕に抱いたまま、彼は立ち上がった。彼女は両脚を彼の腰にからみつかせ、両手を彼の首にまわした。ジェイムズは魅力的な尻を両手でつかみ、己のもので彼女をつらぬいた。

「ああ、ジェイムズ」あえぎ声とともに彼の名前が唇からこぼれ落ちた。彼自身を包み込む濃厚な蜜のように心をとろかす言葉だ。

すばやく場所を変えたジェイムズは、ローズの体を近くの壁に押しつけて深く鋭い一撃をあたえた。頭の中で〝ゆっくりやれ。やさしくするんだ〟という声が響いているが、高まるローズの声を耳にして、どうしても突き上げるのをやめられない。彼女は両手で彼の肩にしがみつき、激しい動きに合わせて腰をゆらしている。

熱い肉に締めつけられ、ドレスごしに乳房を胸に押しつけられ、小刻みなあえぎ声が風のように首に当たる。ものすごい勢いでジェイムズは頂点へと追いやられていった。早すぎる。激しすぎる。

彼はローズを机に載せると、ひざまずいて彼女の脚をさらに開いた。そして、花芽を唇に含んだ。じらすゆとりはなかった。舌先を使う余裕もなかった。ローズに悦びを感じさせなければ。ジェイムズは激しく花芽を吸った。彼女をクライマックスへと導くのだ。さもないと、このまま精液を床にぶちまけてしまう。全身全霊でピンク色のつぼみを愛撫し、高みへ昇りつめさせよう。

その瞬間がやって来た。ジェイムズは男性自身を握りしめて立ち上がった。愛液でまだ濡れている。ぎゅっとつかんだとたん、真珠のように白い精液が赤黒い亀頭から放射されて、ローズの内ももを濡らした。

机の端をつかんだジェイムズは頭を垂れて息をつこうと努力した。ひざがふるえる。やがて彼はなんとか頭を上げた。

机の上でローズが両手で体を支えている。両脚を広げ、濡れて光る女の裂け目をあらわにしたまま。犯された女そのものの姿だ。きれいに積み上げてあった書類の山が周囲に散らかっている。彼女の髪は乱れに乱れていた。紅潮したその顔をほつれ毛がふちどっている。

こんな衝動的なことをしたのは初めてだ。立ったまま愛を交わすとは。ああ、だがなんと気持ちがいいのだろう！　欲望のままにふるまうのは。くそっ、立っているのもやっとなのに、まだローズがほしい。笑いがこみ上げてくる。

「きみはすばらしいよ、ローズ」

満ち足りた微笑みが彼女の唇に浮かんだ。甘い声をもらしながらローズは彼の顔を引きよせてキスをした。「休憩は楽しかった？」

「ああ、とてもね」毎日、こんな退廃的なひとときを過ごせればいいのに。ジェイムズはそう思わずにいられなかった。

彼は机の引き出しからハンカチを取り出してローズの脚にかかった精液をぬぐうと、ハンカチをゴミ箱に捨てた。そして美しい脚に腰をからめとられたいという欲求に負ける前に、彼女を机から下ろしてズボンのボタンを留めた。

ローズがスカートを下ろし、さっと髪を直してシニョンにした。「お仕事の邪魔をしないように出て行くわ」

「出て行かなくていい。ここにいてくれ。まだ雨が降っているから裏庭のテラスにはいられないだろう。ここには……」机の上の新聞を押しやる。「『タイムズ』紙があるし、いろいろ本もある」そう言って彼は本棚に手を向けた。

「ほんとうにいいの？」ローズが机の上に目をさまよわせた。「お仕事があるのに」

「きみがここにいても仕事はできる」彼はローズの手を握りしめた。「そばにいてほしい」

彼女は空いたほうの手で口もとを押さえ、顔を伏せた。

「ローズ？」ジェイムズは不安になった。何か悪いことを言ってしまったのだろうか？

見上げた彼女の目に浮かんだ涙を見て、ジェイムズは心を打たれた。「そんなすてきな言葉を言ってくれたのは、あなたが初めてよ」彼女がささやいた。

「ああ、いとしいひと《スイートハート》」ジェイムズは彼女をぎゅっと抱きしめた。

しばらくしてからローズが彼の目を見た。ほんの少し微笑んでいる。もう涙は消えていた。

「わたしもあなたのそばにいるのが好きよ」

ジェイムズはくすくす笑い、彼女の額にキスをした。「私たちはぴったりの組みあわせだね」

「ほんとうにそうだわ」

霧雨の細かいしずくが書斎の窓ガラスに張りついている。午前も半ばを過ぎたが、空はまだどんよりと灰色だ。いかにもあたたかな暖炉のそばにいたくなる天気だった。ローズは靴を脱いでショールをひざにかけ、座り心地のいい革張りの長椅子に丸まっていた。向かい側にある暖炉の薪がはぜて音を立て、よどみなく燃える炎が部屋の寒さを追い出している。

『タイムズ』紙のページをめくり、最近のできごとにまつわる記事に目を通してから広告をながめた。とある紳士が、火曜の昼にパン屋のミラーズで見かけた紫色の帽子をかぶったレディを探している。

ぱらぱらと新聞をめくる音につづいて、手紙を書くさらさらというペンの音がする。ジェイムズだ。最初、ローズは書斎に残る気になれなかった。ハニー・ハウスに到着したとき、毎朝数時間、事務所から届く郵便物に目を通さなければならないと彼から言われていたからだ。それだけが休暇を妨げることだった。ローズはこれ以上仕事の邪魔をしたくなかった。けれど、うれしそうな彼の目を見た瞬間、幸せを感じさせてあげたいと思ったのだった。

こんな雨の日にジェイムズのそばで過ごすのは彼女の望みでもある。

微笑みながらローズはテーブルの上にあるティーカップに手をのばして、ひとくちすすった。数分後、軽くドアを叩く音がしてローズは目を上げた。

ミセス・ウェッブが少しだけ開けたドアから白髪交じりの頭をのぞかせた。「ミスター・アーチャー、郵便物が届いております」

ジェイムズが手をひるがえして入るよう合図した。家政婦は包みを机の上に置き、近くのキャビネットの上にあったコーヒーポットから彼のカップにコーヒーをそそいだ。

「お茶のおかわりはいかがですか、ミス・ローズ？」

感謝の笑みを浮かべながらローズは断った。

「今夜の夕食に召し上がりたいものはございませんか？」

ローズはジェイムズを見た。問いかけるような彼の視線に肩をすくめる。彼さえいてくれればどんな食事でもかまわない。

「鶏はどうかな？」ジェイムズが言った。

ローズはうなずいた。「おいしそうね」

「では鶏料理を頼むよ」彼がミセス・ウェッブのほうに顔を向けた。「ローズマリーといっしょに焼いたのがいいな。前回食べたが、あれはとてもおいしかった」

「そうでしたね」ミセス・ウェッブがうなずいた。「承知いたしました」家政婦は部屋を出てドアを閉めた。

ローズは新聞に目を戻し、ジェイムズは郵便物の整理に取りかかった。彼がたてる物音が妙に心地よい。書類をめくる音。椅子がきしる音。ジェイムズが楽しげにくすくす笑った。

「いい知らせ？」

彼は手もとの手紙から目を上げた。「妹のレベッカからだ。まだシーズン前だというのにロンドンでかなり楽しんでいるようだ。買い物やら午後の訪問やらで大忙しらしい」

ローズはハイド・パークで出会った彼の妹のことを思い出した。美しくいきいきとした若い女性。一度しか会ったことがないし、ほんの少し声をかけられたにすぎないけれど、とても感じのいい人だったという記憶がある。

「きみによろしく伝えてくれ、と書いてある」

「ほんとうなの？」そう言ってローズは黙り込んだ。

ジェイムズがうなずく。「出発する日にうれしくてつい態度に出てしまったらしい。それに、妹はきみに強い印象を受けたようだしね。実際、ミス・ローズもハニー・ハウスへ行くのか、ときかれたよ」彼は手紙をたたんで引き出しに入れた。「きかれたときには少々あせったな」

そう言って彼は別の手紙を手に取り、銀製のレター・オープナーで封を切った。

「わかるわ」ローズはつぶやいて、ひざの上の新聞に目を落とした。みるみる幸せな気持ちが消えていく。

ああ、妹さんにわたしを紹介しなければならない状況にジェイムズを追いやったのは、わたしだわ。育ちのいいお嬢さんがわたしのような女と知りあいになるべきではなかったのに。

ローズは罪の意識を感じた。湖のほとりで出会ったときジェイムズに微笑みかけてはならなかったのだ。軽くうなずいて背中を向ければ、恥ずかしい思いをさせずにすんだ。あの瞬間の記憶が心の中に焼きついていた。あのとき彼の目に浮かんだ微笑みが一瞬ののち消え、眉間にしわがよった。そして彼は近づき、ためらってから彼女を妹に紹介したのだった。

ジェイムズはいつも紳士で、わたしを軽んじはしない人だ。だから知らんぷりできなかった。それでも、まともな社会ではわたしを紹介することなど忌むべきことなのに。

ジェイムズは妹さんにわたしのようになってほしくはないだろう。それに、わたしに付き添うことも誇りには思うまい。

ずきんと胸が痛んだ。思いもよらない領域に足を踏み込んでしまった。それはもはやローズ自身が否定できない真実だった。

絶対にしないと心に決めていたことをしてしまった。

激しい苦しみが心の底からわき上がり、彼女の目に涙が浮かぶ。つらくてどうしようもない。今すぐ書斎から出て行かなければ。

ていねいに新聞をたたんでかたわらに置くと、ローズは靴を履いた。何度か息を整えて、もう大丈夫と思えるようになってから口を開く。「申し訳ないけれど、少し疲れたので休ませてもらうわ」

郵便物から目を上げて、ジェイムズが満足げに微笑んだ。いつもの彼らしい微笑みを目にしてローズはなんとか感情を隠した。「わかったよ、ローズ。引き止めたりしないから。今日はつきあってくれてありがとう」

広い家ではないのに、二階への道のりが遠く感じられた。脚に力が入らない。無事に寝室までたどり着けるだろうか。

やっとのことで寝室までやって来ると、ローズはドアを閉じた。ノブに触れる手が明らかにふるえている。

そのままの姿勢でひんやりしたドアに頭を押しつける。

「愛しているわ」ローズはささやいた。一度は口にせずにはいられなかった。魂を締めつける強烈な力を言葉にして解放しなければ……。

ジェイムズに恋をしてしまった。

あの人はお客なのに。

胸を引きちぎられるような苦しみがうめき声となって口をついて出た。ローズはノブをぎゅっと握りしめた。床の上に崩れおちないように。かつて苦しみに浸りきったことがあった。立ち直って以来、二度とそんなまねはしないと心に誓った。彼女はその誓いにすがりついた。

乱れた息が部屋の中に響いている。どれほどの時間が経っただろうか。やがてローズは意志の力をふりしぼり、深く息を吸い込んでから長い時間をかけて吐き出した。そして、ノブから手を離してドアの前から移動した。

明るい黄色の室内を見るだけで、涙がふたたびあふれ出そうになる。ここにいてはいけない。

ジェイムズと夫婦のふりをするなんて。娼婦のわたしが……。

彼といっしょにいること自体が危険だった。いっしょにいればいるほど、もっとほしくなる。少女のころから夢見てきた理想の夫としてジェイムズを見てしまう。やさしく見守り、その腕に抱きしめてくれる男性。まるで一生わたしを離したくないと望んでいるかのように。

けれど、そんなことは起きようがない。

どんなに望もうと無理な話だ。心から彼がほしい。ただそばにいたい。

けれど、ふたりだけの時間は限られている。閉じたドアの中で過ごすいくつかの夜。人目を避けて会う何日かの昼。ジェイムズに出会った瞬間からわかっていたことだ。でも、何年も前に決心していたのは、ダッシュを優先すること。責任をまっとうすることだった。

そもそもジェイムズとふたりきりで旅をするべきではなかった。決して実現しない夢のかけらを目にしてはいけなかったのだ。ああ、二日目の晩、あのまま彼を手放せばよかった。そうすれば、これから一生背負わなければならない苦しみを味わわなくてすんだのに。

教訓を学んだ今、二度と過ちをくり返すわけにはいかない。

ローズはベッドサイド・テーブルの上の時計に目をやった。まだ昼前だ。何をすべきかはわかっている。今すぐはじめなければ。

17

ジェイムズの目は机の上の報告書からローズのいない革張りの長椅子へとさまよった。何回目だろう。ローズのもとへ行きたい。今、彼女がベッドにいると思うと、書類に集中できない。ジェイムズはペンの端で机をトントンと叩いた。ここに座っていてもどうしようもない。ベッドの上で午後をのんびり過ごすというアイデアが心に浮かんだとたん、頭から離れなくなった。ローズと肌を合わせ、キスをして触れあおう。今度はあせったりせずに。

ここにいても楽しいわけではない。だが今日はここで楽しい思いを味わってしまった。ついさっきまで、机の上で彼女が両脚を開いて彼の肩に載せていたのだ。ジェイムズは唇を舌先でなめた。まだローズの味わいが残っている。

欲望が頭をもたげてきた。愛を交わしてから二時間も経っていないのに、もうローズがほしくなっている。どれだけ抱けば彼女に満足できるのだろうか。

思わずこみ上げる笑いにジェイムズは首をふった。

いや、いつまで経っても飽きる日は来ないだろう。

彼はインク壺のわきにある銀のペンホルダーにペンを差し込んだ。報告書などどうでもいい。午後のひとときをローズとベッドで過ごしたからと言って誰にとがめられるわけでもない。いずれにせよ午前のうちにある程度の仕事を終わらせていた。ローズを悦ばせてもいいころだ。

机に両手を載せて立ち上がろうとしたそのとき、ドアをノックする音がした。

ローズだろうか。

ちがう。彼女は三十分ほど前に二階へ上がったはずだ。何でもローズに結びつけずにいられない自分に彼は苦笑した。すっかりのぼせ上がっているな。だが、悪い気分はしなかった。

「お入り」彼は声をかけた。

ドアが開いてミセス・ウェッブが姿を見せた。暗い表情を見て彼は驚いた。

「何かまずいことでも起きたのか？」

家政婦がうなずいた。「ミスター・アーチャー、お客様がお帰りの支度をなさっています」

聞きまちがいだろう。「なんだって？」

「ミス・ローズです。お帰りになるご様子で……」

その言葉を裏付けるように、蹄と車輪の音が書斎の窓から聞こえてきた。明らかに馬車が玄関ドアの前に向かおうとしている。

あまりの衝撃にぼう然としたジェイムズは、すぐさま机から立ち上がった。そして、ミセス・ウェッブのわきをすり抜けるようにして大またで書斎を出て行った。

小さな玄関広間に立つローズの姿を見て、彼はあわてて足を止めた。黒っぽいマントをはおった彼女が手袋をはめようとしている。ミスター・ウェッブが彼女のかたわらにあるトランクを持ち上げて外へ運んだ。

玄関ドアが閉まる音がして、ジェイムズはハッとわれに返った。「どこへ行くんだ？」答えは聞くまでもないが、「なぜ出て行くんだ？」とはどうしても言えなかった。そんな言葉を口にすれば、すべてが現実になってしまいそうだったからだ。

ローズが手袋の端をつまんだまま動きを止めた。その横顔には何の表情も浮かんでいない。目を伏せている。「ロンドンに帰るのが最善だと思ったの」低く慎重な口ぶりだ。

心の中にあった疑問がつい口をついて出た。「なぜだ？」

ローズの視線が玄関広間を見わたし、彼の肩に留まったかと思うとすぐに手もとへ戻った。手袋を最後まではめると、彼女は両手を握りしめた。「いつでも帰りたいときに帰っていいとおっしゃっていたわ」ジェイムズのほうは見ず、玄関ドアを見つめたまま言う。「今すぐロンドンに帰りたいの」

ジェイムズの心は混乱状態に陥った。いったいどんなまずいことをしてしまったのだろう。ふたりは今朝すばらしい朝を過ごし、ローズも満足していると思っていたのに。彼は彼女のかたわらまで歩を進めた。「理由を説明してくれてもいいと思うが……」

ローズが言いようもなく悲しげなまなざしで彼を射抜いた。「出て行かなければならないの」

ささやくような声がせつなげにふるえている。

ジェイムズは彼女を両腕できつく抱きしめるつもりだった。だが今、彼女は触れれば壊れてしまいそうな様子を見せている。

明らかにローズは動揺している。理由が何なのかさっぱりわからなかったし、ミセス・ウェッブが廊下にいる状態では、これ以上詳しい話を聞き出すのは無理だろう。

「いいだろう」心の内とはまったく逆の言葉を口にした。ほんとうはローズをどこにも行かせたくない。だが、約束は約束だ。帰りたいという彼女の望みを断るわけにはいかない。

ローズがマントの頭巾をかぶった。差し出した彼の腕に手を載せるのに彼女が見せた一瞬のためらいは、ジェイムズの心を深く傷つけた。四頭立ての馬車が玄関ドアの真ん前に停まっている。栗色の背中と馬具が霧雨で濡れていた。彼はローズを馬車の中へ導いたあと自分も乗り込み、向かい側に席を取った。天井を叩くと、馬車が走りはじめた。

「どうして去る必要があるんだ？」

ローズはうつむいたまま首をふった。まだ昼前だというのに灰色の空のせいで車内も薄暗い。頭巾をかぶっていることもあって彼女の表情は見て取れない。頭巾を下ろしてしまいたい。彼はそんな衝動に駆られそうになったが、ローズを傷つけたくなくて気持ちを抑えつけた。

「お願いだ。行かないでくれ」唯一思いつく言葉はこれだけだった。

ローズは握りしめた手にさらに力をこめた。手袋の中で拳が白くなっているのが見えるようだ。「できないの」

「なぜだ？　ローズ、私にはわからない。私が何かまずいことを言ったのか？　それとも、行動がまずかったのか？　もしそうなら、ちゃんと言ってくれ。二度と過ちは犯さないから。きみに去られるようなことをしたつもりはないんだ。どうかいっしょにいてくれ……」ひざにひじを突いて、彼は前かがみになった。「きみといっしょにいるとき、人生で最高の幸せを感じていた。この休暇は私にとってとても大切なものなんだ。どうか突然出て行ったりしないでくれ。私ひとりを残して。まだ心の準備ができていないんだ」

馬車が右折して敷地外の道に出た。ふたりはどんどんハニー・ハウスから離れ、ロンドンへと近づいていく。このまま行かせてなるものか、とジェイムズは思った。あと二日しか休暇が残っていないことはほとんど意識していなかった。ローズとともにいる時間が終わるなんて、思いもよらないことだ。

だが今、現実に向きあわなければならない。自分の人生からローズがいなくなる、と思うだけで心がひどく痛んだ。どうやって現実に戻ればいいのかわからない。ローズとともに過ごした日々のあと、自分を憎む妻とどう接したらいいのだろう。

思わず顔をしかめる。土下座してでもローズにこいねがいたい。あと二日いっしょにいてくれるなら全財産を投げ出してもいい。だが、彼女が望んだらカーゾン・ストリートの館へ帰すと約束してしまった。無理強いをすれば裏切りも同然だろう。それでも、黙っていては何も進まない。

「お願いだ、ローズ。あと二日でいいから」

目の端に、街路樹の列が通りすぎていくのが見えた。四頭の馬はきびきびと走っていく。一歩進むごとに、ひとかけらずつ希望が消え、むなしさが大きくなっていく。

ローズは黙ったままだ。何も知らせずに馬車を用意させた瞬間から、もう心を決めていたのだろう。いっしょにロンドンへ帰るという当初の申し出すら無視するつもりのようだ。

絶望がこみ上げたが、ジェイムズは平静な声を取りつくろって「お願いだ」と再度口にした。さらに片手をのばして、彼女の手を包み込んだ。彼女の体のふるえが腕に伝わってきて、心臓を締めつけた。ローズが息を止めてもらしたかすかな声が、ジェイムズには叫び声に聞こえた。

そして、彼女がうなずいた。

ジェイムズは驚いた。「戻ってくれるのか」

ふたたび無言のうなずきが返ってきた。

「ありがとう」ジェイムズの胸に安堵感が押しよせた。彼は天井を叩いて馬車を停まらせ、御者にハニー・ハウスまで戻るよう命じた。それからローズの隣に座り直した。ふるえる手で彼女の頭巾を外す。

青ざめたローズの頬には涙が流れていた。濡れたまつげが黒いサテンのように光っている。傷ついているのだ。ジェイムズは気づいた。こわばった肩。一文字に引き結んだ唇。まぶたをぎゅっと閉じている。そんな姿を目にして彼は心臓を引き裂かれるような思いを味わった。

どうしても安心させてやりたくて、ローズを抱きよせてひざに載せた。彼女はうつむいて両腕を彼の首にまわし、頭を彼の肩にもたせかけた。

「ローズ、どうして出て行こうとしたのか教えてくれるか?」ジェイムズはやさしく、ためらいがちにたずねた。せっかく戻って来てくれた彼女の信頼を損なうようなまねはしたくなかったが、どうしても知りたかった。

うなじにまわされた小さな手が拳になった。「あなたを愛しているの。でも、つらいのよ、ジェイムズ」彼の胸に顔をうずめながらローズが言った。「だって、わかっているから。あなたにとってわたしは誇れるような女ではないわ。妹さんの口からわたしの名前が出てきたとき、あなたは恥じたでしょう。責めているんじゃないの。わたしがまともな世界に出られない人間だという現実は、変えられないのだから」

レベッカからの手紙のせいでローズは出て行こうとしたのか。ジェイムズはとまどった。次の瞬間ハッと気づいた。「私を愛しているって?」

「ええ。決して愛してはいけないと自分に言い聞かせたわ。でも愛さずにいられなかったの」

ジェイムズはぎゅっと目を閉じて彼女に頬ずりした。「もう一度言っておくれ」今度はきちんと聞きたかった。心が、魂が、求めずにいられない言葉だ。

腕の中でローズが身じろぎした。やわらかな唇が彼のあごに触れた。

「あなたを愛してるわ」

ローズを抱きしめたままジェイムズは落ちつこうと努力した。ああ、自分のほうがなぐさめる立場なのに。喜びがじわじわとこみ上げてくる。女性からこんな言葉を言われることなど、とうの昔にあきらめていた。

レベッカも彼を愛し、しばしばそう言ってくれる。だが、ローズから言われるのはまったく意味がちがった。

「ジェイムズ？」ローズが心配そうにたずねた。

「大丈夫だ」かすれた声でつぶやく。彼は深く息をつき、ごくりと唾を飲み込んでから目を開いた。「愛されるのがこんなに心地よいものだとは知らなかった」

「ああ、ジェイムズ」美しい薄青の目から新たに涙がこぼれた。軽やかでいとおしげな触れ方でローズはこめかみに垂れた彼の髪をなでつけた。革の手袋の感触がやわらかだ。彼女は何も言わなかったが、すべてを理解しているようだった。

ジェイムズは頭を傾けて鼻を彼女の鼻にすりつけた。「戻ってくれて心から感謝している。きみとの時間は何にもくらべられないほど貴重なものだ」そう言って彼は顔を上げ、ローズの目をのぞき込んだ。愛しているけれどつらい、と彼女は言った。驚くべき贈り物だ。だが、苦しめたくはない。社交界の評価は変えられないにしても、彼女の心の痛みをやわらげてやりたかった。「きみは家族を救うために自分を犠牲にした。それは尊敬に値する行為だ。どうか、私がきみを見下しているなどと思わないでくれ」

ローズが真剣な表情でうなずいた。「あなたはすばらしい人だわ、ジェイムズ」そして彼のあごを両手で包み込んで唇を引きよせ、キスをした。

ジェイムズはキスを深めたかったが、そのまま軽いキスにとどめた。

ガタンという音とともに馬車が停まった。もう一度キスをしてからローズをひざから下ろして隣に座らせる。馬車から降りたジェイムズは彼女に手を貸して降ろした。そして、ふたりは手に手を取ってハニー・ハウスに戻った。

一瞬たりとも離れたくなかったので、彼はミセス・ウェッブの手伝いを断り、自らローズの荷ほどきを手伝うことにした。彼女もそれを望んだ。ベッドの端に座った彼女が微笑みを浮かべながら彼にドレスを衣装室に運ばせる。トランクが空になったところで、彼はローズをベッドに横たわらせて、彼女の体のすみずみまで愛撫した。やがて夕食の時間になった。

なごやかな雰囲気のなか食事をすませたあと、ふたりは応接間の長椅子に腰かけ、それぞれ紅茶とコーヒーを飲んだ。ジェイムズはローズを二階に連れ戻して愛を交わしたいという気持ちと、このままここにいたいという気持ちに引き裂かれていた。

カップが空になってからもふたりは長椅子に座って、他愛のないことを話していた。窓の外に夜空が広がったころ、ふたりは寝室に下がった。そして数時間後、満足した体を触れあわせ、手足をからみつかせたまま、ローズが眠りについた。しばらくのあいだ、ジェイムズはそのまま幸せをかみしめていた。自分はローズに愛されているのだ。

明日だ。眠りに誘われながら彼は考えた。ここを発つ水曜まで待てない。贈り物を買ったときは自覚していなかったが、今思うとすでにそのころからローズに心を奪われていた。明日、彼女に贈り物を渡そう。


明るい青空に太陽が高く昇り、夏のきざしを漂わせている。けれど、ひんやりしたそよ風がまだ春だと告げていた。くすんだ緑色をしたカシミアのデイ・ドレスに身を包み、ショールを肩にかけ、ローズは日ざしのぬくもりを味わっていた。パクストン・マナーにいるときにはこんなにくつろぐことができない。召使いがたったひとりしかいないため、季節を問わず仕事はいくらでもあった。

だから、ジェイムズが書斎で仕事をしているあいだ、ローズは裏庭のテラスに座って新聞を読む時間があることをうれしく思っていた。けれど、新聞は開かれていない。

ふたりの七日間はもうすぐ終わりを告げようとしている。あと一日残っているだけだ。昨日ここに戻ると決心したことは後悔していない。おかしな考え方だけれど、あのとき約束の旅程は終わり、今は受け取ったお金とは関係のない時間だと思えるようになったのだ。自分の意思で戻ってきたのは、ふたりで残りの時間を過ごしたいという純粋な理由があったからだ。

けれど時間はどんどん減っていく。もうすぐ、ふたりで過ごした日々は記憶でしかなくなるだろう。一瞬一瞬が宝物のような、ジェイムズとの思い出。

どんなに別れたくなくとも、ハニー・ハウスを発ったら二度と彼に会わない。ジェイムズはいつの間にか心に入り込んでいた。後悔はしていない。愛されるに値する男がいるとすれば、それはジェイムズだから。それでもロンドンに戻ったら、マダム・ルビコンに頼んで今後彼から指名があっても断ってもらうことにしよう。

大胆な決断だが、どうしても必要なことだ。

娼館で彼に会うのは、二度と会えないことよりつらい。むしろ見知らぬ男を迎えるほうがまだましだ。娼館でジェイムズに抱かれればハニー・ハウスでの思い出が汚されるばかりか、彼もローズを娼婦だと改めて実感するだろう。彼が一生懸命稼いだお金を受け取るのも、もういやだった。

ローズはため息をつき、ショールをかきよせた。明日が来なければいいのに……。永遠にこのままでいたい。この宙ぶらりんな状態で。明日はジェイムズの姿を見る最後の日。唇を重ねるのも、やさしいまなざしに包まれるのも、抱きしめられるのも最後だ。

心が痛い。やらねばならない義務を果たそうと思うと、魂が引きちぎられるような気持ちになる。けれど、ほかに方法はない。決して彼をわたしのものにはできないのだから。

ドアが開く音がして、ローズは物思いからハッとわれに返った。目を閉じたまま、敷石を踏む足音を聞く。近づいてくる。見なくてもジェイムズだとすぐわかった。

彼の影が日ざしのぬくもりをさえぎった。「楽しんでいるのかい?」

ローズはうなずいて微笑みを顔に張りつけた。「ええ、とても」

ジェイムズが隣に座った。「私の目は節穴じゃないよ」彼の手がそっと唇に触れた。「今日はひどく口数が少ないじゃないか。書斎にも一回も来なかった」

「邪魔をしたくなかっただけ」

「邪魔になんかならないさ」ジェイムズがポケットから黒い小箱を取り出した。「これを見れば元気が出るんじゃないかな」

ローズは驚いた。

「明日の朝まで待つつもりだったんだが……」

彼女はおずおずと箱を受け取った。中身を見るのを恐れるかのようにゆっくりと開く。そこには、金の鎖につながれた、血のように赤い大きなルビーのネックレスがあった。

「気に入らなければ、別のものに取り替えてもいい」不安そうな声だ。

ローズはこわごわとハート型の石に触れて持ち上げた。日の光を受けて宝石がきらきらと輝いている。繊細な金の台座のおかげでルビーが浮き上がって見えた。

なんという優雅さだろう。完璧といえる。けれどローズはたじろいだ。

手をふるわせながらネックレスを小箱に戻す。「こんなりっぱなものを贈ってくれる必要はないのよ」

ジェイムズが眉根をよせた。「贈り物とは必要から手渡すものじゃない」

それでも、これはほんとうの意味での贈り物ではない。男性が自分を喜ばせた愛人にあたえるご褒美だ。

なぜ今日という日にこれをくれたのだろう。どうして昨日かそれ以前でなかったのか。大切な日とローズが思い定めたこの二日間が意味を失ってしまう。

小箱の蓋を閉めて彼に差し出す。「贈り物を買ってくれる必要なんてないわ」

「いいや、そうじゃない。きみにあげたかったんだ。気に入るだろうと思ったからこそ選んだ品だ」ジェイムズは首をふり、テラスの先にある庭園に目をやった。「今まで女性に贈り物をしたことはない。当然、礼を言われたことも微笑みを返されたこともない。少なくともきみが投げ捨てなかっただけ感謝すべきなのかな……」彼は小箱をそのままローズの手のひらに押し返した。「返してもらうつもりはないよ。これはきみのものだ。好きなようにしてくれ。売って金にしてくれてもいい」

ジェイムズの顔にまぎれもない苦痛が浮かび、ローズは心臓をわしづかみにされたような気がした。

ジェイムズが立ち上がってその場を去ろうとした。けれど、ローズは手をさしのべて彼の手首をつかんだ。彼の肩がこわばっている。

「お願い、行かないで」

深いため息が聞こえた。ふり返ったジェイムズの顔は無表情だった。このまま彼を行かせるわけにはいかない。

しばらくしてやっと言葉が出た。「あの……ごめんなさい。贈り物のお礼を言うのが下手で……。あたたかい気持ちから手渡される贈り物なんて、ほんとうに久しぶりなの」父が亡くなって以来そんな経験はしたことがなかった。「あんなことを言うべきじゃなかったわ……」彼の目を見ることができないままローズはうなだれた。「ありがとう。すばらしい贈り物だわ。とても美しいネックレスね」

遠くで小鳥がさえずった。そよ風が木々をゆらして葉ずれの音をたてる。ローズは思いきって彼の顔を見上げた。ふたりが丸一日過ごせる最後の日を台無しにしていなければいいのだけれど。わたしの言葉は冷酷に聞こえたはずだわ。せっかくの贈り物を無視してしまうなんて。ジェイムズがほかの男性とはちがうという事実を何度も目の当たりにしていたというのに。また、わたしはこの人を不信の目で見てしまった。わたしはだめな女だわ。

「ごめんなさい、ジェイムズ。どうかわたしを許して」ローズはささやいた。

彼はふたたびため息をついたが、今度は納得のため息のようだ。

ローズはふるえる手で小箱を差し出した。「着けてくれる?」

ジェイムズがかすかに微笑んだ。「もちろん」かすれた声でそう言うと小箱を受け取った。

ショールを外したローズはくるりと背中を向けた。きしむ音を立ててベンチに座ると、彼はネックレスを彼女の首にかけた。ひんやりと冷たいルビーが胸の谷間に収まった。あたたかな指がうなじに触れるのを感じて、ローズは背すじがぞくぞくした。やがて彼が留め金をかけた。ジェイムズのほうに向き直り、ローズは指先で宝石に触れた。ふたりだけの時を過ごした美しい証。高貴な心を持つジェイムズという男性をわたしは一生愛しつづけるだろう。

「きみは私の心を奪ったんだ、ローズ」

彼女はぎゅっと唇をかみしめた。突然、涙があふれそうになったからだ。ジェイムズと別れなければいけないのに。「愛してるって言ったこと、覚えてる?」

彼がうなずいた。

ローズはルビーに触れながら言った。「ありがとう。一生大切にするわ」決して泣くまいと涙をこらえる。

「微笑んでくれないのかい?」ジェイムズがぎこちなく笑みを浮かべた。

ローズは笑みを浮かべた。「わたし、微笑んでいるでしょう」両腕を彼にまわして鼻先をクラヴァットにうずめ、ジェイムズの香りを胸いっぱいに吸い込む。この人を喜ばせたい。彼女は見上げた。「よかったら、もっとする?」

「もっと?」ジェイムズが彼女に両腕をまわし、大きな手でお尻に触れた。

ローズは身をよじり、乳房を硬い胸板に押しあてた。急に彼がほしくなった。「一時間ほど書類の山を後まわしにできる?」

ジェイムズが彼女のお尻をぎゅっとつかんだ。「今日はもうほうっておいてかまわないさ」

突然、彼がローズを抱き上げて立ち上がった。彼女は驚きの声をあげた。体の下で彼の筋肉が引きしまるのがわかる。

「店でこのネックレスを見たとき、まず思い浮かんだのはそれだけを身につけた裸のきみだ」

「まあ！」ローズは片眉をつり上げた。「そうね。ご要望にお応《こた》えできると思うわ」

廊下でウェッブ夫婦のわきを通りすぎたかもしれないが、ローズはジェイムズの腕の中で彼だけを見つめていたので気づかなかった。寝室に着くと、彼はゆっくりとベッドのかたわらに彼女を立たせた。開かれたカーテンから午前半ばの日ざしが部屋に降りそそいでいる。

ベッドに寝かせる代わりにジェイムズがささやいた。「向こうを向いて」

ローズは言われたとおりにした。デイ・ドレスの背中のボタンを外す彼の吐息が速まり、うなじをくすぐる。不器用な手の動きからすると、ジェイムズがこういう作業に慣れていないのは明らかだ。それも、ローズにはうれしかった。

やがてカシミアのドレスが足もとに落ちた。彼が髪のピンを外している。一本抜くごとに、髪の束が背中に広がっていく。衣ずれの音がして彼が上着を椅子にほうり投げる姿が見えた。

ローズはコルセットのリボンを外そうとしたが、彼に止められた。

「やらせてくれ」ジェイムズがわずかにためらいを見せて言った。

「ええ、お願いするわ」ローズは両手をわきに下ろした。

彼は茶色のズボンが白いシュミーズのすそに触れるほど近づいた。半ば目を伏せて彼女の胸に手をのばす。ルビーに触れながら彼は微笑んだ。「気に入ってくれてうれしいよ」

「あなたからの贈り物だから好きなの」これまで何年ものあいだ、数えきれないほど装飾品をもらったけれど、すべてすぐに売り払った。どれひとつ大切に思ったものはない。けれど、このネックレスは一生手もとに残すつもりだった。かけがえのない彼の愛のしるしだから。

彼の指先がルビーからそれて胸の谷間に移り、コルセットのリボンの端を引いた。そのとたん、胸のあたりが楽になった。深く息をつくと、リボンがさらにゆるんだ。あと二、三回引っぱれば外れるのに、ジェイムズはなぜかゆっくりとリボンをもてあそんでいる。やがて、シュッと音を立てて引きおえたとき、リボンが床に落ちた。

肩ひもを引っぱった瞬間、シュミーズとコルセットが肩から外れて床に落ちた。

ジェイムズがこんなふうに衣装を脱がせたのは初めてだ。まるで脱がせることそのものに快感を覚えるかのように繊細な心づかいを見せてくれた。ローズは大切にされている、愛されている、という実感に包まれた。

彼がひざまずき、ローズの下腹部に軽く唇を押しあてながら両手をウエストから太ももへとはわせた。そして、ストッキングを留めているリボンを外すと、片脚ずつ彼女の脚をつかんで絹のストッキングを引き下ろした。

一瞬、ジェイムズが動きを止めた。それでも、なめるような視線の熱をローズは感じていた。

やがて、彼はかがみ込んだ姿勢から目を上げた。性的な期待で燃えあがっているその目で見つめられているうちに、彼女の体が熱くなり、脚から力が抜けた。ごつごつとした大きな手が内ももの敏感な肌をなで上げていく。その手はもはや繊細さをかなぐり捨てている。と、突然、彼が彼女の片方の脚を持ち上げて肩に載せた。ベストの絹地がふくらはぎになめらかに感じられる。

ローズはベッドに手をついて体を支えた。ジェイムズは親指を使って秘所をむき出しにしてキスをした。彼女は背中をのけぞらせ、ぎゅっと目を閉じた。

そして、彼の舌と唇と吐息が秘所にあたえてくれる快楽に身をまかせた。ローズは彼の髪に指を差し入れた。激しく花芽を吸われたかと思うとやさしく舌先でなめられる。ローズは彼の意のままに快感の海をさまよっていた。うめき声が唇からもれてしまう。ジェイムズに体のすみずみまで知られているのだわ。敏感な場所をすべて。どこを愛撫すれば悦びの反応を返してしまうのか、絶頂に達してしまうのか、みんな知られている。

やがて、快感の波が押しよせてローズはエクスタシーの渦に巻き込まれた。気がつくと叫び声をあげ、息を荒らげていた。彼の手がお尻を包み込み、体を支えている。立ち上がった彼が彼女を抱き上げた。思わず彼の腰に脚をからみつかせてしまう。

ジェイムズはやさしく彼女をベッドの真ん中に横たわらせた。ベストを脱ぎながらも視線は彼女から離さない。窓から差し込む日ざしがたくましい体の線を際立たせているが、顔にはいくぶん影が差している。一瞬のうちに彼はクラヴァットもシャツもズボンも脱ぎ捨てた。

ベッドに乗った彼はローズの隣に横たわった。「愛している」そうつぶやいて彼女の心臓の上に手を置いた。

それから手は下へと向かった。広げた指がなぞる軌跡に鳥肌が立ち、ローズは息をのんだ。キスをしてもらいたくて彼の頭を引きよせる。ジェイムズの重みを全身に感じたかった。

唇と唇が重なる寸前にローズはささやいた。「一生あなたを愛しているわ」

18

午後の日ざしが窓からこぼれ落ち、心地よいぬくもりをあたりに広げている。ローズを寝室に連れてきたとき、暖炉に火をおこそうとはまったく考えなかった。ウェッブ夫婦もこんな時間に暖炉は必要ないと考えていたはずだ。今日ほどいい天気の日には外に出たくなるものだし、今朝ジェイムズは、書斎にコーヒーを運んできたミセス・ウェッブに、散歩をすると話していた。

もうしばらくしてローズが目覚めたら、敷地をぶらついてみよう。今はこのままでいい。ジェイムズは、彼女の背中を覆う黒髪を払いのけ、繊細な首すじを横切る金の鎖を指でたどった。ローズは半ば彼の上にのしかかるようにして眠っている。頬を彼の胸に当てながら。彼女が眠りについてからもう一時間は経っただろう。だが、彼は眠れなかった。

明日の朝、ローズと別れることができるのだろうか。答えは簡単だった。そんなことは不可能だ。ローズのいない人生など考えられない。彼女と出会う前はどうやって孤独を耐えしのいでいたのだろう。だが、彼女を知ってしまった今……。

ジェイムズは義務と愛のはざまで引き裂かれていた。レベッカの未来を危険にさらすことはできないが、ローズを娼館に帰したくもない。嫉妬やわがままや欲望からそう思うのではない。ローズが娼館にいたくないことを彼は知っている。それに、あそこは彼女にふさわしい場所ではない。

日の光が少しずつ遠のくにつれて、苦しみがつのった。

次の瞬間、彼は微笑んだ。

なぜこんな簡単なことを思いつかなかったのだろう。

ローズを抱きよせて額にキスをする。もちろん彼女の同意を得なければならないが、断られる気がしなかった。うまくいけば、明日になっても彼女は荷造りをしないですむ。

ローズが身じろぎして眠そうな目を向けた。胸もとでルビーがゆらゆらとゆれている。

「お目覚めだね。気持ちよく眠れたかな？」彼はたずねた。

「とてもよく眠れたわ。ありがとう」

ローズがのびをした。むき出しの肌と肌が触れあって、ジェイムズは新たな欲望を感じた。

何も今、急ぐことはない。これからふたりの時間はずっとつづくのだ。

「まだ外は明るい。敷地の中を散歩してみないか？」

ローズがうれしそうな声で答えた。「すてきだわ」

鋭くドアを叩く音がしてローズはハッと目覚めた。昨夜ジェイムズと床につく前、夜が明けたら起こすよう彼女は家政婦に頼んでおいたのだ。ロンドンへの旅路は丸一日かかる。だから、かなり早い時間に出発しなければ真夜中前に到着できない。

ローズはぎゅっと目を閉じた。離れたくないという気持ちがこみ上げてくる。けれど、なんとか抑え込んだ。現実を受け入れるしかない。今日ジェイムズと別れるのだ。運命を嘆いても変えることはできない。自分にできるのは、残された時間を大切に過ごすことだけだ。

ひじを突いて上半身を起こしてから彼の唇にキスをした。きっと仰向けに寝かされるわ。案の定のしかかったジェイムズがキスを深め、熱い舌を唇の中に差し込んで彼女の舌をなめた。彼女の下唇を軽くかんでから、彼は体を離した。

髪は乱れ、あごにはうっすらと髭がのびている。眠たげなオリーブグリーン色の目が深く熱い欲望で濃さを増している。朝のジェイムズだわ。その姿をローズはしっかりと見つめ、記憶にとどめた。一生忘れない。

「おはよう」ジェイムズが微笑みながら言った。

なぜこんなに幸せそうなのかしら。休暇が終わるというのに。「おはよう……」

ジェイムズがふたたびのしかかってきた瞬間、微笑みがみだらなものに変わった。ローズは本能的に背中を反らせてあごを突き出した。のどを愛撫してもらいたい。やわらかな唇がのどから下へと向かい、やがて首の付け根のくぼみをとらえた。ローズの全身に快感が走った。それでも彼女は抵抗した。

「ジェイムズ」がっしりとした彼の肩を突き放す。「荷造りをしなくては」

「どうして?」楽しげな口調だ。

はっきり言わなければならないのだろうか。「わたしたち、ロンドンに戻るんでしょう」

ジェイムズはまだ上に乗っていたが、ひじを突いて上半身を離している。「今日、出発しなくてもいいんだ。明日から社交シーズンがはじまるから私は出発するが、きみはいい」真剣な顔になった。「ここにいてくれ」

ローズはあ然とした。まさか……。いいえ、そんなことはありえない。「ジェイムズ、どういうことかわからないわ」

「この家はきみのものだ。私の銀行口座も使えるようにしておく。自由に使ってくれ。父上が失った財産を取り戻せばいい。弟さんのロンドンでの費用に使ってもいい。土地管理人を雇うからこの家の管理については心配無用だ。何でも自由にするといい、ローズ。マダム・ルビコンの館に戻る必要はないんだ」

「愛人になれと言っているのね」質問ではなく断定だった。

ジェイムズがうなずいた。「そうだ。私といっしょにいてくれないか?」

ローズはしばし目を閉じた。たじろいだ思いを顔から隠し、彼の肩をふたたび突き放した。

「ジェイムズ、起こしてくれる?」

彼がわきによけると、ローズはベッドから立ち上がった。絹のガウンを探す。「わたしをここに残らせたいの？　でも、あなたは今日発つのね」

「きみといっしょに残りたいが、どうしてもロンドンに帰らなければならない。話したと思うが、社交シーズンがはじまれば今年デビューするレベッカに付き添わなければならないんだ」

ガウンを探してあたりを見まわす。ベッドの足もとかもしれない。「それに、奥様にも付き添わなければならないのでしょう」

しばらく沈黙があった。「そうだ」ガウンを取ろうとかがみ込んだとき、ベッドがきしむ音がした。「できるだけ早く帰ってくる。一度に何週間も留守にするつもりはない。あちらではなく、ここできみといっしょにいたいから」

「あなたにはロンドンで仕事があるのよ、ジェイムズ。ロンドンから離れられないわ」ガウンの袖に手を通しながらローズは反論した。冷静でいられることが誇らしい。ジェイムズは衝動的に提案しているのだ。どんな結果が待っているか考えもせず。現実に直面すれば話は終わるし、自分の口から断らなくてもすむ。

「田舎で仕事を指揮する者も多いんだよ。シーズンが終わってもときどきロンドンへ戻らなければならないだろうが、ほとんどの日々をここできみと過ごすつもりだ」

ベルトを締めながらローズはジェイムズのほうに向き直った。彼は今ベッドわきに立っている。夜明けの薄明かりが力にあふれた男らしい裸体を包み込んでいる。「あなたは愛人を持ってはいけないのでしょう、ジェイムズ」彼のあごに力がこもったのがわかった。傷ついているのだ。それでも彼女は言葉を止めなかった。「あなたが自分で言ったのよ。わたしが一週間もここにいたことを知られれば、奥様は妹さんの支援をやめてしまうわ。それなのに、これからずっとわたしをここに置きたいの？」

ジェイムズは顔をしかめた。「ずっとじゃない。きみがここに飽きないかぎりはここにいる、ということだ。もし飽きたらここを売って別の家を探そう」彼の抑えたため息が部屋に満ちた。「妻には決して見つからない」

「わたしを田舎に隠すつもりね」そんなことはできない。絶対に。メイフェアの端にある小さなタウンハウスであろうと豪華な田舎屋敷であろうと同じことだ。何年も前に、ローズは二度と男の所有物にはならないと心に決めていた。ジェイムズが信頼できないからではない。彼は決して肉体的に傷つけるようなまねはしないだろう。女性に対してそんなことができる人ではないから。けれども隠れた場所に囲われて、愛する男にたまにしか会えないとしたら……わたしの心はゆっくりと壊れていくだろう。

彼の視線がやわらぎ、いらだちが共感に変わっていくのがわかった。ジェイムズはふたりのあいだの距離をつめ、ローズの前に立った。「ローズ、きみのせいではないんだ。きみのことを恥じたりしていない。わかっているだろう？　これが私にできる精一杯のことなんだ。唯一の解決策だ。とりあえずのところは。レベッカがいい相手と結婚できれば、妻に別居を申し出られるだろう。それまでは……」ため息をつく。「せめて、きみのそばにいられるようにしたいんだ、ローズ。私といっしょにいたいと言ってくれ」

いっしょにいたいわ。ローズは叫びたかった。けれど心の内で何かが押しとどめた。

「この一週間きみといっしょにいられて、これまでの人生で感じたことがないほど幸せだった」沈黙を埋めるようにジェイムズが言った。「私たちはいっしょにいて幸せだった。それは否定しないでくれ」

「ええ、幸せだったわ」ローズはつぶやいた。

「終わらせたくないんだ、ローズ」

彼女の手を取ろうとするかのようにジェイムズが手をさしのべた。指が触れあう直前に、ローズは静かに告げた。「あなたには奥様がいるわ、ジェイムズ」彼の愛がどんなに深かろうと克服できない問題だった。

手を宙に浮かせたままジェイムズが黙り込んだ。

「別居しても同じ。あなたは別の女性のものよ」そう、決してわたしのものにはならない。

奥歯をかみしめながらジェイムズは低い声でうなり、床に落ちたズボンを拾った。「妻は私など望んでいない」そう言ってズボンを引き上げる。「今までもそうだったし、これからも変わらないだろう。私が妻を選んだわけではない。私の女なんかじゃない」

「でも、まだあなたは彼女の夫だわ」

「あいつは私など望んでいないんだ！」すばやくズボンの前垂れのボタンをはめる。「もう何年も妻とベッドをともにしていないし、これからもそんなつもりはない」

「子どもはほしくないの？」

「ああ。きみの子どもならほしい」

ローズは両手で耳を覆った。彼の口からそんな言葉を聞きたくなかった。どうしてこんなに残酷なことを言うの。「でも、私生児だわ」

「ああ、ローズ」ジェイムズは髪をかきむしって、乱れた髪をさらに乱した。「そんなことはどうでもいい。きみが産んでくれる子どもならみんな愛せる」

「それはわかっているわ、ジェイムズ」ローズ自身も子どもを愛するだろう。彼はいい父親になるはずだ。「でも、どんなに愛があっても私生児の烙印は消えないわ。子どもにそんな運命をあたえたいの？」

ジェイムズはうなり声をあげた。いらだちが高じているのだろう。あまりの勢いにローズは一歩後ずさりした。彼は目を閉じてこめかみに指先を当てた。明らかに冷静になろうとしている。「ならば、これからも子どもができないようにする」まるでここまで譲歩したら絶対にいい返事が返ってくると信じているかのように、期待の目で見つめている。

「ジェイムズ、ちがうの……」この人はわかっていない。「あなたは今も奥様のものよ。奥様は絶対にあなたをあきらめないでしょう。だから、わたしとはいっしょにはなれないの。わたし、他人の夫を奪うつもりはないわ。最初の庇護者に妻がいると知った瞬間、わたしは彼のもとを去ったの。マダム・ルビコンの館ではひと晩かぎりの関係だわ。あなたと会った初めての夜から、結婚しているだろうと思っていたの。わたし……」

「言うな」彼の言葉が鋭くふたりのあいだを切り裂いた。「後悔させないでくれ」

「決して後悔していないわ。あなたと過ごした日々は何ものにも代えがたい時間だったもの」

奥歯をかみしめてジェイムズがしばらく彼女を見つめていた。「私の置かれた状況を理解した上でそう言うのだね？」

「ええ」

「それなのに、私を拒むのか？」

「ええ」ローズは窓のほうに顔を向けてつぶやいた。彼の顔を見たら決意が崩れてしまう。

「きみには金のかかる弟がいる。家の財産も増やさなければならない。ということは、またカーゾン・ストリートのあの館に戻るつもりか？」

ぎゅっとわが身を抱きしめてローズはうなずいた。ほかの男に触れられると思うだけで吐き気がする。くじけそうになったが、それでも表情には出さない。出せばジェイムズに弱みを見せるだけだ。問いつめられれば、娼館に足を踏み入れることすら恐ろしくて仕方ないと知られてしまう。

「私の無条件の申し出を断るのか？」混乱と苦痛が声にこもっている。「私の庇護のもとで暮らすより娼婦として働きつづけるほうを選ぶのか？　愛してくれていると思っていたのに」

ローズは窓の外にある木立を見つめていた。腕がふるえている。「愛しているわ、ジェイムズ。心から」

「それなのに、きみは私に妻がいると責めるのか」彼は吐き出すように言った。「一生……」

ローズは答えられなかった。うなずくこともできない。彼の言葉に響く痛ましい真実を認めるのは無理だった。

妻は私を憎んでいる。私の姿も見たくないらしい……。

ローズの決意がゆらいだ。

彼の呼吸が激しくなり、ふたりのあいだに緊張が走った。

「愛しているんだ！」

叫び声に驚いてローズはすぐさまふり返った。ジェイムズの胸が大きく上下し、腕に力こぶができ、拳を握りしめている。やがて彼女の目の前で、彼の表情から怒りといらだちが消えてゆき、苦痛だけが残った。腕は力なくだらりと下がり、疲れきった人のように呼吸が浅い。彼はゆっくりと首をふった。「愛してる、ローズ……」かすれた声だった。

ローズは唇を強くかみしめた。血がにじんでくる。魂が叫んでいる——彼のところに駆けよって抱きしめなさい、と。すべてを約束し、苦しむ彼を楽にしてあげなさい、と。けれど、一歩も動くことができなかった。

彼が夢見ていたはずの静かで幸せな生活は不可能なものだ。どんなに彼が望んだとしても。

ジェイムズがすっと背すじをのばした。顔には何の表情もない。「ミセス・ウェッブに頼んできみのトランクをつめさせよう。すぐに出発するのが最善だ。こまめに馬を替えれば、私たちは今日じゅうにロンドンに着ける」

「わたしたち？　ロンドンまで送ってくれるの？」度量の小さい男なら、彼女を着の身着のままで追い出すだろう。けれど、ジェイムズはちがう。「きみに約束したから、ローズ」シャツを着ながら彼が言った。

「わたし、決して——」

ジェイムズが片手を上げて言葉を制した。「ミセス・ウェッブがすぐに来てくれる。旅行に適した服装に着替えたほうがいい」

その言葉を最後に、ジェイムズは部屋を出て行った。ローズには目もくれずに。

ドアがバタンと音をたてて閉まった。

ローズは両手で顔を覆った。涙を抑えるのが精一杯だ。ひと呼吸ずつ息を整え、乱れた心を落ちつかせようとする。これから長い一日がはじまる。ロンドンに着くまで、胸に取りついたとてつもない苦悩を表に出すことはできない。


リズミカルな蹄の音だけが、暗いロンドンの通りを進む馬車の中に漂う沈黙を破っていた。

オールトンを離れてからローズはたったひと言しか言葉を発さなかった。郵便宿で御者が馬を替える際、ジェイムズが手を貸して彼女を馬車から降ろしたとき口にした「ありがとう」だけだ。

向かい側に無言で座るローズをながめながら、彼はまだ衝撃から立ち直れなかった。ひとりで帰るはずだった。午前中いっぱいふたりでベッドで過ごしたあと、ほんの少しだけさみしげに彼を見送るローズをあとに残して。それでも、彼女は彼がハニー・ハウスに、彼女のもとに帰ってくるのを幸せに待っているはずだった。

だが現実には、馬車はもうすぐマダム・ルビコンの館に到着しようとしている。

ローズは鋼の意志の持ち主だ。ジェイムズが財産だけでなく心も捧げたというのに、彼女は意志をひるがえそうともしない。彼がしなかったのは土下座だけだ。だが、もう少しで土下座をするところだった。しなかったのは、最後に残った誇りのせいだったのかもしれない。

もう何をしても無駄だ。あきらめるしかないのか……。

ローズは彼のすべてを望んでいる。それはよくわかっていた。すべてを手渡せないのなら何もいらない。彼女は彼の名前がほしいのだ。それは唯一あたえられないものだった。

ローズは根っから紳士の娘だ。生まれたときから染みついた価値観を捨てられない。アメリアが彼を軽蔑して憎んでいても、それは関係がない。他人から夫を奪うことが自分に許せないのだ。

アメリアをののしっても状況は変えられない。思春期のころからジェイムズは貴族の娘と結婚しなくてはならないことを理解していた。レベッカの望みを叶えてやるためなら何でもするつもりだった。結局、アメリアでなくとも別のレディをめとっていただろう。

まさか娼館で愛する女とめぐりあうことになろうとは、当時は思いもよらなかった。

馬車が左折してスローン・ストリートに入った。娼館が近づいてくる。ジェイムズは己の無力を感じた。窓からもれる街灯の光がローズの横顔をくっきりと浮かび上がらせた。タウンハウスの美しい町並みを見つめている。彼女が無表情を装っても彼は見破っていた。

眉根によせたかすかなしわと、肩を落とした様子を見るだけで悲しみが伝わってくる。娼館のあの部屋に戻りたくないのだ。

せめて娼館を去る資金を渡してやりたい。ローズが彼を受け入れられないとしても。

ジェイムズは咳払いをした。「娼館できみが働く理由はわかっている、ローズ。どんな女性もそんな状況にいることを強制されてはならない。きみもそうだ。だからきみに五万ポンド渡すことを許してくれ。きみの田舎屋敷まで送らせてくれ。あの裏口に停まる必要はない。あの館に二度と足を踏み入れる必要はないんだ」

ひざの上で握りしめた拳をじっと見つめながらローズが首をふった。今は車内が影に覆われていて、彼女の表情ははっきりと見えない。

「贈り物だ、ローズ。今朝のきみの言い分には賛成できないが、きみが決めたことは尊重する。

きみの家の玄関前で別れよう。私に送らせたくないなら、個人用の馬車を借りて安全に家まで送らせる。私は三回人生を生き直してもあまるほど金がある。援助させてくれ」

「どうかこれ以上あなたのお金を受け取らせないで。受け取ってもお返しするだけだわ」

「だが、ローズ――」

「ありがとう」彼女はジェイムズの言葉をやさしく制止した。「でも、いらないの」

馬車が停まろうとしている。かすかなためらいとともにローズの手が胸もとのルビーをかすめ、繊細な金の鎖をたどった。

ジェイムズは絶望に襲われた。「だめだ」

ローズが見上げた。

「ネックレスを返そうなんて考えないでくれ。きみに持っていてほしいから贈ったものなんだ。私とともに暮らさなくても援助を断っても仕方ないが、それだけは持っていてくれ」

「お返しするつもりなんてないわ。どうしてもと言われないかぎりは」ローズがつぶやき、ルビーに手のひらを押しあてた。

「よかった」ジェイムズはホッとしてうなずいた。

彼の視線が窓の外へとさまよった。娼館の窓からあふれる光が、かつて八回ノックしたドアへとつづく小道を照らしている。七回はローズに会うため。残る一回は休暇のために彼女を迎えるため。もはやその休暇は終わりを告げた。

ローズを手放さなければならない。

彼女を抱きしめたい衝動に駆られそうになったが、かろうじてこらえた。馬車のドアに手をのばす。

「いいえ。ここにいてちょうだい。ひとりで帰れます」

ローズはうなだれたままマントをかきよせ、頭巾をかぶった。一瞬、スカートが彼の脚に触れたかと思うと、彼女は馬車を降りていた。

「わたしの心は永遠にあなたのもの。信じて」静かで悲しげな別れの言葉だった。

心が破れそうな苦しみに襲われて、ジェイムズは手をのばした。届かないと知りながら。

ローズが無事に館の中へ入るまで見とどけると、彼は御者に出発するよう合図した。馬車が小道を離れたあと、もう一度天井を叩き、ハイド・パークへ向かうよう指示しなおす。門の前で馬車を降り、オークの大木の下にあるお気に入りのベンチまで歩いていく。孤独が身に染みる。ベンチに腰を下ろしたとたん、闇の中でジェイムズはひとり涙を流した。


「ありがとう」ローズはジェイムズの従僕に言った。「あとはここの召使いが運んでくれるからいいわ」

従僕はトランクを置いた。そして、敷石の小道にコツコツという音を立てながら馬車のほうへ戻っていった。

裏口のドアをノックしようとして上げた手がふるえている。ジェイムズの視線を痛いほど感じる。すぐそばに彼がいる。二度と会えない人……。

「ドアを開けてちょうだい」のどからしぼり出すようなかすれ声でローズはつぶやいた。

ドアが開くまでの時間が永遠につづくような気がした。やっと開くと、メイドのわきをかすめるようにして中に入った。トランクを部屋に運ぶよう指示する。

階段を登ってせまいドアの前にたどり着いたとき、すでに手の中に鍵があった。廊下にひと気がないか確かめるのももどかしく、必死に鍵をまわす。やっと鍵がカチャリと音を立てたときは安堵のため息もなく、ただひたすら中に入りたかった。

内側から急いでドアを閉める。マントを脱ごうとするが、指がふるえて留め金を外せない。

腕から力が抜けた。

あの人はいなくなってしまった。

自分から別れたのだ。

息がつまりそうだ。体じゅうがふるえ、暗い部屋の中で立ちつくしている。

二回ノックする聞きなれた音が部屋に響いた。ローズは口を開いて答えようとしたが、どうしても声にならない。

ノブがまわる音がして、蝶番《ちょうつがい》がかすかな音をたてた。

「ローズ？　トランクを持ってきたよ。どうしてそんな暗いところに立っているんだ？」

背後でドスンと重い音がした。ティモシーがトランクを置いたのだ。彼がろうそくに火をつけて部屋を明るくした。

「ローズ?」

やさしい手が肩に触れ、彼女はふり向いた。

「ああ、ローズ」共感と同情に満ちた声でティモシーが言った。彼女の苦しみを感じとったのだ。

ぎゅっと抱きしめられても、ローズは抱き返すこともできない。とめどなく涙が流れ、彼のシャツを濡らした。すすり泣いているうちに体がふるえてくる。

もう二度とジェイムズに会えないのだわ。

自分のことは自分でできます。

――ダッシュ

19

ローズは机の引き出しから紙を一枚取り出した。一週間前、パクストン・マナーへ帰ってきた日にすでに届いていた手紙が机の上に開かれている。

たった一行の本文に、そっけない署名だけが書き添えられていた。

借金の片をつけたのが誰なのか、弟はちゃんと理解しているらしい。隠すつもりはなかったけれど、ロンドンを発った日に話ができなかったのだから仕方ない。それに話したい気分でもなかった。弟の手紙には不快感があふれているが、いずれこの件だけでなくもっと重要な話をしなくてはならない。

あきらめきったため息をつくと、ローズはペンを手に取った。

親愛なるダッシュ
元気でいることと思います。重要な問題があり、あなたと相談しなければなりません。できるかぎり早くパクストン・マナーに戻って来てください。
――愛をこめて、ローズ

手紙に宛先を書いて封印すると、ローズはペンを置いた。ダッシュは手紙を読み次第帰ってくるだろう。今までこんな手紙は書いたことがなかったから、さすがの弟も無視できないはずだ。

机にひじを突いて両手で顔を覆う。

なんと話したらいいのだろう。見当もつかないが、弟が帰って来るまでの数日のあいだに考えなければならない。

ローズは娼館に戻れなかった。いったんは、そのまま仕事をつづけられると思った――ジェイムズさえ来なければ。何年もやってきた仕事だ。客のために自分を殺す技には長けていた。それに結局、あの館での仕事が唯一の収入源で、選択の余地はなかった。

それでも、ベッドフォードシャーへの長い帰り道、傷ついた心を抱えてひとり馬車にゆられながら、ローズは気づいてしまったのだ。二度とロンドンには行けない、と。別の男に抱かれれば、ジェイムズへの愛を裏切ることになる、と。心も体も永遠に彼のものなのに。

ジェイムズの申し出も援助も断ってしまった今、ダッシュを支援し、屋敷を維持しながら、お金を貯める手段はなくなってしまった。休暇のためにジェイムズが支払ってくれたお金は残っているが、ダッシュを養うのも難しければ贅沢を許せる余地もない。

屋敷に戻ってからというもの、ジェイムズを想って胸が張り裂けそうだった。気力を失ったローズを心配した家政婦に何度も具合をたずねられた。やがて、決断するときが来た。

心を決めるのはたやすいことではなかった。ダッシュに真実を明かさなくては。そう思うと今も不安がどっと押しよせる。ひとりで重荷を背負うのに慣れてしまった自分がしなくてはならないのは、弟に助けを求めることだ。ダッシュは十八歳。一人前の男だ。甘やかしてしまったとはいえ。ジェイムズの言うとおり、もはや十三歳の子どもではない。一家の責任の一端を担って自分で将来を決めていいころだ。ふたりで協力すれば、これからどうすればいいか決断できるだろう。

ジェイムズがいない未来をローズはなんとか受け入れた。一生あの人を愛するだろう。あの人を求めて心は痛むだろう。けれど、悲しみにふけっていては何も生まれない。誇りとともに生きていくすべを見つけなければ。

新たな思いに心を奮い立たせ、ローズはまた紙を一枚取り出してマダム・ルビコンへ手紙を書いた。そして、机の前から立ち上がった。二通の手紙を持って応接間を出ると、家政婦のサラ・トンプソンに出会った。家政婦は玄関広間の広々とした大理石の床を磨いているところだった。

訪問者が玄関から入っただけなら、マーロウ家の没落はわからないだろう。広大な田舎屋敷にある数々の部屋は十年前と同じように壮大だ。富を誇示する家具もある。けれども、閉じた扉の内側を見れば、どの家具にも布がかかっているのがわかる。使わない部屋を掃除しても意味はない。サラと自分のふたりだけしかいないから、万一ダッシュが帰宅したときのために何部屋かのほこりを払っているだけだ。パクストン・マナーほどの屋敷をちゃんと維持するには、数えきれないほどの召使いが必要だ。そんなお金はなかった。

「サラ、ダッシュの寝室の空気を入れ換えなければならないわ。数日後に帰ってくるから」高い天井と広大な空間に声が響きわたった。

サラはスポンジをバケツに落として体を起こした。十年前に夫を亡くした四十歳の家政婦は、この屋敷にいる唯一の召使いであり、仲間だった。毎月一週間留守にするようになって四年になるが、ローズは何も伝えていない。それでも、サラには理由がわかっているのだろう。

「すてきですね」サラが微笑みながら言った。「お坊ちゃまをまたお迎えできるなんて。明日、肉屋によって、おいしい夕食の材料を見つくろってきます。今回はどのくらい滞在されるんでしょうか？」

「数日はいると思うわ。ひょっとしたらもっと長いかも」想像もつかないままローズは答えた。

真実を告げたら弟はどんな反応を返すだろう。到着早々引き上げて、二度と戻らないかもしれない。

けれど、ダッシュを信じよう。衝動的な子だが、姉のわたしを愛してくれている。父の死以降どうやって生計を立ててきたか説明したとたんに背を向けたりはしないだろう。そうであってほしかった。

空いているほうの手で、つつましやかな茶色のデイ・ドレスの胸もとに触れる。ドレスの下にルビーが隠されていた。ジェイムズを失ってローズの心はずたずたに切り裂かれた。これで弟まで失ったら、どうなってしまうのだろう。

ジェイムズは腕組みをして舞踏場の端にある柱によりかかっていた。楽団の演奏する音楽に数百人の話し声が混じりあい、舞踏場をざわめかせている。高い天井に吊されたいくつものシャンデリアと客たちの熱気のせいでひどく暑く、彼はえりもとに汗をかいていた。

ジェイムズはクラヴァットを外したい欲求をこらえた。フォーサイス家の舞踏会はできることなら出席したくない催しのひとつだった。周囲では紳士淑女が陽気におしゃべりしているが、彼は孤独を感じ、自分がここに存在していないような気がした。当然、誰も近づいてこない。すでにここ数日、アメリアから何度も怒りをぶつけられていた。優雅な礼儀作法を身につけていないのが気にくわないのだろう。ジェイムズはため息すらつかず、ただ見つめ返しただけだった。妻が早く仲間のところへ行って、自分をひとりにしてくれないかと願いながら。妻は何を言っても無駄だと悟ったのだろう。今夜はフォーサイス家の大階段で別れてから近よろうともしない。

妻を見るだけで心の傷がうずいてもおかしくなかった。妻こそローズが彼を拒んだ理由なのだから。だが奇妙なことにジェイムズは何も感じなかった。心は空っぽだった。

少なくともこうした社交の催しに出るのは時間の無駄ではなかった。レベッカの華々しい姿を見られたからだ。社交界へのデビューは成功と言ってよかった。にこやかな笑みを浮かべた妹の気を引きたい紳士たちがあちこちにいるようだ。シーズンの終わりまでには、求婚者を選べるにちがいない。おそらくは妹にふさわしい紳士の求婚者を。

音楽がやみ、おしゃべりの声だけが残った。ジェイムズはダンス・フロアに目を戻した。白いモスリンのドレスを身にまとったレベッカがブラックリー卿におじぎをし、彼も妹に会釈している。次のダンスを申し込もうと別の紳士が近づいてきた。ミスター・グレゴリー・アダムス。財産狙《ねら》いで有名な若い伊達《だて》男だ。あとで話をしようとジェイムズは考えた。レベッカに求愛させせないようにするためだ。

これまで社交界の未婚男性に注意することなどなかった。だが今はそうはいかない。レベッカにはハンサムな顔や爵位で男性を判断してほしくない。妹にふさわしいのは、生涯愛して大切にしてくれる男性だ。ローズを大切に思う自分のような男……。

胸に鋭い痛みが走った。ジェイムズは痛みに身をまかせた。いずれむなしさが痛みをやわらげてくれる。

「こんばんは、ミスター・アーチャー」右後方から上品な声がした。

ふり向くと、後ろにブラックリー卿がいた。ジェイムズは柱から背中を起こしてまっすぐ立った。短い金髪に広い肩をしたブラックリー卿は同じぐらい長身だったので、ジェイムズは見下ろさずに目を合わせることができた。「こんばんは、ブラックリー卿」

「妹さんはすばらしいのひと言につきます。実に美しい女性です」

ジェイムズはうなずいた。「ええ、まさにそうです」

「明日の朝、お時間をいただけますでしょうか？　お宅におうかがいしたいのですが」

なぜブラックリー卿が内密で話をしたいのか、ジェイムズにはわかっていた。ブラックリー卿は感じのいい男で伯爵位も持っているが、ジェイムズ自身と同じぐらい退屈な男で、レベッカの倍は歳を取っている。妹には年長すぎる。たしかに、これまで数回妹とダンスをしたり食事の席で顔を合わせたりしていたから、妹もきらっているわけではなさそうだ。

だが明らかに、妹の親切心を自分への関心と勘ちがいしているにちがいない。「残念ですが、明日の朝は約束がありまして」約束は変えられるものだったが、早々にブラックリー卿を失望させるのも気が引けた。

ブラックリー卿のやさしげな目から希望の光が消えた。「では、明後日は？」

「わかりました。金曜は朝の十時まで屋敷におります」

「ありがとうございます」軽く会釈をしてからブラックリー卿は去っていった。

ため息をついてジェイムズは舞踏場を見わたした。レベッカはまだあの伊達男と踊っている。アメリアの姿はどこにもない。アルバート卿の姿もなかった。

またもやアメリアは付添人の責任を放棄して愛人とどこかへ行ったのだ。ジェイムズは怒りも感じなかった。これで舞踏場で気楽に見張りができるというものだ。

懐中時計を取り出す。アメリアとレベッカが帰るまであと二時間あまりだろう。ジェイムズはまたもやあきらめの境地で柱によりかかった。一瞬一瞬があきらめに満ちた毎日。希望も幸福もない。

それが彼の運命だった。


レベッカは花瓶の前でふり返り、メイドからティーカップを受け取った。ちょこんとおじぎをしてメイドが応接室を出て行った。

すでに午後も半ばを過ぎている。幸いなことに空は晴れ、ハイド・パークで馬車に乗るのに最適な天気だ。もうすぐ午後五時。馬車で出かける時間だ。たいていそのくらいになると、社交界で身分のある人々はハイド・パークに出かけてうわさ話に興じる。そして、レベッカにとってはある紳士に出会えるかも知れない時間だ。けれど、今はアメリアが最新の招待状に目を通したがっている。

アメリアが座る長椅子の前のテーブルに手紙の山が置いてある。たしかにアメリアは父が選んだ兄嫁として役立ってくれる人だ。彼女は社交界で最高の催しの招待状をたくさん受け取っている。おかげで、レベッカは義妹として社交界では好意的に受け入れられ、貴族の血筋を受けついでいないことは大きな問題にならずにすんでいた。

レベッカはアメリアの向かい側の椅子に座り、紅茶をすすった。けれど兄にとっては、すばらしい妻とは言えないようだ。この数週間アメリアの近くにいたレベッカは、兄夫婦が完全に契約上の関係であることに気づいた。ふたりのあいだには何の共通点もなく、別々の暮らしをしているも同然のようだ。兄は事務所で仕事に没頭し、アメリアは自分のことに忙しい。妹にとって必要なときにだけ、兄夫婦は同席しているらしい。昨夜もそうだった。兄が社交界の催しをきらっているのを知っていたレベッカは「お兄様に出席してもらわなくてもいいのよ」と説得しようとした。義理の姉が付き添っていればじゅうぶんだったからだ。けれど、兄は付き添うと言ってきかなかった。

愛する兄はみじめな夜になるとわかっているのに、がまんして出席してくれるのだ。

「ドレイク家の夜会には出席しないわ」そう言ってアメリアは招待状を左側に置いた。次の招待状を手に取ってさっとながめると、彼女は右側に置いた。「でも、クランブルック家の夕食会は出席しましょう」

レベッカは必要ないと知りながらもうなずいた。社交界で重要な地位につくには招待状選びも重要だった。ミセス・ドレイクはすてきな女性だが、ミスター・クランブルックは伯爵の弟なのだ。

アメリアの招待状選びは延々とつづき、レベッカはうなずきつづけた。何度もレベッカの視線は壁際のテーブルに置かれた花瓶の花にそれた。そのたびに幸福感が胸にうずいた。

「コールドウェル卿のことはどう思う？」アメリアがたずねた。

レベッカは視線をアメリアに戻した。「ハンサムな方ね」

「ウィリアムソン家の舞踏会でダンスを申し込まれたでしょう。確かあれで三回目だわ。きっと彼はあなたに関心があるのね。少し勇気づけてあげてもいいのではないかしら」

「そうかもしれないけど……」レベッカは答えを避けた。コールドウェル卿は洗練され、明らかに社交界にふさわしい男性だ。爵位もあれば、そこそこの財産もある。コールドウェル侯爵夫人になれば父も喜ぶだろう。けれど、コールドウェル卿には見逃せない欠点があった。

「どういうこと？」アメリアの顔にかすかに苦々しい表情が浮かんだ。「関心を持たれているのはわかっているでしょう？」

「ええ、でもあの方には愛人がいるといううわさだわ。とても気に入っているとか」レベッカは空のティーカップを置いて壁際のテーブルの前に行った。花に触りたかった。「愚かなことを口にしているのはわかっています。たいていの既婚男性には愛人がいるんですもの。お兄様だってそう。でも、わたしは愛人のいない夫がほしいの」

「ジェイムズに愛人はいないわ」

「彼女が愛人かどうかはわからないけど、お兄様といっしょに休暇を過ごしたはずよ」レベッカは花瓶に活けられた赤いパンジーを整えながら言った。あの人が贈ってくれた花。それもわたしが大好きなパンジー。

飲み物のテーブル近くで彼と話をしたのは数日前のことだ。テーブルには小ぶりなパンジーが二輪飾られていた。あのときなにげなく「パンジーが好きなんです」と言ったのを、あの人は覚えていてくれたのだ。

微笑まずにいられない。ブラックリー卿――ロバート――はすてきな男性だわ。田舎よりロンドンのほうを好み、演劇好きで、何よりわたしを大切に思ってくれている。伯爵で、とても尊敬されているし、財産もある。それに、愛人のうわさもないし、愛人を囲うような男性にも思えない。知りあって三週間になるけれど、あの人ならとてもいい夫になれると確信していた。

ある意味で、ブラックリー卿はお兄様に似ている。ふたりとも長身でたくましい体つきをしているけれど、外見以上に性格も似ていた。どちらもおだやかでやさしく愛情深い。ブラックリー卿は明らかに愛する相手を求めている。

そして明日、あの人はお兄様に話をすることになっている。昨夜二回目のダンスのあと、そう言っていた。

幸福感が体じゅうに広がった。お兄様はブラックリー卿を拒まないはずだわ。明日の午後になったら、レディ・ブラックリーになる道が拓けるはずだ。

笑顔を見せないようにするには少々努力が必要だった。なんとか平静な様子を取りつくろったレベッカは花瓶から離れ、アメリアの前にあるテーブルをちらりと見た。招待を受けるものと断るもののふたつの山ができている。「招待状の確認はもう終わったの？　終わったなら、部屋に戻って着替えをするわ。ハイド・パークへ行くんでしょう？」

長椅子から立ち上がったアメリアは、断るほうの招待状の束を手に取り、さっさと暖炉にほうり込んだ。「では、玄関広間で会いましょう」

レベッカは応接室を出て二階の寝室へ向かった。途中で従僕にメイドを呼ぶよう頼んだ。もしも運がよければ、ハイド・パークで一時間ほどブラックリー卿と話をし、花のお礼を言うことができるだろう。寝室に入ると、レベッカはやっと満面の笑みを浮かべた。

「カバンをお持ちしましょうか、ミスター・アーチャー？」執事がたずねた。ジェイムズはタウンハウスの玄関を通りぬけたところだった。

「いや、いい、マーカス。自分でできる」

懐中時計を取り出して時間を確かめる。女性陣はあと一時間は出発しないだろう。すぐに寝室へ直行せず、書斎に入ってドアを閉めた。着替えるのに時間はかからないだろう。

机の前に座ったとたんドアをノックする音がした。ジェイムズが応じるとドアが開き、侍従のヒラーが現れた。

「お帰りなさいませ、ミスター・アーチャー。ミセス・アーチャーとミス・レベッカはすでに夕食をすませられました。よろしければ今からテーブルのご用意をいたしますが」

「気にしなくていい、ヒラー。ご婦人方は今夜は屋敷に残ることにしたのだね？」昨夜、馬車の中でレベッカが、今夜は夕食会があると言っていたと思ったが、別の日だったのだろう。

ヒラーがうなずいた。「ミセス・アーチャーはすでに寝室へ下がられ、ミス・レベッカは黄色の居間にいらっしゃいます」

アメリアが招待を受けていないと知っていれば、今夜は事務所に長居したのに。

ジェイムズは机の上の書類の山を見た。予想より出発が遅い場合に備えて書類を運び込んでおいたのだ。何もしない時間があるとローズを思い出してしまう。それを避けたかった。

書斎で仕事をしよう。長く孤独な夜が待っていることに変わりはないが、仕事をすれば気がまぎれる。

「食事は食堂に用意しなくていい。ここに持ってきてくれ」彼はヒラーに告げた。広い食堂でたったひとりで夕食をとるより書斎で食べるほうがましだった。ローズとともにした夕食の記憶がよみがえった。

いつもの痛みが胸を突いた。止めようもないと知りつつも、深々とため息をついて苦痛が去るのを待つ。

暖炉の火をおこしたヒラーが立ち上がって会釈した。「それから、ミセス・アーチャーからお話ししたいことがあるとご伝言がありました。今は寝室にいらっしゃいます」

ジェイムズは眉をひそめた。〝なぜ〟のひと言が口から出ない。

「何か必要なものはございますか、ミスター・アーチャー？」

ジェイムズは首をふった。召使いにきいても仕方ない。話をしたいと最後にアメリアから言われたのはいつのことだろう。社交界の催しに付き添ってほしいとか、夕食会を計画しているといった話なら、いつもは手紙で伝えられる。顔を合わせることもめったにない。

「夕食のとき、ミセス・アーチャーはいつもと変わりないご様子でした」

従僕の心づかいがこもった言葉には微笑まずにいられなかった。うろたえた表情がきっと顔に出ていたのだろう。情けないものだ。妻と話をするのをきらっていることを召使いにまで気づかれていたとは。

「ありがとう、ヒラー。待たせてはいけないだろうな」机の前から立ち上がる。

どうせ顔を合わせなければならないなら早いに越したことはない。もしかしたら、明日ブラックリー卿がやって来ることを妻が知って口を出そうとしているのかもしれない。平民である商人の息子にまともな応対などできないと信じているのだろう。

ジェイムズは廊下の端にあるドアの前で足を止めた。ノックしかけた拳が宙に浮いた。胃がきりきり痛み、脈が速くなる。今、初めて思い出した。最後にこの場に立ったのは二年前。みじめな経験だった。ボタンを外したままのズボンを片手で押さえ、もう一方の手でシャツを握りしめ、このドアから逃げ出したのだ。脚のあいだに尾を垂らした犬のように。

一度、二度と深く息をつく。妻の要望を無視するのは臆病《おくびよう》者のすることだ。自分は臆病者ではない。鋭くドアを叩く音が廊下に響いた。

「入りなさい」ドアごしにアメリアの声が聞こえた。

過去の記憶をきっぱりと拒絶してからジェイムズはノブをまわし、中に足を踏み入れた。ドアが閉まった。妻の寝室は彼の寝室と同じ大きさと形をしている。紫色のイブニング・ドレスを身につけたアメリアが、青いブロケード張りの長椅子に座っていた。サイドテーブルには、タルトの載った銀の皿が置かれている。

ジェイムズは四柱式の大きなベッドに視線を向けないようにして妻に近づくと、二、三歩手前で立ち止まり、背中で両手を組んだ。

アメリアはひざの上に置いた最新のスタイル画集から目を離そうともしない。「わたしたち、今夜は出かけません」

ジェイムズは説明を待ったが妻が黙っているので、うなずいた。

気づかいのかけらもなく妻はページをめくっている。沈黙がつづいた。立ち去れと言うのか。言うことはそれだけか。なら、なぜ手紙で知らせない?

彼が問いかけようとしたそのとき、アメリアがなにげない口調で話しはじめた。

「田舎での休暇は楽しかった？」

「ああ」少なくとも最終日の朝までは。アメリアに言うことではないが。

またページがめくられる。「女性のお客様も楽しんだのかしら？」

心臓が止まりそうになった。顔から血の気が引いていくのが自分でわかる。

妻が目を上げ、問いかけるように片眉をつり上げた。「イエスかノーで答えなさい、ジェイムズ。お客様は楽しんだの？」

強い衝撃を受けて彼は反応できなかった。どう答えようとローズの存在を認めることになる。客がいなかったと言えば嘘になる――レベッカへの八つ当たりは防げるだろうが。しかし、それは愛する女の存在そのものを否定するも同然だ。

「イエスということね。少なくともあなたは、彼女が楽しんだと信じているわけだわ」そう言うと、アメリアは画集を閉じてわきに置いた。それから立ち上がり、冷たく突き刺すような視線で彼を見た。その顔にはもはや優雅さのかけらもなかった。「あなた、ばかなの？　わたしに知られないとでも思っていたの？」

誰が伝えたんだ。ウェッブ夫婦がアメリアに手紙を書くはずはない。マダム・ルビコンの館の人間で彼の姓を知っているのはローズだけだ。まして住所は誰も知らない。そもそもローズとの件を彼の妻に知らせれば、館の客を減らすだけだ。出発した日にレベッカと交わした会話を召使いに立ち聞きされたのだろうか。あのとき、書斎のドアは開いていた。アメリア自身が立ち聞きしたのか。

いや、ちがう。もしそうならあの日出発する前に妻に問いただされたはずだ。アメリアが一週間以上も待ってから話をするわけがない。

とにかく、これが今夜屋敷に残った理由というわけだ。勘ちがいではなかった。たしかにレベッカは今夜の夕食会について話をしていた。誰がアメリアにローズのことを知らせたにせよ、今日伝えたのだ。たぶん数時間も経っていない。

アメリアが一歩近づいた。気づかないうちにジェイムズは一歩退いていた。

「わたしのときと同じように、彼女のベッドからも逃げ出したの？　覚えているでしょう、ジェイムズ。あなた、逃げ足が速かったわね。萎《な》えたものを脚のあいだにぶら下げて」アメリアは残酷な微笑みを浮かべながら彼を罵倒した。あの夜のことを思い出させて楽しんでいるのだ。

耳の中でどくどくと血の流れる音がする。アメリアに急所をつかまれて切り裂かれているような気がした。たじろがず、目をそらさず、心の痛みを見せないでいるのが精一杯だ。ああ、ほんの数語口にしただけで自分をこんな状態におとしめるアメリアが憎かった。

「あなたなんて下品で不器用な愚か者よ」嫌悪に顔をゆがませながらアメリアがにらみつけた。「今ごろはその女も別の男と寝ているわ。あなたのできないことをしてくれる男とね」

もうすぐローズは別の男と寝る。あと六日経てば次々と相手がやって来るだろう。ジェイムズは顔をしかめた。苦しくて息がつまりそうだ。

　拳を握りしめながらアメリアがずんずんと近よってくる。彼の背中が壁に押しつけられた。甘ったるい香水の匂いに吐き気がする。なんとか罵詈雑言から逃げたくて、ジェイムズはドアに目を向けた。妻を押し返さなければドアに近づけない。だが、両腕をわきから離せない。アメリアに手を触れたくないからだ。ほんの少し触れただけで、妻を虐待した男といううわさを立てられるだろう。

「あなたって情けない男ね。最低よ」あざけりの言葉が彼の心を射抜いた。「どこの誰なのよ、ジェイムズ？　わたしの知りあいではないわね。貴婦人があなたなんかに目を向けるわけがないもの。でも、問題は誰なのかじゃない」満足げな余裕が消え、怒りそのものに変わった。細い体がわなわなとふるえている。

　アメリアがふり返って数歩離れた。ジェイムズがひと息ついて一歩壁から離れたとき、彼女がくるりと向き直り、ふたたび近づいてきた。彼の肩が背後の絵にぶつかり、額縁が壁に当たって大きな音を立てた。ああ、自分はこんな小柄な女から逃げようとしているのか。

「問題はあなたがしでかしたことよ。あなた、事業の才覚はあるようね」吐き出すように言う。「なら、覚えているでしょうけど、その手の問題については最初に話しておいたでしょう」アメリアは荒々しい息をつきながらまっ赤な顔で彼をにらみつけた。「どうしてわたしに盾突くことができるわけ？」彼女が大声で叫んだ。「もうあの娘のことは終わりよ！」

ジェイムズは恐怖に襲われた。「何だって？」

「どんな結果になろうと文句は言わせないわよ。わたしを侮辱したんですからね」アメリアの目に明らかな悪意が光った。「あのばか娘の世話をするのはもううんざりよ。わたしの名前を貸してやるのももうおしまい」

「だめだ、アメリア。頼む」こんな女に頭を下げるのか。だが、そうするよりほかはない。アメリアはレベッカに怒りをぶつけて、苦しませるだろう。自分が利己的な行動を取ったばかりに妹の幸せが失われてしまうのか。「お願いだ。レベッカは何も悪いことをしていないだろう」

「明日の夜にはあの娘の名誉はめちゃめちゃになるでしょうね」ジェイムズの懇願に耳も貸さずにアメリアが言った。「男はひとりも近よらなくなるわ。名前を汚されたくないからよ。あの娘に売春婦の烙印を押してやる。社交界から締め出されるのよ。誰も――」

その瞬間ジェイムズの中で何かが弾けた。「もうたくさんだ！」威嚇するように背すじをのばし、彼は一歩前へ進んだ。

驚いたアメリアが後ずさった。

ジェイムズは歩を進めて、アメリアに触れずに彼女を部屋の中央まで退かせた。「そんなまねはさせない」叫ぶことなく低く静かな声だった。だが、不気味な響きを帯びた声は体じゅうに怒りを充満させていることを示していた。「レベッカを傷つけるようなことは言わせない。私は何年もおまえの罵詈雑言に耐えてきた。抗議もせずおまえのルールに従って生きてきた。

おまえは支援をやめればいい。だが、妹の評判を傷つけるようなまねはさせない。そんなことはがまんならない」

「がまんするしかないでしょう、ジェイムズ」アメリアが言い返した。有利な立場を維持しようと必死だ。

「いいや、私にも選択肢はある。もっと早く行使していればよかった。おまえが約束を守るわけがなかったのだからな。今夜のうちにこの屋敷から出て行け。父親の家に帰るんだ。知りあいや父親にどんな言い訳をしようとかまわない。とにかく、ここから出て行け」

「そんなことはしません！」

「いいや、するんだ」一見冷静に見える態度で彼は言った。だが、心の中には怒りが燃え上がっていた。女を殴りたいと思ったのは初めてだ。それでも手は出さない。「二度とおまえの顔を見たくない。妹の悪口をひと言でも言ったら、おまえの評判をめちゃめちゃにして、着の身着のままで追い出してやる。忘れるな、マダム。法的には私がおまえを所有しているんだ。私はおまえの夫だ」近い将来そうではなくなるが。ジェイムズは最後の言葉を口にしなかった。奥の手は明かさないほうがいい。いずれにせよアメリアを宙ぶらりんな気持ちにしてやりたかった。つのる不安に苦しむがいい。

ジェイムズはきびすを返して外に出た。まっ青な顔でぼう然としているアメリアを残して。ドアを閉め、目を閉じる。まだノブを握っている。体がふるえていた。今後への恐怖からではなく怒りからふるえているのだ。それはアメリアに対する怒りだけでなく、自分自身への怒りでもあった。みじめな結婚生活をこれほど長引かせたのは自分自身だ。あの女に傷つけられるままになっていたのも自分のせいだ。自己嫌悪を感じずにいられない。なんという屈辱だろう。だが、二度とこんな思いはするものか。

これからやろうとすることに彼はまったく良心の呵責を感じなかった。アメリアの評判はずたずたになり、彼は自由になるだろう。

自由を手にするのだ。最後の障害が消える。

思わず微笑みが唇に浮かび、希望が体じゅうに満ちてくる。これ以上ないほどうれしい。涙が出そうだ。

ローズを自分のものにできるのだ。永遠に。

ジェイムズはしばし幸福感に浸ったあと、心を引き締めた。結婚を申し込めるようになるまで、まだ何日もかかる。やるべきことはたくさんあった。レベッカの結婚。弁護士や銀行にまつわるもろもろ。そして、召使いに命じてアメリアを出入り禁止にしなければ――。

小さな手が彼の腕に触れた。「お兄様?」肩のあたりからささやく声がした。

ジェイムズは目を開けた。そばにレベッカが立っている。何か後悔しているような表情だ。

「ごめんなさい」妹が声をつまらせながら言った。「わたし、知らなかったの。知っていたらアメリアには言わなかったのに」

「おまえだったのか」

「今日の午後、アメリアと応接間で求婚者の話をしていて、わたし……」

「いいんだ。こちらにおいで」やさしく手をのばして、ジェイムズは妹を黄色の居間へ連れて行った。ドアは開いていた。アメリアの部屋とこの居間のあいだには小さな来客用寝室しかない。だから、アメリアの叫び声がよく聞こえたのだろう。

彼がドアを閉めるとすぐにレベッカが言いかけた言葉を継いだ。「愛人のいる夫はほしくないって言ったの。お兄様も含めてたいていの既婚男性は愛人がいるけど、わたしは……」

「レベッカ、もういいんだ。座ってくれ」長椅子に手を向ける。

「もういいんだ」ジェイムズはくり返した。「おまえのせいじゃない」

「でも――」

「アメリアがあんな本性の持ち主なのは、おまえのせいじゃない。いずれにせよ遅かれ早かれこうなっていただろう」彼は妹の隣に座り、手を取った。「あんな言い争いを聞かせてしまって申し訳なく思っている」

「アメリアはお兄様を憎んでいるわ」衝撃からさめやらない表情でレベッカが言った。

ジェイムズはうなずいた。「今はもっと憎んでいるだろうね。だが心配はいらない。アメリアは今夜ここを発つから、おまえが話をすることもないだろう。おまえには付添人を雇うことにする。残りのシーズンに必要な招待状を確保してくれるような人をね」レベッカの世話をしてくれる年配の女性がきっといるはずだ。妹はすでに社交界で知られている女性であって、無名の人間ではないのだから。「二、三日かかるかもしれないが、アメリアがおまえの邪魔をしないよう最善の手を打つ。おまえにはいい夫を見つける機会を逃してほしくない」

「ああ、お兄様」レベッカは涙を流しながら微笑み、ジェイムズに抱きついた。「わたしのためにお兄様が犠牲になってくれただなんて信じられないわ。そんなことをしてくれなくてよかったのに。あんなひどい女性と結婚する必要はなかったのよ」

「必要はなかったが、おまえに幸せになってほしかったんだ」彼は妹の背中をなでながら言った。「それは今も変わらない」ローズが自分を幸福にしてくれるように、妹にもすばらしい相手を見つけてほしい。そう願わずにはいられなかった。

「お兄様って最高にすてきな人だわ」レベッカが彼の胸に顔をうずめて言った。そして座り直して涙をぬぐった。「でも、もう候補者なら見つかったと思うの」

「ほんとうか?」

「明日の朝、ブラックリー卿と約束しているでしょう?」

「ブラックリー卿だと? 少し年上過ぎるのではないか?」それに退屈な男だ。だが、ジェイムズは黙っていた。

「いいえ、そんなことないわ」

「私より年上だぞ」

「男性としてはお兄様は若いほうよ。それにブラックリー卿はまだ三十三歳なの。男性が結婚するのに最適の年齢だわ。あの方は落ちついたしっかりした人よ。それに何よりお兄様の要求する条件にかなっているの」

「どういうことだ？」

「わたしを愛しているの」レベッカがうつむいてくすくすと笑った。「ほんとうよ」妹が見上げて懇願した。「あの人が結婚を申し出たらどうか受け入れてちょうだい、お兄様。あの人はわたしを幸せにしてくれるわ」

「確かなのか？」ジェイムズはふたりの組みあわせを考えたこともなかったが、よく考えればブラックリー卿は性格もよく、礼儀正しく親切な男だ。レベッカにとって悪くない相手だろう。伯爵という立場から、万一の場合にもアメリアの攻撃から妹を守ってくれるにちがいない。

「ええ、確かよ」

「ならば、彼が結婚を望むなら、私としてはイエスと答えることにしよう」彼は妹の手をやさしく叩いた。「さて、今夜はもう休んだほうがいい。私は召使いたちに、アメリアのトランクをつめたか確かめてくる。彼女の声が聞こえても無視してくれ」アメリアがおとなしく去るとは思えなかったが、レベッカを苦しめたくはなかった。「心配はいらない。明日の朝ブラックリー卿とちゃんと話をするから」

　そう言うと、ジェイムズは妹の額にキスをした。妹を寝室まで見送り、召使いたちに必要な事柄を伝え、すぐ来るよう短い手紙を書いて弁護士に送った。その後、腕組みをして玄関ドアのわきに立った。アメリアはさっさと旅立ちの準備をすませ、騒いだりわめいたりすることはなかった。できるだけ威厳を保ちたかったのだろう。トランクを運ぶ三人の侍従とメイドを引き連れて階下に現れた。アメリアがまるでジェイムズなど存在しないかのように無視して玄関ドアを出ると、一行は馬車に乗り込んだ。

アメリアが彼を無視していられるのもそう長いことではない。

三十分後、ジェイムズは書斎で弁護士に会い、驚く相手に本気だと念押しした。

「そうだ。アルバート・ラングホーム卿を姦通罪《かんつう》で訴えてほしい。金はいくらかかってもかまわないから、できるだけ早く裁判をすませてくれ。彼は貴族の息子だが貴族ではない。だから夏に議会が終わるのを待つ必要はない。大陸に逃げる機会をあたえたくないからな。とにかく彼を有罪にしてほしい。同時に姦通罪を理由にアメリアと離婚する手続きもはじめてくれ」

机の真向かいの椅子に腰かけている弁護士のミルトンは、唇を一文字に引き結んでから肩をすくめた。数年前から雇っているが、かなり有能で信頼できる男だ。まちがいなく仕事を成功させてくれるだろう。「お望みのとおりに。アルバート卿に請求する賠償金はいくらにしましょうか？」

「いくらでもいい。金がほしいわけじゃないから。適当に決めてくれ。彼を有罪にして議会に離婚を申請するのが最終的な目的だ」

「あなたご自身も証言台に立つことになるでしょう。不愉快な質問に答えなければならない場合もありますが……」

「それは承知している」うれしいことではないが、必要なら何でもしよう。

ミルトンの詳細な質問に答えるのに、さらに一時間かかった。

とうとう話しあいが終わった。これで明日、アルバート卿に対して告訴の手続きができる。

ミルトンは革のカバンを手に去っていった。

ひとりになったジェイムズは深い安堵を覚えた。この屋敷にいるといつも感じていた息苦しさと絶望が消えていた。しばらくのあいだ、じっと天井を見つめて微笑み、自由を味わった。

だが、目的を達成する過程はまだはじまったばかりだ。すべてが終われば、苦労したかいのある結果が手に入る。今すぐローズに告げたかった。彼女を抱きしめて耳もとにささやきたい。これでふたりはずっといっしょにいられる、と。心も名前もきみに捧げる、と。

けれど、しばらく待たなくてはならない。ローズがロンドンに戻るのは六日後だ。もっとも、そのほうがいいのかもしれない。アメリアと別れる意図を示す明らかな証拠を手にローズのもとを訪れるほうがいいだろう。

六日後の午後八時きっかりにマダム・ルビコンの館の事務室をたずねるのだ。そして、ローズをハイド・パークへ散歩に連れ出そう。サーペンタイン湖のほとりで――初めて彼女と愛を交わした場所で――すべてを告げよう。

計画を立て終えると、机から立ち上がった。急に空腹を覚えた。ジェイムズは廊下にいる召使いを見つけて夕食を用意するよう頼んだ。食事をすませたあと寝室に戻った彼は、ベッドに横たわった。いつもとはちがって、ひとりなのに――かたわらにローズはいないのに――孤独を感じることはなかった。

20

「どうして厩舎に馬丁がいないんだ？」

ローズは空の皿を手に厨房のドアへ向かうところだった。玄関の戸口に鞍袋を手にしたダッシュが立っていた。黒髪は乱れ、黒い上着には土ぼこりがついている。疲れた様子からすると、ロンドンからまっすぐ馬に乗ってやって来たのだろう。だから、予想より一日早く着いたのだ。

「お帰りなさい、ダッシュ」ローズは弟に会えて心からうれしかった。けれど同時に、胸にわき立つ不安は否定できなかった。

厨房のすみにある粗末な木のテーブルで、サラがローズが下げた皿を受け取った。ちょうどふたりは夕食を終えたばかりだった。「ここはわたしが片づけますので」サラは低い声でそう言うと、ダッシュに向かって微笑んだ。「お帰りなさいませ、ミスター・マーロウ」

ダッシュの顔がこわばった。「ただいま、ミセス・トンプソン」夕食を用意しようと申し出たサラの言葉に対して、彼は途中の宿屋ですませたと言って断った。

「こっちにいらっしゃい、ダッシュ」ローズは厨房を離れながら言った。「あなたの部屋に案内するわ。顔を洗って着替えをしたいでしょう」

「姉さんに案内されなくても自分の部屋の場所ぐらいわかるよ」そう言いながらも二、三歩あとからついて来る。「姉さん、どうして厩舎に馬丁がいないんだい？　おかげで、自分で鞍を下ろさなければならなかったよ」

「もう夜になったから帰ったの。馬がたくさんいるわけではないから、馬丁はここに住んでいないのよ。毎朝、村からやって来て夕食前には帰って行くの」

ローズは階段を登りかけたが、すぐに足を止めた。追ってくる弟の足音がしなかったからだ。くるりとふり返る。

弟は階段の下に立っていた。「言っただろう。案内は不要だって」しばらく黙り込む。「それで重要な問題って何なの？　姉さんは元気そうだから、そういう問題ではないね」

「わたしは元気よ、ダッシュ」置かれた状況を考えれば元気と言えるだろう。「じゃあ、応接間に行きましょう」

ダッシュがあとを追い、ドアの近くに鞍袋を置いた。夕食前にローズは応接間で帳簿を確認し、将来を嘆いていた。すでに暖炉の炎は消えかけていた。ひざまずいて薪を足して火をかき立てる。

「召使いはどこへ行ったんだい？　グレゴリーは？」弟がかつての執事の名を口にした。

「みんな解雇したわ。残っているのはサラだけ」深いため息をつき、胸もとに隠したルビーの上に手を置く。いつの間にか癖になったしぐさだ。手を下ろして弟と向きあう。「座って」そう言って彼女は長椅子と椅子に手を向けた。

「どうして解雇したの？」不審そうな響きが弟の声に混じっている。「姉さん？」すぐに答えないローズに弟がたたみかけた。

「わたしは座らせてもらうわ」話はまだつづく。とても立ちつづけてはいられない。もう脚がふるえていた。ローズは長椅子に腰を下ろし、時間をかけてスカートを直した。

これまでずっと弟に真実を隠すのに苦労してきたけれど、それは心地よいものではなかった。弟自身が察してくれればどんなに気が楽だろう。

「解雇したのは給金が払えなくなったからよ」ありもしないドレスのしわを直してみる。

弟が驚きの声をあげた。「そんなに節約しなくてもいいだろう、姉さん。召使いを雇うくらい、たいしてかからないじゃないか」

目を上げてじっと弟の顔を見る。幼い少年だったころの面影がまだ残っている。父の死を知らされたとき泣くまいとこらえていた少年の姿を思い出さずにいられなかった。

弟の誤解をそのまま受け入れて、ただ節約に余念のない屋敷の管理人のふりをしたくなる。弟の賭博癖に話の矛先を向けてしまいたい。「何も持たない者には召使いは大きな出費だわ」

「ばかなことを言わないでくれよ、姉さん。ぼくたちにはたくさん金があるだろう。お父様が遺《のこ》してくれた金が。遺言書を読んだから知っている」いつ読んだのだろう。書斎にある母の肖像画の裏に隠した金庫に入れて鍵をかけておいたのに。「少しだけ召使いに遺して、あとは全部ぼくたちに遺してくれたじゃないか。この屋敷も地所も銀行口座も」

「お父様は収入を生んでくれる地所をすべて売ってしまったの。わたしたちが所有している土地は窓の外に見えるせまい敷地だけよ」ローズは手をぎゅっと握りしめて息をのんだ。「お父様が遺したのはこの屋敷と借金だけなの」

弟の顔に混乱の表情が浮かんだ。「そんなはずはない」ダッシュは向かい側の椅子に崩れるように座り込んだ。「姉さんはイートンとオックスフォードの学費を払ってくれたじゃないか。アパートメントの費用も――」そこで言いよどみ、あわててつけ加えた。「手当も」

「ええ、そう。最近では賭博の借金も支払ったわ」弟には目をそらすだけの常識はあるようだ。

「でも、お父様の遺したお金じゃない」

「じゃあ、その金は誰が出したの?」

決心がゆらぎ、心はもっともらしい言い訳を必死に探している。真実以外の言葉を。この瞬間に耐える心の準備はできていたはずだった。この二日間眠れない夜を過ごし、ありとあらゆる会話を想定してきた。きかれるはずの質問をされても冷静でいるはずだったのに。

「誰が出したんだよ、姉さん?」

あきらめと恥ずかしさが心に満ちた。目を閉じてうなだれる。「わたしが出したの」

暖炉の薪がはぜた。その後あたりは静かになった。弟の呼吸音すら聞こえない。顔を伏せたまま、少し上を見る。

弟の顔がまっ青だ。「嘘だ。そんなわけがない」

急に疲れを感じたローズは、なんとか肩をすくめてみせた。

「嘘だ」弟がさらに強い口調でくり返した。そこには絶望の響きがあった。

「ほかにどうやってお金を工面できたかしら」

弟が立ち上がった。「嘘だ！」

ローズはため息をついた。「ほんとうだったら何だと言うの、ダッシュ？　いずれにせよやってしまったことだわ」

「だからロンドンにいたんだ。姉さんは——」

弟のしかめっつらを見て心が切り裂かれるような気がした。それでもローズは泣き崩れなかった。

「どうして言ってくれなかったんだ？」

「お父様が亡くなったあと、どうしてもあなたに言えなかったの。あなたは悲しみに打ちひしがれていたから」ダッシュは父親を尊敬していた。だが、もはやその気持ちは失せただろう。

弟の大切な思い出をわたしは汚してしまった。「それに、お父様が賭博で何もかもなくしてしまったからといって、あなたを苦しめたくなかったのよ」

「だから身を売ると決めたのか？」

ローズはうなずいた。「それしか方法はなかったわ。お父様はわたしたちに山のような借金を遺して亡くなってしまったの。それも、すぐに返す必要のある借金を」

「姉さんはぼくに少しでも真実を知らせようと思わなかったの?」

「あのときあなたは十三歳だったわ。ほんの子どもよ」

「あれから五年間ずっと十三歳だったわけじゃない」

ローズはうなずいた。「そうね。あなたはもう子どもじゃない。もっと早く話すべきだった。でも、わたしにとっては大切な弟ですもの。なんとか守ってお金を用意してあげたかったの。だからといって、反論はしないわ。わたしは仕事を辞めたの。それであなたをここに呼びよせたのよ」体のこわばりがやっと解けてきた。最悪の真実を知っても、わたしがどれだけ身を落としたかに気づいても、弟は屋敷から飛び出したりしなかった。少なくとも今のところは、わたしに背を向けていない。「借金は全部返したわ。でも、金庫にはほとんど蓄えがないの。もう屋敷を維持することも、あなたに手当を渡すこともできないし、ほかの費用も用立てられないわ。あなたの助けが必要なの、ダッシュ。これからふたりでどうやって生きていくか決めなくてはならないから」

弟はしばらくのあいだじっと彼女を見つめていた。眉をひそめたあと、後悔に満ちた表情を見せ、彼女の背後にある窓に視線を向けた。「知っていたら、決して姉さんにそんなことをさせなかったのに」

「わかっているわ」ローズは静かに言葉を返した。

ダッシュがうなずいて椅子に腰を下ろした。その顔から絶望が消えていた。「どうして屋敷を売らなかったの？」

「あなたが受けついだものだから」

「ロージー、最後にぼくがここに来たのはいつだっけ？」愛称で呼ばれて心臓がドキッと鼓動を打った。ダッシュはわたしを見捨てていないのだわ。信頼を返してくれた。「ぼくは田舎が好きではないし……ここはお父様の屋敷だ。ここに来るとお父様のことを思い出してしまうんだよ。二度とここには住みたくない。それに、長子限定相続の屋敷じゃない。姉さんが反対でなければ、ここを売ろうよ」

ローズにとってパクストン・マナーは唯一家と呼べる場所だった。出て行くのはつらいけれど、もはやここは重荷でしかない。「わかったわ」

「ロンドンのアパートメントの家賃は払ってあるんだよね？」彼女がうなずくと、ダッシュは見ちがえるように落ちついてしっかりとした口調で話をつづけた。「それなら、この屋敷を売った代金の一部を使って、姉さんの住む家を見つけよう。どこに住みたい？」

「わからないわ。考えたことがないから」唯一住みたい場所といったらジェイムズがいる家だったが、そんな夢はかなわない。

「よく考えて。まだ時間はある」ダッシュはローズに近づいて彼女のひざをやさしく叩いた。

「田舎にある小さくて居心地のいい家はどうだろう。もっとも、姉さんがひとりで住むのは心配だ。ぼくとしては姉さんが結婚してくれるとうれしいんだけど」

「それはありえないわ。あきらめてちょうだい」

「どうして？　姉さんはきれいだし、夫を見つけるのはそんなに大変じゃないだろう」

「わたしの仕事を忘れているのね、ダッシュ。まともな男性は娼婦を妻として迎えないわ。たとえ辞めたとしても」率直な言葉を口にするのはつらかったが、言わねばならない言葉だった。ダッシュに現実を伝えなければ。

けれど、この言葉に弟は気をそらされるどころか、むしろ同情をかき立てられたらしい。

「ああ、ロージー」隣に腰を下ろして、彼女の手を握る。「そんなことないよ。ほんとうに愛しているなら、男にとってそんなことは問題じゃないはずだ」

「でも、愛を返せないわ」ローズはつぶやいた。「わたしには愛している人がいるから。でも、その人とは結婚できないの」

「誰？」弟がやさしくたずねた。

「誰でもいいじゃない。もう終わったことよ」これ以上ジェイムズの話をしたくなくて、弟の手の中から手を引き離した。ジェイムズのことを考えちゃだめ。つらくなるだけだわ。「ダッシュ、あなたには大学に戻ってほしいわ。きちんと卒業しなくては」

弟が驚いた表情を向けた。「オックスフォードに戻れと？」けれど、反抗する態度は見せず、立ち上がって上着のすそを引っぱって正した。「戻るつもりはあるけど、今はまだだめだ。屋敷を売って、姉さんが居場所を見つけるのを見とどけるのが先だから」そこで真剣な顔になる。「姉さんの期待を裏切るようなまねは二度としない」

たった数分のあいだに、弟は目の前で成長した。心が強くなり、自信を深め、決意に満ちている。もはやただの若者ではなく一人前の男になったのだ。

弟が手をさしのべた。「さあ、今夜はもう寝ようよ。寝室まで案内してくれるとうれしいな。どうやら場所を忘れてしまったみたいだから」いたずらっぽい声で弟が言った。

「喜んで」ローズは弟の手を取って立ち上がった。「子ども部屋の中よ。案内するわ」

わざと侮辱されたような表情を浮かべて弟はローズをひじでつついた。

「ごめんなさい。冗談を言わずにいられなくて」ローズは笑いながら言葉を返した。

ジェイムズは失ったけれど、弟は失わなかった。将来は小さな田舎の家で暮らすことになるだろう。ロンドンからはるか遠く離れた村で。贅沢はできないが、きっと毅然と胸を張って生きられる。それこそこの数年できなかったことだった。

「残念ながら、ローズには会えません」マダム・ルビコンが言った。いつもの優雅な微笑みが完全に消えていた。

ジェイムズは心に浮かんだ結論に飛びつかないよう必死でこらえた。「どういうことだ?」

マダムが片手を上げて制した。「以前お話ししたことをくり返すのはよしましょう」ぶっきらぼうなその言葉ににじむ皮肉を耳にして彼はあ然とした。「ローズはここにいません。今月は戻って来なかったんです」

全身に衝撃が走った。ジェイムズは革張りの椅子にどさっと腰を下ろし、ひじ掛けを握りしめた。この館にローズがいるのはいやだったが、今夜はいてくれなければならなかった。彼女がいないとは予想だにしなかった。

どうやってローズを探せばいい？　住所は聞いていない。わざと言わなかったのだろう。なぜたずねておかなかったのか。田舎というだけでは特定するのは無理だ。個人的なことを客に隠すのは理解できるが、自分はただの客ではなかったはずだ。彼女を愛しているのだから。それに、姓をきくのも忘れていた。ローズについていろいろ知っているというのに、実は何も知らなかったのか。自分自身に対していらだちがこみ上げた。

弟がいたな。確かロンドンに住んでいると言っていた。〝ダッシュ〟という名で十八歳の若者という情報だけでは突き止めるのは難しいだろう。それにたとえ見つけたとしても、なんと言えばいい。「きみの姉さんと話がしたい」と言うのか。どうやって知りあったかも言えない見知らぬ男を姉に会わせる男はいないだろう。ローズもマダム・ルビコンの館にいたことを弟に知られたくないはずだ。

内心の混乱を隠して表情を抑える。弁護士を呼びよせると決意した瞬間から芽生えていた希望が、みるみるしぼんでいく。

ローズを失ってしまった。

「残念なお気持ちはわかりますよ」マダムが共感のかけらもない表情で言った。「ローズはすばらしい娘ですが、この館はほかにも美女をそろえています。今夜は愛らしい金髪の娘などいかがでしょうか?」

マダムの言葉をろくに聞かないまま彼は首をふった。次の瞬間ハッとした。ハイド・パークでローズに出会ったときの光景がはっきりと頭に浮かんだ。

ローズの居場所を知る人間と話ができる。

「それとも赤毛の娘がよろしいですか? 何人かおりますので選べますよ」

「必要ない。それよりミスター・ティモシー・アシュトンに会いたい」

これまで何回もマダムと交渉してきたが、このときほど衝撃を受けたマダムの顔は見たことがなかった。予想もしない要求だったのだろう。彼はどう思われようと気にしなかった。男色者と思われているならそう思わせておけ。ローズの手がかりを得るためなら平気だ。

「彼には今夜会えますか?」もどかしさを隠しきれずにジェイムズはたずねた。今会えないなら、会えるまで待つだけだ。

「ええ、幸いなことに」マダムがひと息ついた。「ミスター・アシュトンとはお知りあいで?」

「今夜いっしょに時間を過ごしたい」ジェイムズは札束をポケットから取り出して机に叩きつ

けた。「足りるか？」マダムは以前、ローズがこの館でいちばん高いと言っていた。アシュトンはそこまで高くないだろう。だが、今のジェイムズは交渉する気分ではなかった。

予想どおりマダムの目が貪欲に輝いた。「これでけっこうです」さっそく札束を手に取ると、マダムは机の引き出しにしまい込んだ。そして、背後にあるベルベットのひもを引いた。以前引いたひもとはちがう。すぐさま召使いが事務室に現れて机の前に立った。マダムは何かを紙に書きつけて召使いに渡した。召使いはすばやく静かに立ち去った。

衣ずれの音を立てながらマダムが立ち上がって机のまわりをまわった。「こちらへどうぞ」

ジェイムズも立ち上がってマダムのあとにしたがった。今度は隠しドアではなく正式なドアから出て行く。マダムはノブに手を置いたまま、肩ごしに一瞬だけ見下すような視線を送った。ドアが開き、別の召使いが現れた。

「この者がご案内します」

ジェイムズは女の召使いのあとにしたがって廊下を歩いていった。やがて、召使いの住む一角を抜け、階段を降りた。小さな玄関前に着くと、彼女は厨房と反対側のドアを開け、さらに階段を降りた。両側の石壁からわずかな湿気が感じられる。階段を降りきったところにあるドアの前で彼女は足を止め、ドアを開いた。

ジェイムズが敷居をまたいだ瞬間、重苦しい音を立ててドアが閉じた。

なんという場所だ。

こんな部屋が存在するとは想像していなかった。この娼館のほかの区域とはまったく雰囲気がちがう。錬鉄製の枠がついた巨大なベッドが部屋の片側を占めている。四つの柱には革ひもが結びつけられ、その端は深紅の絹のシーツの上に垂れていた。ジェイムズは背すじが寒くなった。反対側の壁に沿ってマホガニーのたんすが置かれている。その中に何があるのか知りたくもなかった。天井からぶら下がっている三十センチほどの鎖の下に、ひとりの男がひざまずいていた。黒いズボンしか身につけていない。濃い金髪の頭が服従するかのように垂れている。

「アシュトンか？」

男の頭がパッと上がった。明らかに衝撃を受けた様子で一瞬まなざしがこわばったが、すぐに頭を下げた。「私はあなたの奴隷です。お好きなようにしてください」ぎこちない言葉は、先ほどジェイムズが目にした警戒心を覆い隠したものだろう。

「頼むから立ってくれ」

用心深い視線を向けながらティモシー・アシュトンが優雅な動きで立ち上がった。

「きみはローズの友人だろう？」アシュトンの返事を待たずとも答えはわかっていた。かつてローズが彼は親友だと言っていた。「それなら、彼女がロンドンに戻っていないことを知っているね。ローズと話をしたいんだ。彼女の田舎屋敷の住所を知っているか？」

「なぜ知りたいんですか？」

「きみには関係のないことだ」

「残念ながら関係があります、ミスター・アーチャー」アシュトンがていねいだが鉄の意志に裏打ちされた答えを返した。状況に左右されない男らしい。まるで紳士クラブで最新の法案の話をしているような調子だ。「ローズはぼくの友だちです」

「その件は尊重している。緊急の事態でなければきみにたずねたりしない。ローズと話がしたいんだ」

「彼女はあなたの金を受け取りませんよ」

「それはよくわかっている」

「なら、なぜ話をしたいんですか?」アシュトンが腕組みをした。満足のいく答えが返ってこないかぎり、何も言わないつもりらしい。

「結婚を申し込むつもりだ」ジェイムズは正直に答えた。

アシュトンが疑わしげに片眉をつり上げた。「あなたは結婚しているはずだ」

「もうすぐ終わる」

「奥さんと離婚するんですね?」

ジェイムズはうなずいた。

アシュトンはそれ以上問いつめず、微笑みを浮かべながら簡潔に答えた。「ベッドフォードシャー、パクストン・マナー」

アシュトンの言葉がどれほど重要なのかジェイムズは一瞬わからなかった。すぐに気づくと、救われた気持ちになった。「心から感謝するよ」すぐさまドアへ向かい、ノブに手を置いてから彼はふり向いた。

アシュトンはまだ鎖の下に立っている。ハイド・パークで出会ったのと同じ男だが、あのときの洗練された若い紳士のイメージと、今目の前にいる彼がどうしても同一人物と思えない。この部屋にふさわしい男には見えないのだ。アシュトンはどこかローズを思い出させる。

「どうしてきみはここで働いているんだ?」思わず質問が口をついて出た。

アシュトンの唇に浮かんでいた微笑みが消え、憂鬱そうな表情に変わった。「このドアを通ってくる者たちは自分をごまかしたり、ぼくをあざけったりしない。ちゃんとここに来る理由を自覚している。快楽の追求に残酷なほど正直だ。ささやき声も恋愛ごっこも愛の幻想もない。残酷に思えるかもしれないが、ぼくにとってこの部屋はこの娼館でいちばん安全な場所なんだ」彼は自分の足を見つめ、顔をしかめた。「あなたはローズを悲しませた」ささやくような声で言う。

「そんなつもりはなかった」

「それでも悲しませたことに変わりはない」

「二度と悲しませたりしない」ジェイムズは誓った。ローズはすでにじゅうぶん悲しい思いをしている。これ以上苦痛をあたえてたまるものか。

アシュトンにはローズとはちがった彼なりの理由があるのだろう。

「この館へ来る前にローズには庇護者がいた。ひょっとしてその男の名前を知っているか？」

「ウィートリー卿。なぜきくんです？」

ジェイムズは満足げな表情を浮かべないように努力した。「一年いっしょにいた男だな？」

「そうです」

「二番目の庇護者。結婚はしていない。それで正しいだろうか？」詳細まで確認しておきたかった。最初の庇護者の名前は聞いたが、すでに忘れていた。

「そうです」

「ありがとう」ジェイムズはドアを開けた。

「ミスター・アーチャー」アシュトンが声をかけた。「なぜその男の名が必要なんです？」

ジェイムズはノブに手を置いたままふり返った。「その男はローズに暴力をふるった」隠そうとしても声に怒りがこもってしまう。

二時間後、ジェイムズはメイフェアの端にある地味なタウンハウスの物陰にいた。少々調べた結果、ウィートリー卿の今の愛人が住む家の住所がわかったのだ。

ウィートリー卿については知っていた。さまざまな社交の場で見かけたことがある。幸いなことにレベッカには興味を示していなかった。一見、礼儀正しい人物に見えるが、その実、本性は礼儀など気にかけない男という印象が強かった。ローズのことを思えば、直感は正しかったと言える。

玄関ドアが開いてウィートリー卿が現れた。手袋をはめている。煮えたぎっていた怒りが頂点に達した。ひと言も口にせずにジェイムズは物陰から姿を現し、右の拳でウィートリー卿に殴りかかった。

ウィートリー卿の鼻の骨が折れる音がして、ジェイムズはめったにない爽快《そうかい》感を覚えた。

ローズは大きな銀の大皿についた汚れを取ろうとぼろ布でゴシゴシこすっていた。美しい皿だ。テーブルにはさまざまな品が並べられていた。大小の皿。花瓶。燭台。銀食器。グラス。かつて大勢の客を招いたとき、食堂のテーブルがどんなに華やいでいたか、今も目に焼きついている。マホガニーの大きなテーブルは磨き上げられ、クリスタルの足つきグラスはシャンデリアの光を受けて輝いていた。

そんな光景を目にしなくなってすでに五年。もう二度と見ることはないだろう。

磨きおわった銀の皿をローズはテーブルに置き、今度は燭台を手に取った。サラも少し離れた席に座り、パンチ用のボウルを磨いている。こんな作業は楽しいとは言いがたかったが、必要なことだった。パクストン・マナーの新たな所有者に汚れた食器だらけの食器棚を残すわけにはいかない。

この屋敷をなつかしく思う気持ちは残るとしても、屋敷を維持するための仕事はなつかしくない。弟は今朝ロンドンへ旅立った。屋敷を売却する代理人を雇いに行ったのだ。

驚いたことに、弟は数日滞在したら、すぐに帰ってくると約束して出て行った。たとえ事務的なことであっても、何時間も弟とゆっくり話をし、食事をともにできるのはうれしいことだった。これほど長く弟と過ごしたのは久しぶりだ。

ロンドンへ行けばまた賭博や夜遊びの魅力に取りつかれないかと心配したけれど、ダッシュは「心配ない」と断言した。姉さんの期待を裏切るようなまねは二度としない。弟はそうくり返した。

燭台を磨きおわった。まるで新品のように輝いている。テーブルの上に置き、今度はスプーンを手に取る。今日、屋敷にいるのは不思議な気分だった。四年間培った習慣のせいで、どこか落ちつかない。

昨夜ジェイムズはマダム・ルビコンの館へ行ったのかしら。ふと思うだけで心が痛くなる。マダムに要求を断られて失望する彼の姿が目に見えるようだ。二度とあそこへは戻らない。二度とジェイムズには会えない……。

きつく首をふって雑念を払い、スプーン磨きに専念する。

いつしか午後のひとときが夜にさしかかっていた。窓からあふれていた日の光が金色を帯びた琥珀色に変わっている。テーブルに載った食器の半分は磨きおわった。ローズとサラの労働の成果だ。ローズは磨きおわった品々を戸棚に戻してから、夕食をつくるサラの手伝いをするつもりだった。燭台を両手に持ってテーブルから離れかけたとき、ふと足を止めた。

ドアをノックする音がする。

燭台をテーブルに戻して、ローズは玄関広間へと急いだ。大理石の床に足音が響く。汚れたエプロンで手をぬぐい、乱れた髪を耳にかけてから、玄関ドアを開いた。

ローズは息をのんだ。

玄関にいたのはジェイムズだった。これ以上ないほどにこやかな笑みをたたえている。心臓がドキンと音を立て、この二週間抑えてきた感情が一気に噴き出した。

「こんばんは、ローズ」

どうしていいのかわからないまま首をふる。彼の唇が動いている。話しかけられているにちがいない。

「ローズ？　大丈夫かい？」ジェイムズの笑顔がかげった。

「ええ……大丈夫よ」自分の声が他人の声のようだ。

「よかった。一瞬、心配になったよ」

「ここであなたに会うとは予想もしなかったから」

「きみを見つけるのは大変だった。だが、ちゃんとここに来た」

「でも、ジェイムズ、なぜここに来たの？」昨夜、彼はマダム・ルビコンの館に行ったのだ。まちがいない。彼の背後にはなつかしい旅行用馬車が停まっている。「誤解したまま、あなたがベッドフォードシャーまではるばる来たのでなければいいのだけれど。わたし、あなたのお金は二度と受け取らないわ」

こんな近くにジェイムズがいるなんて。手をのばせば、彼の心臓の鼓動が、体の熱さが感じられるだろう。

「そんな理由で来たわけではない。きみの決断は尊重しているし、あれほど強く私の申し出をはねつけたわけもわかっている」ジェイムズがたたんだ紙を上着のポケットから取り出した。

「もっと以前に決着をつけるべきだったが、やっとできたんだ」重々しい口調だ。

ローズはこわごわと紙を受け取って広げた。『タイムズ』紙のページだろうか。なぜわたしに？　日付は四月二十七日。二日前だ。

ページをざっとながめて、最後の記事でハッと視線をとめる。

姦通罪――ロンドン裁判所
ミスター・ジェイムズ・アーチャーがアルバート・ラングホーム卿に対して訴訟を起こした。……被告が原告の妻ミセス・アメリア・アーチャーと姦通の罪を犯したためである。……評決は原告側の勝利……。被告は原告に対して賠償金として千ポンド支払うものとする。

耳の奥で脈が速まる音がする。「ジェイムズ？」問いかけたい気持ちで彼を見上げる。希望を抱くのがこわい。

「もうすぐ離婚が成立する」うれしくてたまらない表情を隠そうともせずジェイムズが言った。

「でも、なぜなの？」

「アメリアの悪意に耐えきれなくなったからだ。レベッカの評判をとことん落としてやるとまで言われた」

「でも、妹さんはどうするの？　奥様の支援を失ってしまうわ」

「ああ、だがもう必要なくなった。二、三カ月すればレベッカはブラックリー伯爵夫人になる。聖ジョージ教会で壮大な式を挙げたいそうだよ」ジェイムズがこれ以上喜ばしいことはないと言いたげな顔をした。「父も喜ぶだろう。もっとも私は、大きな催しが好きではないから田舎で式を挙げるほうがいい。家族だけが出席する簡素で静かな式が好ましいね」

そこでジェイムズは言葉を止め、ローズの目をまっすぐに見た。やさしく、ぬくもりに満ちた彼の目には、期待があふれている。

「愛している、ローズ」

わたしも愛しているわ。けれど、その言葉を口にすることができない。二度と言えない言葉だと思っていた。それが今、伝えることができるのに、どうして口にできないのだろう。

「結婚してくれないか、いとしいひと？」ジェイムズが言った。手のひらを差し出している。

ぼう然としたままローズは新聞をエプロンのポケットに収めた。

彼の手に手を重ねた瞬間、鋭い衝撃が腕を伝い、心臓をわしづかみにした。力強いけれどやさしいジェイムズの手。硬い手のひらと指先は記憶のとおりだ。

ジェイムズが目をそらさずに片ひざをついた。「どうか私の妻になってもらえますか？」

ローズはもう一方の手を口もとに当てた。指先のふるえが唇に伝わってくる。「ええ……」ささやくような声でぼう然と答えてから、ジェイムズへのあふれる愛をこめて力強く言い直した。「ええ、ジェイムズ！　あなたの申し出を喜んでお受けします」

気がついたらジェイムズの腕の中にいてキスをされていた。二度と味わえないと信じていた彼のキス。彼の唇がローズの唇の感触を確かめている。絹のようになめらかで、それでいて男らしい唇。ああ、ジェイムズ……。

彼女の上唇をそっとかんでから、彼は唇を引き離した。

「ありがとう。きみのおかげで私は世界でいちばん幸せな男になれた」そこで真剣な表情が浮かんだ。「離婚が成立するまで少なくともあと一カ月か二カ月はかかる。できるだけ早く終わらせてくれと弁護士に頼んでいるが、こうした手続きには時間がかかるんだ。わかってくれるかい？」

「もちろんよ」待つのは平気だ。大切なのは、いつか愛する人が自分のものになり、自分が彼のものになることだから。

「ありがとう」ジェイムズがつぶやいた。オリーブグリーン色の目がローズの唇をとらえ、さらに下を見た。片方の腕を彼女のウエストからほどき、指先で彼女の首に触れる。ローズは背すじがぞくぞくするのを感じた。彼が金の鎖をそっと引っぱって前身ごろの中からルビーを取り出し、手のひらに載せた。「身につけていてくれたのか」

驚きに満ちたジェイムズの声を耳にしてローズは言った。「これまでの人生でいちばん大切な贈り物ですもの。いつも身につけていたかったの」

身につけていなければ、ジェイムズに愛された事実が消えてしまうような気がした。だから、いつでもそばに感じていたかった。彼の愛が希望と力をくれた。過去の人生と縁を切る勇気をあたえてくれたのだ。そしてこれから、ジェイムズとの新たな人生がはじまる。夫と子どものいる人生。少女のころの夢が叶うときが来た。

ジェイムズの目をのぞき込みながら、ローズは彼の手を両手で包み込んだ。その中にはルビーが握られている。身も心もこの人に捧げよう。「わたしは永遠にあなたのものよ。愛しているわ、ジェイムズ」

ふたりの真の人生がこれからはじまる。

訳者あとがき

叫び声に驚いてローズはすぐさまふり返った。ジェイムズの胸が大きく上下し、腕に力こぶができ、拳を握りしめている。やがて彼女の目の前で、彼の表情から怒りといらだちが消えてゆき、苦痛だけが残った。腕は力なくだらりと下がり、疲れきった人のように呼吸が浅い。彼はゆっくりと首をふった。「愛してる、ローズ……」かすれた声だった。

「愛しているんだ！」

ヒストリカル・ロマンス界における期待の新人エヴァンジェリン・コリンズの日本デビュー作をお届けします。本作は二〇一〇年にロマンティック・タイムズ賞の「最も革新的なヒストリカル・ロマンス」部門賞を受賞した意欲作です。〝最も革新的〟と言われるだけあって、一般的なヒストリカル・ロマンスでは考えられないような設定のヒーローとヒロインのせつない恋物語に読者の皆様は驚かれることでしょう。

本作のヒロインはローズ・マーロウ。二十二歳。良家の子女に生まれながらも、莫大な借金を残して死んだ父に代わってたったひとりの家族である弟を養うために娼婦に身を落とした女性です。

対するヒーローは平民とはいえ裕福な貿易商であるジェイムズ・アーチャー。二十五歳。彼には、三年前に便宜結婚で結ばれた貴族出身の妻がいます。この結婚は妹を貴族に嫁がせるためのつてを得る手段であり、父親から一方的に決められたものでした。妻はジェイムズを憎み、ことあるごとに彼を苦しめるばかりか、次々と愛人をつくってはこれ見よがしに見せつけます。せめて妻とおだやかな関係を築くことを望んでいた彼は結婚の幸せをあきらめ、ただ愛する妹のためだけに不幸な日常に耐え、仕事に打ち込んでいます。

一八一九年三月末、ロンドンの高級娼館から物語ははじまります。〝愛人を持つな〟という妻の要求に従って三年、ジェイムズはずっと禁欲生活を送ってきました。女性のやさしい愛情に飢えていた彼はもはや耐えられなくなり、天にもすがる気持ちで娼館の裏口のドアを叩きます。そして、美しく心のやさしい女性だと娼館のマダムから紹介され、ローズと出会います。

客と娼婦という立場で知りあったにもかかわらず、ジェイムズはローズを抱こうとしません。とまどいながらも、ふたりはやさしさに満ちたひとときを過ごします。ローズを忘れられなくなったジェイムズは、娼館に通いつめることに……。一方、ローズも一風変わった客でありながらも、ひとりの人間として自分に接してくれるジェイムズに心を奪われます。

けれど、ローズは月に一週間だけ娼館に滞在する娼婦であり、その月最後の日がやって来ます。そこで、ジェイムズが下した決断とは……？


本書の読みどころは、まずヒーローとヒロインのあいだのぎこちない恋の芽生え、孤独なふたつの魂の結びつき、誤解から理解に至る関係の変化にあるでしょう。制約に満ちた関係ゆえに傷つかずにはいられないふたりの心は、それでいて思いやりに満ちています。果たしてふたりの恋は実るのか、訳者は最後までページをめくる手を止められず、一気に読みきってしまいました。

また、官能に満ちたラブシーンはエヴァンジェリン・コリンズの得意とするところですので、胸が痛くなるようなせつなさを味わいつつご堪能いただけるでしょう。

本書は設定だけでなく、わき役にも風変わりな登場人物を配しています。ローズが唯一心を許せる親友と呼ぶ男娼のティモシー・アシュトン。天使のような美青年の彼はＳＭ専門の男色者ですが、ローズの苦しみを理解し、何くれとなく手助けをします。娼館の女主人であるマダム・ルビコンは紳士向けの豪華な高級娼館を女手ひとつで運営する有能な経営者です。こうした登場人物を見ても、本書の描き出す世界の一端がおわかりになるでしょう。

ここでエヴァンジェリン・コリンズについてご紹介しておきましょう。

まだ、二作しか発表していない新人のヒストリカル・ロマンス作家ですが、冒頭でもご紹介したように、本書でロマンティック・タイムズ賞の「最も革新的なヒストリカル・ロマンス」部門賞を受賞した、期待の新人です。『ロマンティック・タイムズ』誌では星四・五を獲得しています。もう一作も、やはりリージェンシーを舞台にしたロマンス『Her Ladyship's Companion』ですが、こちらはなんとヒーローが男娼で、ヒロインが男爵夫人という設定です。変わった設定の作品を好む冒険的な作家のようですね。

それでは、どうか本書の世界に浸ってせつない恋のひとときをご堪能ください。

二〇一一年十一月

森野そら

ローズ・ガーデンをきみに

ニコール・ジョーダン
森野そら[訳]／税込960円

プリンスから求愛されている令嬢エレノアの前に、突然かつての婚約者デイモンが現れ、ふたりの邪魔をしてしまう。裏切ったのは彼なのに、なぜ？　危険な子爵に翻弄される、魅惑のロマンス！

初めての夜をもう一度

ニコール・ジョーダン
森野そら[訳]／税込980円

伯爵レインは命の恩人である友人の娘マデリンに便宜結婚を迫る。だが、彼はマデリンを愛していなかった。一方、伯爵に恋したマデリンは、彼の愛をつかむため、誘惑術を娼婦に教わるが……。

すべてはきみへの愛ゆえに

ニコール・ジョーダン
森野そら[訳]／税込940円

過ちを犯し、テスは敵対関係にあるロザム公爵イアンと結婚することに。テスは彼に惹かれる気持ちを隠し、彼から逃げようとするが……悩ましい恋の駆け引きゲーム。「恋愛戦争」の最終作。

カーラ・エリオットの「罪深き集い」シリーズ

スキャンダルは恋のはじまり

カーラ・エリオット
河村恵［訳］／税込960円

夫を毒殺したと疑われる未亡人キアラと、道楽者の伯爵ルーカスは互いの利益のため偽装婚約する。だが伯爵のたくみな誘惑に、キアラは隠れた欲望を暴かれて……。ユーモラスな恋の駆け引き。

今宵、悪魔に身をゆだねて

カーラ・エリオット
河村恵［訳］／税込980円

ローマ遺跡と温泉の地バースで、男女は再会した。衝突しあっていたふたりが、情熱を交わしあう。だが男は女が信じられない。女は陰謀に利用されていた。危機を乗り越え、愛を守れるのか？

伯爵のハートを盗むには

カーラ・エリオット
五十嵐とも子［訳］／税込940円

公爵令嬢ケイトの前に、彼女のスキャンダラスな過去を知る伯爵マルコが現れた。ケイトは口止め料として自らをマルコに差しだして――危険な駆け引きの線上で求めあうスリリングなロマンス。

極上のエロティック・ロマンス

背徳のレッスン

ケイト・ピアース
蒼地加奈[訳]／税込920円

少年時代、誘拐されトルコの娼館で性奴隷とされた過去を持つ貴族のヴァレンティン。彼と結婚したセアラは性愛を伝授され、快楽に目覚めていく。しかし彼に男性の愛人がいると知って……。

背徳のエンジェル

ケイト・ピアース
川西凜子[訳]／税込960円

同性愛者のビーチャム卿から、妻アビゲイルとの間に入ってくれと頼まれたピーター。彼女に性愛の悦びを教えはじめると、アビゲイルはピーターを愛するようになり……官能ロマンスの傑作。

ルビーレッドは復讐にきらめく

レニー・ベルナード
森野そら[訳]／税込940円

インドで8人の英国人男性が誘拐された。命がけで脱出し、本国へ帰国したガレンは、死んだ友人の婚約者ヘイリーが、他の男と婚約したと知り、復讐を誓う。彼女を誘惑し、破滅させるために。

Lavender Books
35
罪深き七つの夜に

2011年11月25日 初版発行

著者
エヴァンジェリン・コリンズ
訳者
森野そら
発行人
石原正康
編集人
永島賞二
発行所
株式会社 幻冬舎
〒151-0051 東京都渋谷区千駄ヶ谷4-9-7
電話 03-5411-6211(編集) 03-5411-6222(営業)
振替 00120-8-767643
幻冬舎ホームページアドレス http://www.gentosha.co.jp/

印刷・製本所
株式会社光邦
ブックデザイン
鈴木成一デザイン室
検印廃止

Printed in Japan　ISBN978-4-344-41771-7 C0193　L-15-1

この本に関するご意見・ご感想をメールでお寄せいただく場合は、
lavender@gentosha.co.jpまで。